서은수 장편소설

③

공주, 선비를 탐하다 3

ⓒ서은수 2025

1판 1쇄 인쇄	2025년 7월 1일
1판 1쇄 발행	2025년 7월 15일
지은이	서은수
펴낸이	박대일
교정	이문영 · 김래현
편집	이문영 · 이주현 · 김래현 · 임지원 · 남혜인
마케팅	임유미
디자인	디자인그룹 헌드레드
조판	박현주
펴낸곳	파란미디어
출판등록	2004년 9월 14일 제313-2004-00214호
주소	03992 서울시 마포구 동교로23길 14 국제빌딩 6층
전화	02.3141.5589 영업부 070.4616.2012 편집부
팩스	02.6499.5589
전자우편	paranbook@gmail.com
카페	http://cafe.naver.com/paranmedia
인스타그램	@paranmedia
ISBN	979-11-7259-111-3(04810)
	979-11-7259-108-3(전3권)

* 이 책의 판권은 지은이와 파란미디어에 있습니다.
  이 책 내용의 전부 또는 일부를 재사용하려면 반드시 양측의 서면 동의를 받아야 합니다.
* 잘못된 책은 구입하신 서점에서 바꾸어 드립니다.

공주, 선비를 탐하다

서은수 장편소설

③

파란

목
사

14. 바람이 들려주는 이야기 ⋯⋯⋯⋯⋯⋯⋯⋯⋯⋯⋯ 7
15. 마지막 선물 ⋯⋯⋯⋯⋯⋯⋯⋯⋯⋯⋯⋯⋯⋯⋯ 65
16. 과거의 숨겨진 조각 ⋯⋯⋯⋯⋯⋯⋯⋯⋯⋯⋯⋯ 121
17. 보슬비가 내리던 어느 날 ⋯⋯⋯⋯⋯⋯⋯⋯⋯⋯ 189
18. 흐드러진 봄날, 꽃비를 맞으며 ⋯⋯⋯⋯⋯⋯⋯ 225
외전 1 첫 번째 아침 ⋯⋯⋯⋯⋯⋯⋯⋯⋯⋯⋯⋯⋯ 249
외전 2 스며들다 ⋯⋯⋯⋯⋯⋯⋯⋯⋯⋯⋯⋯⋯⋯⋯ 269
외전 3 채워지다 ⋯⋯⋯⋯⋯⋯⋯⋯⋯⋯⋯⋯⋯⋯⋯ 309
외전 4 또 다른 시작 ⋯⋯⋯⋯⋯⋯⋯⋯⋯⋯⋯⋯⋯ 331

바람이 들려주는 이야기

밤이 깊었다. 어둠을 밝혀 주는 빛이라고는 하늘에서 내려주는 달님의 기운이 전부일 만큼 이곳은 황량했다. 얼마 전까지 따스한 온기와 은은한 등불, 기분 좋은 향기가 휘날리는 곳이었다고 그 누가 믿을 수 있으랴. 치경은 쓴물을 머금고 어둠이 무겁게 깔린 안채의 방문을 바라보았다.

오늘로 상진이 집을 나선 지 나흘째. 침묵을 지키던 좌상은 오늘 아침, 지평을 데려오라 하명했다. 사람을 붙여 놓았기에 행방은 처음부터 정확히 알고 있었다. 주인을 잃고 텅 비어 있는 이곳 화경궁의 싸늘한 안채.

공주의 소식에 자선당으로 달려갔던 상전은 이후 이곳으로 숨어들어 공주가 쓰던 방 안에 덩그러니 들어앉았다. 먹지도, 수면을 취하지도 않고 몇 날 며칠 냉골에서 두문불출 중이니 오늘을 넘기면 사달이 일어나고 말 것이다. 치경은 걱정이 담긴 목소리로 거듭 상전을 재촉했다.

"도련님, 더는 지체할 수 없습니다. 대감마님께서 무력을 사용해도 좋다 허하셨습니다."

안에서는 여전히 묵묵부답이었다. 반응을 기다리던 휘하의 무사들은 일제히 치경을 바라보았다. 명만 떨어지면 당장에라도 들어가 힘을 사용할 태세인데 치경은 조용히 고개를 가로저었다. 조금만 더 상전을 기다려 드리고 싶었다.

이 속이 이리도 갑갑한데 도련님께서는 오죽이나 괴로우실까.

환하게 웃어 주던 어린 공주의 새하얀 얼굴이 떠올라 치경은 가슴이 저릿했다. 한숨을 삼키며 캄캄한 밤하늘만 올려다보았다. 고즈넉하게 떠 있는 저 하늘의 그믐달이 몹시도 조요한 밤이었다.

푹신한 보료에 도도한 표정으로 앉아 있는 공주는 여전히 아름답고 햇살처럼 눈부셨다. 때로는 오만하게, 때로는 깜찍하게, 때로는 발칙하게 스승인 자신을 들었다 놨다 수도 없이 들쑤셨다. 그런 모습이 어여뻐 입가에 저절로 곡선이 그려졌다.

그러다 문득 한기를 느끼고 정신을 차려 보면 이곳은 그믐달의 기운이 켜켜이 내려앉은 화경궁의 컴컴한 내실. 아리따운 공주는 온데간데없이 사라지고 차디찬 냉골에 저 홀로 쓸쓸히 앉아 있었다. 지금 이 시각 공주께서 계신 곳은 강원도의 어느 후미진 구석, 바람을 피하기에도 변변찮은 허름한 초가집일 것이다.

 겨울이면 한설이 몰아치고 왜바람이 부는 곳. 그곳의 매서운 추위를 어찌 견디시려는지. 생각만으로도 가슴이 답답해 설움이 울컥 치고 올랐다.

 아홉 살 어린 나이에도 찬바람이 불면 등이 시리다 하였고, 조금만 추워져도 손끝부터 차가워지시는 분이었다. 그 옛날 엄동설한에 새파래진 입술을 덜덜 떨면서도 악착같이 관아에 들락거리던 모습이 어찌나 안쓰러웠는지. 끝끝내 모르는 척 돌아설 수밖에 없었지만, 꽁꽁 얼어 빨개진 두 손을 한 번쯤은 이 손으로 녹여 주고 싶었다.

 이번 겨울, 드디어 그분의 손을 잡아 드릴 수 있을 줄 알았는데…….

 공주께서 내쳐지신 것도 모르고 따뜻한 아랫목에 누워 잠만 잤다는 사실이 서율을 버티지 못하게 하였다. 뻣뻣이 얼어 있는 그의 뺨 위로 뜨거운 눈물이 하염없이 흘러내렸다.

 며칠 새 북풍이 강해졌다. 특히 해가 진 밤이면 겨울바람은 음산한 소리를 길게 뽑아내며 그 세기를 자랑했다. 때로는 천장이나 벽으로 교묘히 스며들어 웃풍이 되기도 하는데 아무리 강한 바람도 닿지 못하는 곳이 존재했다.

 바깥의 추위와는 별개로 백단향 향기가 흐르고 훈훈한 온기가 감도는 어느 내실, 한 여인이 경대 앞에 앉아 있다. 그녀는 단정히 쪽을 찐 머리에 반짝이는 장식의 비녀를 꽂고 경대 속 거울을 들여다보았다. 뛰어난 미색은 아니지만 참하고 우아함이 흐르는 외모는 겉으로 드러나기 시작한 세월의 흔적과 맞물려 고상한 빛을 발했다.

여인이 그런 제 모습을 찬찬히 뜯어 보는데 문밖에서 누군가 당도했음을 알리는 전언이 울렸다. 이어서 문이 열리고 한 사내가 성큼성큼 들어와 예를 취했다. 자리에 앉으며 여인의 머리를 슬쩍 보더니 흡족한 미소를 머금었다.

"곱고 기품 있어 뵈시옵니다."

사내의 달콤한 칭찬에도 여인의 표정은 엄격했다. 뱉어내는 첫마디도 질책에 가까웠다.

"이번에도 실망하였습니다."

"공주 때문에 그러시옵니까?"

알면서도 태연하게 너스레를 떠는 모습에 여인은 쌀쌀맞게 말했다.

"저는 분명 죽여 달라 하였습니다."

"마음에 안 드셨사옵니까? 저는 내심 좋아하실 줄 알았사옵니다."

"아버님!"

"예, 예. 알겠사옵니다. 산골 구석으로 쫓겨난 공주 따위야 언제든 죽일 수 있는 것이지요. 오늘 당장이라도 살수들을 보내 자가의 한을 풀어 드릴까요?"

"그럴 수는 있는 겁니까? 행궁에서처럼 일만 크게 벌이실 테지요."

안빈은 코웃음을 치며 입술을 샐쭉거렸다. 때마침 궁녀가 들어와 우참찬 노용식의 앞에 차와 다식을 내어놓고 물러갔다. 찻상에는 차제구 외에도 콩알만 한 환약 한 주먹과 옅은 갈색을 띠는 물이 한 사발 놓여 있었다. 흘깃 내려다본 노용식은 제 여식을 향해 씩 웃음을 지었다.

"철적환과 나복자를 달인 물이라. 역시 이 아비를 걱정해 주는 사람은 우리 안빈 자가밖에 아니 계시옵니다."

"넉넉히 준비해 두었으니 퇴궐하실 때 가져가십시오. 목은 좀 어떠하십니까? 어째 갈수록 더 갈라지는 것 같습니다."

"이번 일을 준비하느라 사람을 많이 불러들였더니 목이 이 모양이옵니다."

노용식은 환약을 한꺼번에 삼키며 투덜거렸다. 그 말인즉 목소리를 변조하여 은밀히 만난 사람이 많았다는 뜻이다. 이를테면 양병수와 같은.

만약의 사태를 대비해 그는 치밀하게 몸을 숨기며 사람을 상대했다. 특별히 제작한 발을 내려 얼굴을 감추고 목소리도 탁하게 변조했다. 때문에 억지로 짜낸 목소리로 대화를 길게 주고받다 보면 목에 무리가 생겼다. 그런 아비를 위해 안빈은 목소리를 맑게 해 준다는 철적환을 부지런히 만들어 바치고 있었다.

노용식은 나복자를 달인 물까지 남김없이 마신 뒤 넉살 좋게 느물거렸다.

"행궁에서의 실수를 자꾸 들먹거리시니 이 아비가 민망하옵니다. 사람이 어찌 완벽할 수 있겠사옵니까. 하나 이번만큼은 믿어 주소서. 자가께 제대로 보여 드리겠나이다."

"세자가 바보입니까? 행궁에서 그토록 고생시켰는데 참으로 그곳에 누이를 홀로 보냈겠습니다."

안빈의 핀잔에 노용식이 껄껄 웃었다.

"역시 저의 따님이시옵니다. 그러잖아도 살펴보았더니 일반인으로 위장한 최정예 무사들이 유배길에 몰래 따라나섰더이다."

"유배가 풀리는 그날까지 잠복하며 보호하겠지요. 그냥 두세요. 지금 죽이기엔 다들 너무 슬퍼하고 있지 않습니까. 모두가 웃으며 너도나도 행복해 할 때, 저는 그런 때가 좋습니다."

냉소적으로 입매를 비틀던 안빈은 세워 놓은 경대를 내려다보며 방금 꽂아 본 비녀에 손을 뻗었다.

"보기 좋은데 그냥 하고 계시옵소서. 왜 굳이 빼려 하시옵니까?"

부친의 아쉬운 소리에도 안빈은 손동작을 멈추지 않았다. 노란빛의 금강석이 화려하게 반짝이는 금비녀를 빼버리고 대신에 수수한 장식의 비녀를 머리에 꽂았다. 금비녀는 휘황찬란한 백색의 기다란 보석함 속으로 사라졌다.

"잠시 꽂아 본 것입니다. 병환 중인 전하께 가는 길이니 자중해야지요."

"꽂고 계시옵소서. 정1품 빈 자가이신데 그 정도는 꽂아 주셔야지요."

"나중에요. 전하의 곁에 제가 최후의 일인으로 남았을 때, 그때 이 비녀를 꽂을 겁니다."

"혜빈도 쫓아낸 마당에 나머지 후궁들이야 신경 쓸 게 무에 있겠사옵니까. 혹 중전 때문에 그러시는 거라면 제가 내일이라도 치워 드리겠사옵니다."

"아직은 중전이 필요합니다. 저는 이만 대전으로 들겠습니다. 전하께만 올리는 귀한 차를 빼 온 것이니 천천히 즐기다 가십시오."

안빈은 자리에서 일어나 밖으로 향하는데 뒤에 남은 노용식이 기어이 한마디를 덧붙였다.

"혹시라도 중전이 거슬리시거든 이 아비에게 하명만 하소서. 고분고분해질 만큼, 딱 그만큼만 혼내 드리겠나이다."

"내버려두세요. 중전은 지금 자멸하는 중입니다."

흘긋 돌아본 안빈은 여유 있게 대답하고 다시 움직였다. 처소를 나서자 냉랭한 한파가 전신에 부딪혔다. 피부가 아릴 정도로 매서운 추위였지만 폐부 깊숙이 스며드는 차가운 바깥공기가 안빈은 외려 시원하게 느껴졌다.

공주를 보내고 왕이 자리보전을 시작한 지 벌써 여러 날이 흘렀다. 노련하게 굴던 혜빈은 쫓아냈고 첫정을 잊지 못해 감정을 질질 흘리는 중전쯤이야 아무것도 아니다. 조금만 더 기다리면 숨 막히는 대전에 누워 사경을 헤매는 성상의 옆에는 오직 한 사람, 자신만이 남게 될 터다.

지독히도 사모했지만 끝내 돌아봐 주지 않으셨던 낭군. 처음으로 몸을 섞은 그 밤, 잠결에 중전을 불러대는 성상을 바라보며 안빈은 난생처음 투기라는 감정을 알게 되었다. 속에서 발열되어 폭발할 것 같은 중전을 향한 노여움이 솟았다. 당시 안빈은 어둠 속에 홀로 앉아 굳게 다짐했다. 지금 어떠한 수모를 당하든 전하 곁에 머무는 최후의 일인은 제가 될 거라고.

하지만 그 길은 멀고도 험난했다. 사가에서 지내던 중전이 급사하고 반짝 희망을 품어 봤지만, 그는 조강지처에게 주었던 그 마음을 고스란히 공주에게로 돌렸다. 제 어미를 똑 닮은 효경왕후의 분신이자 옹주를 죽음으로 몰아간 그 끔찍스러운 아이 말이다. 아직도 생생하기만 한 그날 밤의 기억이 고통스러워 안빈의 두 눈은 점점이 붉은색으로 물들었다.

오래전 효경왕후가 공주를 해산하던 그 밤, 안빈은 아픈 옹주를 품에 안고 생애 가장 참혹한 시간을 보냈다. 약하게 태어나 살아 있는 두 달 내내 아프기만 했던 옹주가 갑자기 경기를 일으키며 위독해진 것이다. 다급히 어의를 찾았으나 그녀 앞에 나타난 건 종6품 주부였다.

경험 많고 의술이 뛰어난 어의를 불러오라, 안빈은 소리쳤다. 의관과 의녀는 고정하시라는 말만 반복하곤 대궐 안 대부분의 내관이 화경궁에서 막 출생한 공주께로 가 있다고 아뢨다. 긴급히 어의를 불러들였으나 옹주는 그들의 진맥 한 번 받아 보지 못하고 안빈의 품에서 숨을 거뒀다.

차갑게 식어 가는 작은 몸체를 끌어안고 얼마나 통곡하였는지 모른다. 옹주의 상태가 온전치 못한 것을 알면서도 왜 아무도 신경 써 주지 않았는지 원망스러웠다. 안빈은 이 모든 게 임금의 총애를 받지 못한 저의 탓인 것 같아 끝도 없이 자책했다.

그러다 불현듯 그런 생각이 들었다. 어의를 포함해 공주에게 달려갔던 뛰어난 내관 중 한 명이라도 곁에 남았더라면 옹주는 무사했을지도 모를 일이라고. 건강하게 태어난 공주가 무어라고 사가로 내쫓긴 주제에 중전은 그들을 몽땅 불러들인 거냐고.

화경궁의 중전에게, 옹주의 몫을 전부 차지한 공주에게 안빈은 참을 수 없는 분노를 느꼈다. 감정은 눈덩이처럼 계속 불어났고 급기야 분노는 원망으로, 원망은 앙심으로 깊어지게 되었다. 그 두 사람만 떠올리면 '옹주를 잡아먹은 것들'이라는 울분에 살점이 찢어지고 뼈가 바스러지는 듯한 통증이 일었다.

지난여름, 공주의 상태를 점검하러 취연당을 찾았을 때 하마터면 감정을 추스르지 못하고 속마음을 내지를 뻔하였다. '공주 자가를 뵈오면…… 차갑게 식어 가던 우리 옹주의 작은 손이 생각납니다.'라고.

옹주를 죽음으로 몰아간 아이. 자신을 나락에 빠트렸던 효경왕후를 완벽히 떠올리게 하는 아이.

공주이면서 효경왕후이기도 한 그 아이를 볼 때마다 안빈은 악에 치받치는 것을 몇 번이나 참아야 했다. 쫓겨나는 공주를 붙잡고 똑똑히 말해 주고 싶었다. 고작 그 정도로 아파하지 말라고, 나는 아직 시작도 하지 않은 거라고.

안빈의 얼굴에 늘 드리워져 있던 자애로움 대신 서글프면서도 독한 기운이 번졌다. 대가를 치르지도 않고 죽어버린 제 어미의 몫까지, 안빈은 전부 공주에게로 쏟아부을 작정이었다.

 좌상은 기어코 여장을 꾸리고 나선 아들을 묵묵히 바라보았다. 상태는 이전보다 나아졌지만, 야윈 얼굴에 스스로를 향한 자책은 여전해 보였다.
 약 두 달 전, 탈진한 아들은 정신을 잃고 집으로 옮겨졌다. 시름시름 고열에 시달리며 의식을 차리지 못했다. 마음에서 빚어진 질병은 백약이 무효했고 병세는 갈수록 악화되었다.
 그 녀석 열병을 참 지독히도 앓는구나. 그래도 때가 되면 일어나겠지, 좌상은 번번이 별일 아닌 척 돌아섰다. 그런데 며칠 뒤 놀랍게도 아들은 자리를 털고 일어나 분주히 움직였다. 강파르게 말라 허깨비 같은 몰골을 하고서도 업무에 복귀해 무섭도록 일에만 매진했다.
 주의 깊게 지켜보던 좌상은 차차 시간이 흐르자 이대로 지나가는구나, 내심 안도했다. 기회를 봐서 혼담도 마무리 지을 예정이었는데 오늘 오전 세자로부터 기막힌 소식이 당도했다. 그 말을 듣고 헛웃음이 나면서도 일면으론 그럴 줄 알았다는 생각도 들었다.
 지금은 무슨 말을 해도 통하지 않겠지만 좌상은 아비로서의 의견도 밝힐 겸 한마디를 또렷하게 던졌다.
 "대제학의 여식과 정혼하거라."

"소자는 이미 정혼하였습니다."

"여인의 마음과 연정은 헛된 망상에 지나지 않는다. 네가 믿을 수 있고 너를 지켜주는 건 오직 네 능력과 건강한 신체, 그리고 가족이란 이름으로 한 울타리에 엮여 있는 네 피붙이뿐이다. 이성을 홀리는 여인이 아닌, 우리 집안에 스며들어 가족이 될 수 있는 사람과 혼인하여라."

"공주께서는 소자를 홀리는 분이 아닌, 힘이 되어 주시는 분입니다. 강건하고 현명한 분이십니다."

"하여 사직을 청한 것이냐? 이성이 온전하여서?"

"어차피 조정을 떠날 계획이었습니다. 소자가 해 온 일을 처리하고 넘겼으니 잠시간 도성을 벗어나 있겠습니다."

이미 떠날 채비를 마치고 온 아이였다. 저 눈빛, 저 마음가짐이라면 누구의 말도 귀에 들리지 않을 것이다. 그렇다면 좌상도 기를 쓰고 말릴 생각은 없다. 심지가 곧은 녀석이니 이대로 떠나보낸다 해도 엇나가지는 않을 것이다. 그래도 한 가지 분명한 사실은 정확히 짚어 주어야 할 필요가 있었다.

"그리 원한다면 붙잡지는 않을 것이다. 하나 이것만은 똑똑히 명심하여라. 어떠한 일이 있어도 정선에 계시는 그분은 우리 가문의 문턱을 절대 넘으실 수 없다. 그 연유는 네 몸에 잘 새겨져 있느니라."

아들은 어떠한 반응도 보이지 않았다. 오로지 침묵하다 자리에서 일어나 공손히 하직 인사를 올렸다.

모든 것을 해결하는 그날까지 서율은 입을 다물기로 결심했다. 인사를 마치고 나오는 순간까지 말을 아끼고 담담했다. 큰 사랑채의 중문을 넘어 행랑채의 넓은 마당으로 나왔다. 걸음을 서둘러 대문을 나서기 전 서율은 습관처럼 뒤를 돌아 사랑채 뒤편, 높이 솟은 누각을 올려다보았다.

공무로 먼 길을 떠날 때면 아들의 뒷모습이 완전히 사라질 때까지 어머니는 저곳에 올라 오랫동안 지켜봐 주시곤 하셨다. 이번에도 다르지 않았다. 불효만 하고 떠나는 아들을 배웅하기 위해 어머니는 오늘도 높은 곳에 서서 그를 바라봐 주셨다.

작년 12월, 시간의 흐름도 잊고 병석에 누워 일어나지 못했다. 밤이 지났는지 아침이 왔는지 감각조차 없었다. 한 번씩 눈 뜰 때마다 옆에 계시는 어머니의 옷차림이 바뀌는 걸 보며 하루하루 시간이 흐르고 있음을 짐작했다.

그러던 어느 밤, 병구완을 해 주시던 어머니가 한참 동안 그를 바라보더니 넌지시 그런 질문을 하셨다.

'공주 자가는 네게 어떠한 분이시냐?'

'……'

'이 어미는 어리석어 아무것도 모르겠다. 정치도, 당론도, 가문의 이해관계도 늘 복잡하고 어렵기만 하구나. 다만 먼저 보낸 내 새끼들이 가슴 아프고, 건강하게 살아 주는 너희가 고마울 뿐이다. 서율아……'

'……'

'비록 어리석은 어미이나 나도 알고 있는 시경의 구절이 하

나 있단다. 당체지화 편기반이하니, 기부이사 실시원이로다.'

'……'

'처음 그 구절을 읽었을 때 참으로 바보 같은 말이구나, 하는 생각이 들었다. 그런데 말이다, 이 나라 남정네들이 가장 존경한다는 선현께서도 그 구절을 읽고 이 무지한 어미와 같은 생각을 하셨다 하더구나.'

서율은 그다음 날로 자리를 털고 일어나 떠날 준비를 시작했다.

저 멀리 누각 위의 어머니께서 얼른 가보라고 손짓을 하셨다. 그동안 자식으로서 끼쳐드린 심려가 너무나 컸기에 서율은 죄송한 마음을 담아 큰절을 올렸다. 잠시간 애틋한 눈길로 어머니를 응시하다가 그대로 몸을 틀어 발길을 돌렸다. 그분이 계시는 강원도의 정선을 향하여.

당체지화唐棣之華, 편기반이偏其反而
기부이사豈不爾思, 실시원이室是遠而
아름다운 산앵도나무 꽃이 훨훨 휘날리는구나.
어찌 그대를 그리워하지 않으리요마는, 그대 머무는 곳이 멀고도 멀구나.

미지사야未之思也, 부하원지유夫何遠之有
진실로 그리워하지 않는 것이니, 진정 그리워한다면 가지 못할 먼 곳이 어디에 있으리오.

-'논어論語'에서-

 어느덧 2월 초순, 강원도엔 혹한기가 이어졌다. 삭풍은 심술을 부리듯 흉포하게 몰아쳤고 눈보라는 세상을 하얗게 덮을 듯 거칠게 나부꼈다. 매해 겨울, 도성을 기습하던 한파와는 그 세기와 성질이 비교도 안 될 만큼 억세고 매서웠다.
 사방이 새하얀 눈에 파묻힌 오전, 공기 중으로 뽀얀 입김이 서리처럼 얼어 흩어졌다. 솜을 대어 두툼한 무명옷을 입은 은명은 안마당에 수북이 쌓인 눈을 쓸고 있는 중이다. 병석에서 막 일어나 안쓰럽도록 수척한 모습이었으나 먹빛의 눈동자는 여전히 맑고 또렷했다. 불어오는 칼바람에 손이 빨갛게 얼어가는데도 야무진 손놀림은 결코 멈출 줄을 몰랐다.
 마을에 내려간 최 상궁과 난이가 이 꼴을 본다면 야단법석을 떨어댈 것이다. 그래도 은명은 이렇게라도 몸을 움직이고 싶었다. 바깥보다야 낫지만, 방 안에 있어도 웃풍이 거세 추운 것은 어차피 매한가지. 열심히 비질이라도 하면 땀이 날 정도로 몸이 데워지는 것은 물론 밤에도 달콤하게 곯아떨어질 수 있었다.
 "하아……."
 잠시 비질을 멈춘 은명은 어느새 이마에 차오른 땀을 닦으며 뻐근한 허리를 톡톡 두드렸다. 아무리 운동 삼아 하는 것이라 하나 평생을 고이고이 보살핌만 받아 온 귀하신 몸이었다. 조금만 움직여도 금방 지치는 건 어찌할 수 없었다.

은명은 입김을 불어 빨갛게 얼어 있는 손을 녹였다. 이마에 땀이 살짝 배어났다고 해도 손과 발, 코끝과 귀가 시린 것은 여전했다. 손바닥으로 양쪽 귀를 누르고 두 손을 싹싹 비비는데 어디선가 익숙한 향기가 바람에 묻어 와 은명의 가슴에 커다란 파문을 일으켰다. 가슴이 쿵쿵 울리기 시작했다. 언젠가 서율을 마주하며 그러했던 것처럼 팔딱팔딱 심장이 제멋대로 날뛰었다.

왜 이러지?

이리도 공연히 가슴이 뛸 때면 은명은 무의식중에 그 사람을 떠올렸다. 이제껏 살면서 시도 때도 없이 이 가슴을 뛰게 했던 사람, 머리보다 몸이 먼저 반응하게 했던 유일한 사람이었다.

그래서 더욱 지금의 이 뜬금없는 상태를 이해할 수 없었다. 그와 함께 있는 것도 아닌데 왜 이런 기분이 드는 것인지. 그리운 이가 떠올라 잠시 울컥했던 은명은 가만히 눈을 감고 마음을 가라앉혔다.

그가 없는 곳에서 이렇게 가슴이 주책없이 뛰다니…….

그렇다면 지금까지 그 사람 때문이 아니라 몸에 이상이 있어 가슴이 뛰었던 것이로구나. 은명은 피식 웃으며 생각을 떨치고 다시 빗자루를 움직였다. 눈을 쓸면서 방향을 트는데 빗자루를 공중으로 들었을 때 뽀드득 눈이 묵직하게 밟히는 소리가 감지되었다.

자연스럽게 고개가 돌아갔고 시야에 들어온 익숙한 형상에 그대로 넋을 빼앗겼다. 휘청, 몸이 흔들리며 쥐고 있던 빗자루를 떨어트렸다.

휘이잉. 휘이이잉.

꿈인가 싶기도 하였다. 사나운 겨울바람이 가져다준 달콤한 환상을 보는 것 같았다.

하지 말라면 절대로 하지 않으시는 분, 찾아가는 건 언제나 나의 몫인 줄 알았는데…….

꿈이라면 깨지 않기를, 환상이라면 조금 더 보여 주기를 은명은 간절히 소원했다.

"자가."

가슴에 못을 박고 떠나 온 사람. 그대에게 퍼부었던 말들은 진심이 아니었노라고, 이 마음은 그러지 아니하였노라고. 그대에게 준 상처가 안타까워 그만 병이 나고 말았다고 얼마나 말해 주고 싶었는지.

"흐흑……."

그리운 내 님의 얼굴을 조금 더 자세히 보고 싶지만 무정한 이 눈물이라는 것이 온 세상을 흐릿하게 뒤덮었다. 조급한 마음에 빨갛게 얼어붙은 손으로 흐려진 시야를 맑게 하는데 그의 체취가, 숨결이, 온기가 피부 깊숙이 부딪혔다. 꿈이었다면, 환상이었다면 이리도 따뜻할 리 없었다. 은명은 그의 너른 가슴에 얼굴을 묻고 저 아래 깊이 쌓아 뒀던 눈물을 펑펑 쏟아냈다.

"가란 말은 마십시오."

"……."

"잊으란 말도 마십시오."

"……."

"오늘부터 우린 다시 함께하는 겁니다."

서율은 울음을 터트린 공주를 품에 꽉 끌어안았다.

버려도 쫓아오고, 싫다 해도 좋다 하고, 언제나 나만 바라보다, 나의 전부가 되어버린 사람. 이번에는 이 못난 사람의 차례입니다. 버려도 쫓아가고, 잊으라 말해도 기억하고, 싫다 해도 끝까지 좋아해 당신의 전부가 되겠습니다.

어둠이 내려앉은 내전의 깊은 밤, 술을 홀짝이는 보희의 얼굴이 벌겋게 달아올라 있었다. 취기가 이미 오를 대로 올랐는데도 작정하고 끊임없이 술잔을 기울였다.

아침부터 오후까지 병석에 누운 왕의 병시중을 들었다. 그러니 이제 제 속에 쌓인 울화를 풀어 줄 차례가 아닌가. 눈만 감으면 서율의 서늘한 눈빛이 떠올라 술을 마시지 않고는 도저히 침수에 들 수 없었다.

'김서율이 사직상소를 올리고 도성을 떠난다 하더이다.'

안빈이 가져온 은밀한 전언에 허겁지겁 그의 뒤를 쫓았다. 먼 길을 떠나는 그의 앞에 나타나 정면으로 길을 막아섰다. 놀라는 얼굴로 어쩐 일이시냐 물어야 정상이었건만 그는 무엇도 담지 않은 눈으로 물끄러미 바라만 보았다. 그의 무심한 눈길에 심장이 내려앉으면서도 보희는 두서없이 나오는 대로 말을 늘어놓았다.

'그 아이는 이제 공주도 뭣도 아닙니다. 어찌하여 하잘것없는 여인네 때문에 모든 것을 버리려 하십니까!'

거의 비명에 가까운 소리를 지르는 동안 그는 거리를 두고 침묵했다. 자신을 바라보는 차가운 눈빛에는 날카로운 경계심마저 엿보였다. 화경궁의 나인을 매수해 공주를 그리 만들었다, 책망하는 것 같았다. 그래도 모르는 척 끝까지 버티던 보희는 그가 남긴 처음이자 마지막 한마디에 체면도 잊고 길바닥에 주저앉고 말았다.

'모든 것을 버리고자 하는 것이 아닙니다. 저의 모든 것을 찾으러 가는 길입니다.'

그날의 일이 또다시 떠오르자 뜨거운 피가 역류해 얼굴로 쏠렸다. 보희는 술을 따라 단숨에 들이켰다. 부끄러움도 잊고 날뛰었던 이유는 오직 하나, 그의 관심을 받기 위함이었다. 하지만 그의 시선이 머무는 곳은 언제나 자신이 아닌 달성부원군의 핏줄이었다.

그 아이는 원수의 자손인데, 그토록 안타까워하는 당신의 숙부를 그리 만든 가문의 핏줄인데, 왜 그 아이는 되고 저는 안 되었던 것입니까!

도무지 이해할 수 없어 울부짖으면서도 이제는 인정하지 않을 수 없었다. 처음부터 그에게 자신은 여인이 아니었던 것임을. 자신을 바라보는 눈빛엔 그와 비슷한 감정이 조금도 존재하지 않았던 것임을.

만약 그런 감정이 조금이라도 있었더라면 어느 여름, 월류지에서 기다린다고 했을 때 그는 무슨 일이 있어도 와 주었을 것이다. 비씨가 되어 입궁한다는 소문이 돌았을 때 제일 먼저 달려와 사실부터 확인했을 것이다.

"나는 뭘 해도 안 되는 사람이었던 것을……."

자조 섞인 웃음과 함께 보희의 눈에서 비참함의 눈물이 흘러내렸다.

부친이 양병수와 의천상단을 이용해 부를 쌓기 시작하면서 안빈은 대궐 안 사람들을 꾸준히 매수했다. 대전과 혜빈전을 비롯한 각 후궁전은 물론이요, 중궁전과 동궁전, 공주전에 이르기까지 궐 안 곳곳 안빈의 손길이 닿지 않은 곳이 없었다. 눈앞에 앉아 있는 중전의 지밀상궁도 마찬가지였다.

"하여 술에 취해 쓰러지셨다고?"

"예, 평소보다 과하게 드셨나이다."

"알았네. 그만 물러가 쉬시게."

내전의 상궁이 소리 없이 물러가자 안빈의 얼굴에 조소가 떠올랐다. 필요에 의해 보희를 중전으로 들이기는 했으나 잠시나마 보듬어 주고 싶은 마음이 든 적도 있었다. 사모하는 님의 등을 보며 홀로 애태우는 모습이 과거의 자신을 보는 듯 애처로웠기 때문이었다.

그러나 이제는 아니다. 팔자는 제 성정이 좌우한다 하였던

가. 중전의 행태는 안빈이 품고 있던 일말의 동정심마저 깡그리 사라지게 하였다.

"모자란 것. 제 팔자가 얼마나 좋은지도 모르고······."

안빈은 작게 혀를 차며 눈가에 냉기를 띠었다. 보희는 명문가의 고명딸로 태어나 자신이 생전 누려 보지 못한 가족의 귀애를 듬뿍 받으며 자란 아이였다. 어떠한 의지도 노력도 없이, 운 좋게 그날 그곳에서 꽃비를 맞아 전하의 정실부인 자리를 단번에 꿰찬 행운아였다. 그러고도 저리 추태를 부리고 있으니 복에 겨워 그런다는 소리가 저절로 나왔다.

이후 안빈은 보희를 보듬어 주고 싶다는 동정심을 버리고 철저히 이용하기로 결심했다. 공주를 공격하고, 혜빈을 쫓아내는 데까지만 내세우려던 계획을 전면 수정해 자신의 방패막이로 삼았다.

화경궁의 궁녀를 매수하려 한다는 내전 상궁의 은밀한 전언에 이미 몇 해 전 자신의 수중으로 넘어온 수비를 들여보냈다. 중전에게 보고할 시에는 공주와 김서율의 관계를 특히 낱낱이 고해 올리라는 상세한 명과 함께. 자신이 만들어 준 판인지도 모르고 중전은 투기에 미쳐 제대로 펄펄 날뛰어 주었다.

평소 끔찍이 여기는 누이를 제 손으로 유배까지 보내 놓고 그대로 넘어갈 세자가 아니다. 무슨 꿍꿍이로 그리했는지 알 수 없으나 때가 되면 필시 대궐을 한바탕 뒤집을 터. 그때가 되면 비난의 화살은 전부 중전에게만 꽂힐 것이고, 안빈은 그토록 염원해 온 최후의 일인으로 전하 곁에 남게 될 것이다. 안빈의 입가에 회심의 미소가 희미하게 스쳤다.

━━━━━━━━━━━━━

 4월에 들어서며 바로 직전까지 기승을 부리던 꽃샘추위가 물러갔다. 바람도 기후도 온화해졌지만, 그동안의 변덕으로 은명은 한풍이 물러간 뒤에도 감환으로 고생했다.
 해가 높아진 어느 오후, 탕약을 먹고 깜박 잠들었던 은명은 다리에서 느껴지는 시원한 감촉에 서서히 깨어났다. 눈을 뜨지 않아도 어떻게 된 상황인지 알고 있었다. 그가 이불 속으로 손을 넣어 조심조심 다리를 주무르고 있는 것이리라.
 지난 시샘달, 예고도 없이 눈앞에 나타난 서율은 당연하다는 듯 비좁은 문간방을 차지했다. 단출한 무명옷으로 갈아입고 가장 먼저 지붕을 포함한 초가삼간의 외부를 수리했다.
 어디선가 나타난 치경과 함께 온종일 집 안팎을 뚝딱거리더니 겨우내 은명을 괴롭혔던 웃풍을 방에서 싹 걷어냈다. 부뚜막에다 불까지 활활 지피니 방 안이 어찌나 훈훈해지던지, 최 상궁과 난이가 감격해 눈물까지 글썽거렸다.
 '견딜 만하십니까? 앞으로 이 손이 얼어붙는 일은 절대 없을 겁니다.'
 빨갛게 얼은 은명의 손을 따뜻하게 잡아 주며 그가 다짐한 말이었다. 그리고 그는 정말로 그 약속을 지켰다.
 부지런히 움직여 땔감으로 쓸 마른나무를 구해 왔고 새벽에도 불을 꺼트리는 법이 없었다. 추운 바람을 가르고 생선도 끊임없이 잡아 상에 올렸다. 간간이 어디선가 꿩을 잡아 오기도 했다.

김서율 덕분에 정선에서의 삶은 신기하리만치 윤택해졌다. 최 상궁과 난이도 놀라운 변화에 기뻐하며 전적으로 그를 믿고 의지했다.

언제나 듬직한 사람이었지만 도성에서 내려온 그에게 뚜렷한 변화도 몇 가지 감지되었다. 은명을 대하는 그의 태도가 이전과 많이 달라진 것이다.

우선, 은명이 눈에 보이지 않으면 굉장히 불안해 했다. 밖에서 일을 볼 때를 제외하곤 한시도 곁에서 떨어지려 하지 않았다. 아침에 눈을 떠서 잠자리에 들 때까지, 그는 비좁은 초가삼간 안에서 언제나 은명의 뒤만 졸졸 따라다녔다.

말로 하는 애정표현도 거침이 없었다. 곁에서 서책을 보다가도 문득 고개를 들어 멍하니 은명을 보는가 하면 민망한 말들을 서슴없이, 그것도 매우 진지하게 쏟아냈다.

'겨울바람이 왜 유독 자가께만 사나워 감환을 덧씌우는지 알 것 같습니다.'

'무엇 때문인데요?'

'어여쁘시옵니다. 바람도 시샘해 심술을 부릴 만큼.'

'예?'

처음에는 잘못 들었나 싶었다. 바느질하던 손을 멈추고 놀란 눈으로 서율을 보면 그는 또 아무렇지 않게 다시 서책을 들여다보았다. 한쪽 손으로 은명의 치맛자락을 꼭 움켜쥐고서.

이후로도 그는 어마어마한 말들을 조금도 부끄러워하지 않고 불쑥불쑥 건네곤 했다. 놀라서 움찔거리던 최 상궁과 난이마저 이제는 그러려니, 일상으로 보아 넘기는 지경이었다.

"이제 그만하십시오."

아무리 기다려도 그가 멈출 기미를 보이지 않자 은명이 끝내 입을 열었다.

"깨셨습니까. 제가 자가의 단잠을 방해했나 봅니다."

"아닙니다. 시원하고 좋았습니다. 그래도 그만하십시오."

오랜 시간 힘을 써 팔이 아플 것 같은데 그는 상관 않고 계속 다리를 주물렀다. 이것 또한 그의 커다란 변화 중의 하나였다. 예전의 그였다면 저토록 스스럼없이 자신의 몸에 손을 대지 않았을 것이다. 한데 정선에 내려온 이후 그는 자신의 팔다리와 손, 혹은 치맛자락을 끊임없이 조몰락거렸다. 물론 그 이상의 신체 접촉은 꿈도 꾸지 않았다.

그러다 보니 두 사람은 가족처럼 서로에게 자연스레 녹아들었다. 눈을 마주치면 여전히 설레고 좋았지만, 팽팽히 흐르는 긴장감 대신 끈끈하고 돈독한 애정이 덧대어졌다.

"그만하고 이리 와서 손을 잡아 주십시오."

그냥 두면 하루 종일 다리를 주무를 것 같아 은명은 이불 밖으로 손을 내밀었다. 서율은 입꼬리를 빠르게 추켜올리며 냉큼 머리맡으로 다가와 손을 맞잡았다. 하지만 이내 비썩 말라 금방이라도 부러질 것 같은 은명의 손을 만지작거리며 낯빛에 수심을 드리웠다. 두 눈에 아련한 감정을 머금고 은명의 머리를 살살 쓸어 주었다.

"오늘따라 더 맑아 보이십니다."

내리 누워 있어 몰골은 분명 엉망이었음에도 그에게서 나온 말은 격찬에 가까웠다. 은명은 그러려니 작게 웃어넘겼다. 이젠 익숙해지기도 했고 놓치지 말라며 타박하기엔 그의 음성과 표정이 지나치게 진지했다.

"저는 이리 사는 것도 좋습니다. 자가는 어떠하시옵니까?"
"당신이라고 불러 주십시오. 듣기 좋을 것 같습니다."
"당신이라……."

이제 공주가 아니니 자가라고 부르지 말라 하였건만 그는 고집을 꺾지 않았다. 그래서 은명은 하지 말라고 하는 대신 그가 좋아할 만한 다른 호칭을 생각해 보았다. 제안이 마음에 들었는지 그의 눈가에 만족스러운 웃음기가 피어났다.

"실로 좋은 호칭입니다. 부인이라 부를 수 있는 그날까지 당분간 그렇게 부르겠습니다."
"나리와 이렇게 함께할 수 있어 저도 무척 기쁩니다."

호칭을 정정한 은명은 그제야 두 눈을 반짝이며 물음에 대답했다.

"매일매일 이리 눈을 맞추고, 대화를 나누고, 함께 웃을 수 있어 어느 때보다도 마음이 편안합니다."

절망하지 않을까, 시름에 잠기지 않을까, 그가 초조해 하며 자신을 지켜보고 있음을 안다. 은명은 그것이 기우에 불과하다는 걸 말이 아닌 행동으로 직접 보여 주었다. 여전히 씩씩했고, 한결같이 당당했으며, 적당할 만큼만 도도하게 굴었다. 봄이 왔음에도 쌀쌀한 기운을 이기고 못하고 이리 몸져누운 것 외에는.

"오늘도 산에 다녀오실 겁니까?"

"예. 아직은 해가 지면 쌀쌀합니다. 밤에 지필 땔감을 더 구해 오겠습니다."

"조심히 다녀오십시오. 기다리고 있겠습니다."

그의 낯꽃이 화사하게 피어올랐다. 기다리고 있겠다는 말, 그는 은명이 들려주는 그 말을 특히 좋아했다. 은명은 그의 미소가 보기 좋으면서도 가슴 한쪽이 욱신거렸다.

시선은 자연스레 거뭇해진 그의 눈 밑으로 향했다. 또 악몽을 꿨는지 간밤에 제대로 잠을 이루지 못한 모습이었다. 하루 이틀도 아니고, 언제부터 저렇게 잠을 설치고 있는지 짐작키도 어려웠다. 당연히 궁금했다.

무엇이 그리도 당신을 괴롭게 하는지.

그것이 혹 나와 관련한 문제는 아닌지.

어느 날 갑자기 들이닥친 그를 은명은 말없이 받아 주었다. 약속이나 한 듯 그도 은명도 과거사에 대해 함구했고 집에는 뭐라 말하고 왔는지, 관직은 어찌되었는지, 앞으로의 계획은 무엇인지 묻거나 궁금해 하지 않았다. 그저 함께하는 지금 이 순간, 이 감정에만 충실했다.

그러나 시간이 흐르고 그가 남몰래 괴로워하는 것을 지켜보며 은명도 가만있을 수 없었다. 다른 건 몰라도 그 문제에 관해서만큼은 확실히 짚고 넘어가자, 작심한 차였다.

언젠가 산속 민가에서 쓰디쓴 목소리로 그가 조언했다. 악몽도 병이 될 수 있노라고, 그럴 경우 혼자서 앓지 말고 꼭 내관과 상의하라고.

그동안 조용히 지켜본 결과 서율은 정확히 그 병을 앓고 있었다. 악몽이란 병마가 그의 몸과 마음에 깊이 뿌리를 내리고 건강과 영혼을 야금야금 집어삼키는 중이었다. 아무도 모르게 그 병세를 확인한 은명은 더는 방관할 수 없다고 판단했다. 하여 그가 땔감을 구하러 집을 비운 사이 치경을 은밀히 불러들였다.

"공주 자가……."

별안간 불려온 치경은 안절부절못했다. 긴히 할 말이 있다는 공주의 기별에 무슨 일일까 궁금해 하며 오기는 왔는데 이런 질문을 받게 되리라고는 생각지 못했다. 공주는 기어이 알아내겠다고 작정한 듯 각을 세우며 꼬치꼬치 캐물었다.

"너도 지평께 여쭈었다. 다시 악몽을 꾸시는 게 아니냐고. 저번에 울타리 작업을 하며 네가 지평께 여쭈었던 말을 이 두 귀로 똑똑히 들었으니 피해 갈 궁리는 말거라."

"소인이 올릴 수 있는 답은 아무것도 없사옵니다."

"병은 감추는 게 아니라고 하였다. 내가 몰랐으면 모르되 한집에서 지내며 이미 알 만큼 알았으니 모르는 척 넘어갈 생각은 전혀 없다. 그런 병인 경우 원인부터 차근차근 잘 짚어야 한다.

나리께선 언제부터, 무엇 때문에 악몽을 꾸기 시작한 것이냐?"

공주의 다그침에 치경은 고개를 조아리면서도 묵묵부답이었다. 원체 천성이 우직한데다 상전과 관련한 일이라면 그 갑절로 신중해지는 그였다. 문제는 캐묻는 상대 역시 만만치 않다는 점이었다. 아무리 그가 미련하게 굴어도 맥없이 물러날 공주가 아니다. 공주는 무서운 기세로 다그쳤다.

"네가 말해 주지 않으면 나는 나리께 직접 여쭐 수밖에 없다. 물론 너만큼이나 융통성이 없는 분이시니 끝까지 함구하시겠지. 하나 나 또한 그리 호락호락하지는 않을 터, 최악의 경우 나는 나리를 쫓아낼 것이다."

"제발 고정하시옵소서. 그런다고 나갈 분이 아니십니다."

"몇 날 며칠 마당에 서서 버티시겠지. 나도 똑같이 버틸 것이다. 해가 떨어지면 아직은 추운 날씨, 나리께서는 쓰러지실 때까지 아니, 쓰러지신다 해도 마당에서 꼼짝 안 하실 것이다. 네가 답을 하지 않으면 오늘 당장에 벌어질 일이다. 너는 그렇게 진을 빼놓고 싶으냐?"

흔들리지 않던 치경의 얼굴에 망설임이 삐죽 고개를 들었다. 다른 사람은 몰라도 공주께서는 정말 그렇게 하고도 남을 분이라는 걸 알기 때문이었다. 치경이 흔들리면서도 마지막까지 고심을 거듭하는데 공주는 기세를 놓치지 않고 더욱더 그를 독촉했다.

"혹 너는 내게 자격이 없다고 생각하는 것이냐?"

"그런 것이 아니옵니다. 그저, 좌상 대감 댁의 매우 은밀하고도 사적인 이야기인지라······."

"내가 밖에다 좌상 댁의 일을 떠벌리기라도 한단 말이냐! ······모르겠느냐, 많이 괴로워하신다. 저리 내버려두었다간 언젠가 몸을 크게 상하실 것이다."

공주의 말이 전적으로 옳았다. 몇 년간 평온하시던 상전은 무슨 연유에선지 재작년부터 다시 악몽을 꾸기 시작했다. 더군다나 그것은 최근 들어 부쩍 심해진 듯 보였다.

갑자기 무슨 일인지 그도 알 수 없지만 한 가지 분명한 건 저대로 두었다간 몸에 큰 무리가 생길지도 모른다는 것이었다. 차라리 사실대로 털어놓고 공주께 도움을 청하는 편이 나을 수도 있다. 어차피 말씀을 올려도 공주께서 그 이면의 일까지 알아낼 순 없을 테니까 말이다. 고민 끝에 마음을 굳힌 치경은 공주를 바라보며 조심스레 말문을 열었다.

"그게 실은······ 도련님께서 어린 시절, 괴한의 습격을 받은 적이 있으십니다."

"습격?"

"좌상 대감의 큰따님과 둘째 아드님은 세간에 알려진 대로 마진을 앓다 돌아가신 것이 아닙니다."

전혀 예상치 못했던 발언에 은명은 놀라움으로 두 눈이 휘둥그레졌다.

"하면 괴한의 습격을 받아 돌아가셨다는 것이냐?"

"그러하옵니다."

충격을 받은 공주를 세심히 살피며 치경은 과거의 이야기를 시작했다.

───────

 유둣날을 하루 앞둔 한여름의 어느 오후, 병판 김대원의 사저에 글을 읽는 어린 도령의 목소리가 낭랑하게 울렸다.
 '군자가 배우는 까닭은 기질을 변화시키기 위함에 있다. 과감히 도를 행할 수 있다면 어리석은 사람일지라도 반드시 명철해질 것이요, 유약한 사람일지라도 반드시 강해질 것이다. 그러므로……'
 맑고 야무진 목소리의 주인은 병판의 삼남이자 비상한 총기로 일찍부터 세간의 이목을 끌고 있는 어린 서율이었다. 무더운 날씨에도 소년은 흐트러짐 없는 정자세로 서안 앞에 앉아 글을 읽었다. 올해로 열둘, 아직은 어린 나이임에도 그 자세가 바르고 꼿꼿해 소년을 바라보는 이마다 줄줄이 칭찬을 아끼지 않았다. 딱 한 사람만 제외하고는.
 '징그러워.'
 매끄럽게 서책을 읽던 중 또다시 들려온 세 번째 타박에 서율은 끝내 집중력이 흩어졌다. 읽기를 중단하고 자못 근엄한 목소리로 항의했다.
 '언제까지 거기서 그러고 계실 겁니까? 들어오려면 들어오시고, 가려면 얼른 가주십시오.'
 소년의 말에 활짝 열려 있는 분합문 밖에서 제법 어린 티를 벗고 있는 어여쁜 소녀가 나타났다. 올해 열다섯, 병판의 외동딸 재희였다.

'애늙은이.'

'누님!'

참고 참았던 서율이 눈앞에 털썩 주저앉은 누이에게 엄격한 눈길을 보냈다.

'나는 이다음에 혼인하면 절대로 신동을 낳지 않을 거야.'

'낳고 싶다고 누구나 신동을 낳을 수 있는 게 아닙니다.'

'애늙은이 같아. 하나도 안 멋있어. 귀엽지도 않아. 아이면 아이다워야지.'

어린 서율의 입에서 작은 한숨이 흘러나왔다. 유둣날을 앞두고 누님이 저렇게까지 까칠하게 구는 이유는 하나밖에 없었다. 이번에는 어떻게 넘어가나, 생각만으로도 머리가 지끈거리는데 역시나 재회는 곧장 사심을 드러냈다.

'너 말이다, 멋진 사내가 되고 싶지 않아? 그러지 말고······.'

'사양하겠습니다.'

'뭐를? 내가 무슨 말을 할 줄 알고?'

'누님과 함께 꽃을 따러 가진 않겠습니다. 여자아이처럼 꽃을 따다 띄우면서 멋진 사내가 되게 하여 달라 빌라니요. 상당히 모순적이다 생각지 않으십니까?'

서율은 누이의 간절한 눈빛을 얄미울 만큼 딱 부러지게 거절했다. 쌀쌀맞게 고개를 돌리고 다시 서책에 눈을 주었다.

하지만 그로부터 정확히 일각 후, 침울한 표정의 서율은 평평한 소쿠리를 하나 들고 쫄래쫄래 재희의 뒤를 따르고 있었다.
 '때마다 이러시면 정말 곤란합니다.'
 '앞으로도 계속 데리고 가 달라 조르지나 말거라.'
 '이번 한 번뿐이라는 그 약조, 꼭 지키십시오.'
 '알았다니까! 잔소리 좀 그만해.'
 아우의 투덜거림에 짜증 섞인 어조로 대꾸하면서도 재희의 입가엔 만족스러운 미소가 떠나지 않았다. 대답이야 얼마든지 해 줄 수 있었다. 말이야 바른말로 조금 전과 같이 약조한 게 오늘로 벌써 수십 회에 달했다.
 이렇게 약조를 해 놓고 때가 되면 재희는 으레 막내에게 달려왔다. 그러면 서율은 냉정하게 거절하다가도 종국엔 마지막임을 강조하며 내키지 않은 얼굴로 따라나섰다. 저리 죽을상을 하고 있지만 목적지에 도착해 이것저것 부탁하면 또 시키는 대로 열심히 움직이며 따라 줄 것이다.
 오늘은 원추리를 찾아 달라고 해야지.
 재희는 생긋 웃으며 서율에게 빨리빨리 움직이라고 재촉했다. 누군가 뒤에서 조용히 따라오고 있는 줄도 모르고, 몸종을 따돌린 두 남매는 토닥토닥 뒷동산을 올랐다.

 '아악!'
 모든 게 꿈인 것 같았다. 얼굴을 가린 사내가 단도를 치켜들고 있는 것도, 여리고 여린 누님이 그의 허리에 매달려 울부짖고 있는 것도. 그러지 말고 가라고, 어서 도망치라고 누님에게

소리치고 싶지만, 가슴을 타고 온몸으로 퍼지는 끔찍스러운 통증에 서율은 신음 외에는 어떠한 소리도 낼 수 없었다.

'어서 가! 너를 해치려는 것이 아니다. 너는 도망치란 말이다!'

단도에 이미 피를 묻힌 사내는 누이를 힘껏 밀치며 소리쳤다. 바닥으로 처참히 고꾸라졌던 누님은 기를 쓰고 몸을 일으켰다. 이를 악물고 쫓아와 또다시 서율에게 성큼성큼 다가오는 사내를 죽자 사자 부여잡았다.

'살려 주세요, 제발 제 아우를 살려 주세요!'

가슴에 자상을 입고 생명이 꺼져 가는 서율을 바라보며 누이는 필사적으로 빌고 또 빌었다. 폭포수 같은 눈물을 쏟으며 누구의 것인지 모를 새빨간 핏물을 손에 흥건히 묻히고 있었다.

그러나 사내는 기어이 누이를 떼어내고 금방이라도 숨이 멎을 것 같은 서율에게 달려들었다. 심장을 겨냥해 단도를 세우고, 있는 힘을 다해 팔을 휘둘렀다. 모든 것을 포기한 서율은 그대로 눈을 감았는데,

'으흑!'

조금 전과 같은 끔찍한 통증 대신 익숙한 향기와 누이의 고통스러운 신음이 들렸다. 눈을 번쩍 뜬 서율은 눈앞에 펼쳐진 광경에 숨이 멎었다. 지독한 물리적 통증에 정신적 충격이 겹쳐져 괴로운 몸부림을 쳐댔다.

누님!

배꽃처럼 환했던 누님의 얼굴이 고통으로 처참하게 일그러져 있었다. 몸으로 자신을 감싸고 등에서 검붉은 핏물을 마구

쏟아내다 옆으로 쓰러졌다. 어떻게든 몸을 일으키려 했지만, 사지가 뒤틀리는 통증에 서율은 눈물이 펑펑 흐르는 눈으로 누이를 바라보고 있을 수밖에 없었다.

'서, 서율아…… 너 멋있어, 귀여…… 워. 월류지 같이 가고 싶어서…… 거짓말한 거야. 떼써서…… 미…… 안.'

'누, 누님……!'

누이는 그대로 의식을 잃었고, 서율은 발버둥을 치며 뜨거운 오열을 터트렸다. 멍하니 정신을 놓았다가 서율의 목을 조르기 시작한 그 사내 역시 폭우 같은 눈물을 끊임없이 콸콸 쏟아내고 있었다.

"그자는 대감의 사저에 숨어들어 둘째 도련님을 살해한 후 아기씨와 셋째 도련님의 뒤를 따라갔습니다. 대감의 무사들이 조금만 늦었다면 지평 나리 또한 목숨을 부지할 수 없었을 겁니다. 그때부터 도련님께서는 악몽을 꾸기 시작하셨습니다."

치경은 말을 마치고 걱정스러운 눈길로 공주를 보았다. 이야기를 들으며 매우 놀랐던 공주는 어느 순간부터 가슴을 움켜잡고 쓰러질 듯 눈물을 쏟아내고 있었다. 저러다 탈진하지 않으실까, 치경은 가슴이 조마조마하였다.

"자가, 고정하시옵소서."

어떻게든 진정시키고 싶었는데 공주는 질문을 이었다.

"괴한을 잡았느냐?"

"예. 현장에 흔적을 남겨 놓아 잡을 수 있었사옵니다."

"그가 누구였느냐?"

"술에 취한 무뢰배 중 하나였사옵니다."

치경은 대화를 얼른 마무리 짓고 궁녀들을 불러올 심산이었다. 그런데 뒤이어 들려온 공주의 지적에 사지가 빳빳하게 경직돼 아무런 생각도 할 수 없었다.

"거짓말."

치경은 속으로 당황하면서도 설마설마하였다. 아무리 곱씹어도 공주께서 알아챌 만한 말은 절대 하지 않았기에 쓸데없는 기우라고 기대를 걸어 보는데, 어리석은 착각이었다.

"범인은 나의 외숙이 아니었더냐!"

공주의 외침에, 그 정확한 추측에 치경은 두 눈이 경악으로 물들었다. 그런 그의 반응에서 짐작이 사실이었음을 확신한 공주는 깊은 슬픔에 나락으로 끝도 없이 추락하는 표정이었다.

어둑어둑 해가 지고 있는 저녁, 치경은 차마 발길이 떨어지지 않아 거처로 돌아가지 못했다. 마당을 서성이다 아련한 불빛이 새어 나오는 방문을 바라보았다.

당연히 모르시리란 전제하에 올린 말씀이었다. 그런 안일함을 비웃기라도 하듯, 공주는 오랜 세월 좌상 댁에서 철저히 함구해 온 사실을 단번에 알아챘다.

어떻게 그러실 수 있었을까?

아무리 생각해도 감이 잡히지 않았다.

효경왕후의 아우이자 공주의 외숙인 서윤석은 순하고 점잖은 사람이었다. 최진욱의 배후에 서 대감이 있었음을 모르면서도 가문을 몰락시킨 좌상에게 악다구니 한 번 쓰지 않고 고개를 돌린, 그런 사람이었다.

그랬던 그가 7년이란 시간이 흐른 후에 난데없이 나타나 복수를 감행했다. 가문이 멸문했을 때도 참기만 했던 그가 갑자기 왜 그토록 엄청난 짓을 저질렀는지 아직도 이해할 수 없었다.

당시 열둘이었던 상전은 형님과 누님의 장례가 끝나고도 한참 뒤까지 사경을 헤맸다. 상처가 깊고 충격이 심해 쉽사리 정신을 차리지 못했다. 병석을 지키는 대감의 얼굴에서 치경은 처음으로 불안감이 떠오르는 것을 목격했다.

일어나지 못하는 아들을 바라보며 막내아우를 떠올리고 계신 듯 보였다. 뛰어나게 영리했지만, 충격으로 한참을 앓다가 정신을 놓아버린 불쌍한 그 아우분을.

그리고 그즈음, 화경궁의 중전마마께서 갑작스레 서거했다. 어느 아침, 사랑채를 나서다 중궁의 소식을 접하던 대감의 얼굴을 치경은 오랜 시간이 흐른 지금까지도 잊을 수가 없었다. 담담하면서도 절망이 내려앉은 듯, 아무렇지 않으면서도 생살이 찢겨 나간 듯 고통스러운 안색이었다.

짧은 순간 흔들렸던 대감은 곧 평정을 찾았고 국장을 치르는 내내 침묵했다. 그러다 중전마마의 사십구재가 끝나던 그 밤, 치경을 포함한 뛰어난 무사 몇몇을 추려 은밀히 하명했다.

'서윤석을 비롯한 그의 식솔을 단 한 명도 살려 두지 마라.'

명을 받은 무사들은 최대한 빠르게 움직였다. 서윤석은 용케도 그의 장남을 빼돌렸지만, 어린아이 하나 뒤쫓지 못할 그들이 아니었다. 아이의 행적을 찾아 거의 따라잡았을 무렵 뜻밖에 추적을 멈추고 귀환하라는 대감의 명이 내려왔다. 정확한 이유는 알 길 없으나 보복은 그것으로 종결되었고, 치경은 그날부로 어린 상전의 수행무사가 되었다.

"무사님."

고뇌에 잠겨 과거를 떠돌던 치경은 불현듯 들려온 최 상궁의 걱정 어린 음성에 정신이 들었다.

"예, 마마님."

"우리 자가께 정말 무슨 일이 있었던 건 아닙니까?"

최 상궁은 안타까움을 머금고 그를 바라보았다. 잠깐 외출을 다녀온 사이 조금씩 기운을 차리던 공주가 다시금 몸져누웠으니 보모상궁으로서 근심이 깊을 수밖에 없었다. 심려되는 그 마음은 족히 이해하나 자세한 사정을 말해 줄 상황이 아니었다. 치경은 조금이나마 걱정을 덜어 주려 별일 아닌 듯 대답했다.

"답답하시다며 바깥바람을 조금 쐬셨습니다. 아직은 서늘한 바람이 힘드셨나 봅니다."

문밖에서 사납게 휘불리는 봄바람의 거친 소리가 천장을 울렸다. 은명은 숨 막히는 아픔에 머릿속이 가마득히 멀어졌다 심호흡을 하며 다시금 정신을 붙잡았다. 이면의 진실을 어떻게 알았는지 논리적으로 설명할 순 없었다. 예민한 육감이, 과거의 복잡한 관계가, 떠오르는 맞물린 기억이 그토록 무서운 결론을 도출했다.

 그 옛날, 유둣날의 아침이 은명은 아직도 선명했다. 전날까지만 해도 건강했던 어머니가, 산간폭포로 소풍을 가자 했던 어머니가 그날 아침, 자리에서 일어나지 못하셨다. 외숙도 어디에서 다쳤는지 오른손에 광목천을 칭칭 감고 어머니의 방 근처에서 넋을 놓고 있었다. 초점 없는 두 눈이 유난히 붉었다.

 병석에 누운 어머니는 그날 이후 외숙을 찾지 않으셨고, 외숙 역시 방 안에 틀어박혀 두문불출하였다. 가끔 정신을 차릴 때면 어머니도 외숙도 그저 힘없이 눈물만 쏟았다. 그로부터 얼마 후 어머니는 스스로 목숨을 버리셨다. 그리고 그 서찰……

 "나리!"

 밖에서 서율의 귀환을 알리는 치경의 목소리가 들렸다. 어디서 그런 기운이 솟았는지 거의 탈진하여 기진맥진했던 은명은 자리를 박차고 일어섰다. 달물결 위로 꽃을 띄운 그가 비감에 잠겨 쓸쓸히 서 있던 모습이, 그때의 그 아릿함이 생생히 되살아나 확인하지 않고는 견딜 수가 없었다. 은명은 정신없이 밖으로 뛰쳐나갔다.

 "자가!"

 급작스러운 은명의 돌발행동에 모두가 깜짝 놀라 입을 다물지 못했다. 막 나뭇짐을 내린 서율도 버선발로 달려오는 은명을 영문도 모른 채 바라보았다. 금방이라도 쓰러질 듯 비칠거리면서도 은명은 무작정 그의 손목을 잡아 방으로 이끌었다.

 "자가, 무슨 일이시옵니까?"

안으로 들어선 서율은 어떻게든 달래 보려 하는데 은명은 허겁지겁 달려들었다. 과격한 행동에 그가 당혹스러워하는 것도 상관없이 다급히 옷고름을 풀고 저고리의 섶도 풀어헤쳤다.
 "자, 자가!"
 당황한 그가 뒤늦게 은명을 붙잡았으나 소용없었다. 흐트러진 옷섶이 활짝 열리고 무예로 다져진 탄탄한 맨가슴이 그대로 드러났다. 거기에 새겨진 오래된 흉터까지도.
 "흐흑……."
 얼굴이 시뻘겋게 달아오른 은명은 온몸을 적실 듯 억수 같은 눈물을 흘렸다. 감히 손대지도 못하고 가슴 위에 사선으로 새겨진, 고통스러웠을 과거의 흉터를 응시하다 시선을 떨궜다.
 그 또한 날벼락을 맞은 얼굴이었다. 은명의 반응과 시선이 머무는 곳을 통해 듣지 않아도 어떻게 된 것인지 알겠다는 표정이었다. 그는 별일 아닌 척 위로를 시도했다.
 "진정하십시오. 이것은……."
 그러나 더는 말을 잇지 못했다. 이러한 상황이 안타깝다는 듯, 당신의 눈물이 너무도 아프다는 듯 그도 울컥하여 목울대를 울렁거렸다. 서율은 다시 입을 여는 대신 단단한 품에 은명을 꼭 감싸안았다. 서로의 온기가, 따뜻한 위로가 절실히도 필요한 순간이었다.

아직은 사방에 고요가 내려앉은 어슴푸레한 새벽, 한참 전에 이불 속을 빠져나온 아정은 부엌에서 바지런히 움직였다. 상단 일이 바빠져 대방 어르신을 찾아뵙지 못한 지 벌써 열흘이 넘었다. 해서 내일까지 모든 일을 끝마치고 모레 쉬는 날에는 상단이 아닌 공 의원 댁으로 가리라, 벼르는 중이었다.

그러기 위해선 아침 시간이라도 할애해 쌓인 일을 어떻게든 줄여야 한다. 아정은 어머니와 아우들을 위해 아침을 차려 놓고 일찍감치 길을 나설 계획이었다.

오늘 안에 절반 정도는 끝내 놔야 할 텐데…….

조바심이 이는 것을 다독이며 장을 뜨러 부엌을 나서는데 몇 걸음 옮기지도 못하고 우뚝 멈췄다. 언제 왔는지 푸르스름한 미명 속에 익히 아는 한 사람이 고요하게 서 있었다.

"대방 어르신!"

"놀랐느냐?"

"언제 오셨습니까?"

"막 들어왔다. 아무래도 너를 보고 떠나야 할 것 같아서."

약간 멍해 있던 아정은 떠난다는 준혁의 말에 차림새부터 살폈다. 여장을 꾸린 모습이 어디 먼 곳으로 떠나는 사람 같았다.

"공주 자가께 가십니까?"

"만석이네 가족을 먼저 찾아보고 그다음에 공주께로 갈 것이다. 대행수가 네 뒤를 봐줄 것이니 힘든 일이 있거든 그를 찾도록 하여라. 돌아오는 대로 기별을 넣으마."

"잠시만요."

대방이 그대로 떠날 것 같아 아정은 급히 그를 붙잡았다. 바쁘게 방으로 들어가 두 손에 비단꾸러미를 들고 나오더니 그에게 내밀었다.

"공 의원님께 약재값을 맡기고 남은 것과 공주 자가께서 주신 패물입니다. 먼 길, 노자로 사용하십시오."

"노자는 충분하니 네가 맡아 두어라."

"예? 그럼…… 잠시만요."

아정은 또다시 부엌으로 헐레벌떡 뛰어 들어가 무명천으로 싼 두툼한 꾸러미를 가지고 돌아왔다. 준혁의 입가에 설핏 미소가 스치자 민망해 하며 얼굴을 붉혔다.

"송구합니다. 소녀가 어수선하게 굴었습니다."

"그런 게 아니다. 어린 누이가 살아 있다면 지금쯤 너와 같은 모습이 아니었을까, 잠시 그런 생각이 들었다."

"예……?"

아정은 나리께 누이가 있었느냐고 되물으려다 속으로 삼켰다. 그에게서 전해지는 분위기가 어쩐지 서글프고 음울했다. 곡절 많은 분이니 가족 이야기는 상처가 될 것 같아 아정은 누이에 관해 묻는 대신 부엌에서 들고 나온 꾸러미를 내밀었다. 낮것으로 가져가려 만든 것이었는데 이거라도 내어드릴 수 있어 다행이었다.

"방금 만든 주먹밥입니다. 변변치 않지만 시장할 때 드십시오."

"그건 네 낮밥이 아니냐."

"또 만들면 됩니다. 마침 일찍 일어나 시간은 넉넉합니다."

준혁은 잠시 망설이다가 곧 미소를 띠고 꾸러미를 받아 들었다.

"고맙다. 이건 감사히 받으마. 내 다녀올 것이니 건강히 잘 지내고 있거라."

"예, 어르신. 조심해서 다녀오십시오."

준혁은 인사를 받는 즉시 걸음을 떼었고, 아정은 그가 안개 속으로 완전히 사라질 때까지 제자리에 서서 지켜보았다. 안쓰러운 오라버니를 멀리 떠나보내는 누이의 심정이었다.

동살조차 비추지 않은 깜깜한 새벽, 문득 잠에서 깬 은명이 밖으로 나와 조요한 빛이 쏟아지는 신월 아래에 서 있었다. 한참 동안 어둠 속에 몸을 맡기며 전신을 타고 흐르는 바람을 느꼈다. 허공을 굽이굽이 유영하다 온몸에 휘감기는 서늘한 바람이 상처를 보듬어 주러 온 어머니인 것 같아 살갑기 그지없었다.

'그런데 어찌하여 나의 외숙과 그 일가는 도주한 것으로 처리된 것이냐?'

마음을 가라앉히고 이성을 되찾은 은명은 어제 오후 치경을 다시 불러들여 의문이 드는 점을 확인했다.

'상감마마께오선 모두 알고 계실 겁니다. 일을 벌인 그다음 날 대감께서 찾아뵈었다, 들었습니다. 관노비가 되었다 하나

함부로 목숨을 해할 수는 없는 분들이니, 도주한 것으로 처리하는 대신…….'

'좌상의 자녀들이 살해된 것을 영원히 덮고, 제륜 오라버니의 목숨을 구명한 것이로구나. ……한데 좌상께서는 어찌하여 오라버니를 놓아주셨을까? 좌상의 권세라면 조용히 처단하고 덮어버릴 수도 있었을 텐데.'

'소인도 자세히는 모르옵니다.'

언뜻 그때의 대화가 다시 떠오르자 은명은 자연스레 어머니가 남긴 서찰의 한 구절이 떠올랐다.

하찮은 이 한목숨 내어놓는다 해도 용서받을 수 없다는 걸 알고 있습니다. 잘 알면서도 얽히고설킨 복잡한 고리를 끊어낼 방도가 전혀 없어 이렇게밖에 사죄드릴 수 없음을 용서하여 주십시오.

눈물이 왈칵 치솟아 목이 뜨겁게 멨다. 불어오는 이 바람이 어머니라면 단도직입적으로 묻고 싶었다. 혹 서찰의 주인이 좌상 대감이었느냐고.

그분의 온실에 함초롬히 피어 있던 꽃들이 생각났다. 화경궁의 후원을 그대로 옮겨다 놓은 듯 하나같이 어머니가 좋아하시던 꽃들이었다. 하지만 그는 어머니께 검을 겨누었던 사람.

그분을 연모하셨습니까?

답답한 마음에 은명이 속으로 크게 외쳐 보지만,

쏴아아아. 쏴아아아.

바람은 그렇다고 하는 것 같기도 하고, 아니라고 하는 것 같기도 했다. 만약 그것이 사실이라면 두 분은 어쩌다가 그리되었는지 짐작키도 어려웠다. 외조부의 허망한 욕심이 오해를 낳고, 생이별을 했던 것일 수도 있다는 막연한 추측 외에는.

서율과 자신이 각각 다른 이와 혼인해 서로의 가족을 죽이는 건 상상조차 할 수 없었다. 뒤죽박죽 모든 것이 뒤섞여 속이 울렁거리는데 바람 소리를 뚫고 문간방에서 그의 신음이 들렸다. 가슴이 철렁 내려앉아 그의 방문까지 후다닥 달려간 은명은 곧장 안으로 들지 못하고 잠시 주저했다.

치경의 말에 의하면 그가 다시 악몽을 꾸기 시작한 건 재작년, 미루어 짐작하건대 제륜 오라버니와 만난 이후였을 것이다. 그가 오라버니를 어떻게 알아보았고, 어떤 점이 가장 자극적이었는지 알 길 없으나 그 괴로움만은 충분히 공감되었다. 그가 어린 시절 보령에서 도망친 이유도, 한사코 자신을 밀어내기만 했던 이유도 이제는 전부 이해할 수 있었다.

저와 마주하는 게 괴로웠을 것이다. 돌아가신 형님과 그를 대신해 목숨을 잃은 누님이 생각났을 것이다. 하지만 이제는 아니라고 믿는다. 함께할 수 있어 행복하다, 그가 웃으면서 말하지 않았던가. 하여 앞으로는 과거에 얽매이지 않을 것이다. 고통스러운 과거의 잔상에 그도 자신도 휘둘리게 놔두지 않을 것이다.

마음을 다잡은 은명은 문을 열고 그가 누워 있는 곳으로 발을 들여놓았다. 잠들어 있는 순간까지 식은땀을 흘리며 힘들어

하는 사람. 이마에 맺힌 물기를 닦아 주고 이불 속 그의 옆자리를 파고들었다.

"으윽……."

서율은 괴로움에 신음했다. 누군가 목을 조여 숨을 쉴 수 없었다. 감감해지는 의식 속, 앞에 보이는 거라곤 영롱하게 빛나는 조그마한 물체뿐이었다. 숨 막히는 고통에 몸부림을 치는데 서늘한 느낌이 전해졌다.

어디선가 불어와 시원하게 숨통을 뚫어 준 한 줄기의 바람. 서서히 눈을 뜬 서율은 비몽사몽, 자신이 누군가의 품에 안겨 있음을 인지했다. 고요한 마음을 가질 때 비로소 느낄 수 있다는 맑고도 은근한 기운의 매화향이 사방에 가득했다. 퍼뜩 떠오르는 얼굴이 있었다.

"자가!"

그제야 정신이 들어 소스라치게 놀랐다. 황급히 몸을 일으키려 하자 가는 두 팔이 그의 머리를 품 안으로 더욱 세차게 끌어안았다.

"곧 돋을볕이 오실 시각입니다."

"……."

"그때까지만…… 잠시라도 편히 눈을 붙이십시오."

은명은 그의 등을 부드럽게 쓸어 주었다. 토닥토닥 다독여 주기도 하였다. 그 다정한 손길에 서율은 서서히 안정을 찾았다. 악몽에서 벗어나 현실을 조금씩 인지했다.

이곳은 은애하는 여인과 함께 지내는 한적한 초가삼간. 그의 목을 조르는 사내도, 무력하게 당하기만 하는 어린아이도 더 이상 존재하지 않았다. 가슴 아픈 지난날이 너무도 서러워 서율은 정인의 품으로 얼굴을 더 깊이 파묻었다.

환하게 웃는 공주가 시리도록 어여쁠 때면 누님의 해사한 얼굴이 떠올라 저도 모르게 고개를 돌렸다. 혼자서만 행복해지기에는 그리 보낸 누님과 형님이 너무나도 가엾고 가슴이 아팠다. 그래서 공주에게 상처를 주었다. 오랫동안 모르는 척 아프게 했다. 그러나 공주가 상처 입고 아파할수록 가슴속에 멍울이 지는 건 그 자신이었다.

차라리 모든 게 밝혀져 홀가분했다. 이젠 숨길 것도 없으니 앞으로 전전긍긍할 필요도 없다. 훌훌 털어버리고 다시 시작하고 싶었다. 당신과 나, 우리 둘이서.

서율은 팔에 힘을 주어 공주를 마주 안고 그리웠던 체향을 마음껏 들이켰다. 은명도 위로하듯 그의 등을 쓸어 주며 문창지를 두드리는 바람 소리를 들었다.

쏴아아. 쏴아아.

바람이, 어머니가 속삭이는 듯했다. 고통스러운 과거를 억지로 모르는 척하지도, 잊으려 하지도 말라고. 때로는 아파하고 때로는 바람에 흘려보내며 혼자가 아닌 둘이서 극복해 나가면 되는 거라고.

아련히 들려오는 바람의 소리가 어머니의 속삭임과도 같아 은명의 눈에서 한 줄기 그리움의 눈물이 흘러내렸다.

풋내가 산과 들을 뒤덮고 햇살마저 은혜로운 따스한 봄날이 이어졌다. 싱그러운 5월, 은명은 서율과 풀밭에 누워 한가로이 하늘을 올려다보았다. 피부를 간질이는 바람이 감미로웠고, 사방에서 맡아지는 꽃향기가 향기로웠다.

두 사람 사이는 조금의 틈도 없이 견고해져 하루하루가 행복했다. 이곳에 유배를 왔는지 요양을 왔는지 헷갈릴 정도로 초가삼간에는 웃음꽃이 끊이질 않았다. 온 세상이 푸르고 푸르러 만물이 아름다웠다.

은명은 온종일 그와 함께 속살거리며 웃음을 터트리는 게 다반사였다. 안에서 줄곧 붙어 지내는 두 사람은 밖에서조차 계속 함께했다. 그가 밭을 매러 나갈 때면 은명은 봄나물을 캐겠다고 쫓아가 온갖 잡풀을 뜯기 일쑤였다.

가끔은 그에게 새참으로 먹이겠다며 정의도 내릴 수 없는 음식을 만들어 내왔다. 신통한 건, 최 상궁과 난이도 한 입 먹고 남몰래 뱉어버린 그 음식을 서율은 결단코 남기는 법이 없다는 점이다.

"시장하지 않으십니까? 새참이 식겠습니다."

"아직은 괜찮습니다. 조금만 쉬었다가요."

서율의 팔에 머리를 괴고 있던 은명은 잔잔한 눈길로 그를 바라보았다.

최근 들어 그는 은명을 품에 안고 가슴 벅찬 입맞춤을 수도 없이 하곤 했다. 이렇게 사방으로 트인 야외에서도 예외는 아니었다. 산책을 하다가도, 밭일을 하다가도, 지금처럼 한가로

이 누워 대화를 하다가도 느닷없이 다가와 열정적인 입맞춤을 퍼부었다. 세상이 빙그르르 돌아 눈앞이 아찔해지곤 했다.

하루하루 행복하고 꿈같은 나날이었지만 그럴수록 은명은 가슴 한구석이 편치 못했다. 언제까지고 계속 이 사람을 여기에 붙잡아 둘 수만은 없었다. 무조건 침묵하는 것이 상책이 아님을 깨달은 지금, 함께하게 될 미래를 위해서라도 은명은 조금씩 그의 삶에 관여하기로 했다.

"드릴 말씀이 있습니다."

상체를 일으킨 은명은 따뜻한 햇볕 아래 나른하게 누워 있는 그의 허리춤으로 바싹 다가갔다. 그가 시선을 들어 은명을 보았다.

"저는 잠시 이곳에 머무는 것일 뿐, 앞으로도 계속 이리 지낼 생각은 추호도 없습니다."

"이곳에서의 생활이 고단하십니까?"

"신분 따위야 어찌되어도 상관없지만 화경궁을 포기할 순 없습니다. 제가 태어난 곳이자 먼 훗날 눈을 감아야 할 곳, 저는 반드시 그곳으로 돌아갈 겁니다. 그러니 나리께서도 이제 그만 돌아가십시오. 도성으로 돌아가 원래의 자리에서 저를 기다려 주십시오."

"당연히 저는 돌아갈 겁니다."

너무도 순순한 반응에 은명은 눈이 동그랗게 커졌다.

"이미 결심하신 겁니까?"

"때가 되면 말입니다."

"그게 언제인데요?"

"아직은 아닙니다."

그는 은명을 품 안으로 다시 끌어당기며 답했다. 서율의 가슴팍으로 풀썩 쓰러진 은명은 어떡해야 좋을지 모르겠는 얼굴이었다. 말을 돌리는 것 같기는 했으나 그렇다고 빈말하는 사람도 아니었으니. 기왕 말이 나왔으니 결판을 지을까, 고민하다가도 은명은 이내 조금 더 기다려 보자고 생각을 바꾸었다.

한쪽 뺨을 편안히 그의 가슴에 기대고 눈을 감았다. 그러다가 잊고 있던 무언가를 떠올리곤 다시 상체를 일으켰다.

"정말 시장하지 않으십니까? 실은 제가 새로운 걸 만들어 보았습니다. 생선살을 다져 만든 것인데 맛보고 싶지 않으십니까?"

"어찌 생선을 다 만지셨습니까?"

"생선은 최 상궁이 다져 주었습니다. 아직은 징그러워서요. 하지만 그 외의 것은 다 제가 하였습니다. 드셔 보시겠습니까?"

은명은 뿌듯함과 자랑스러움을 품고 그를 보았다. 예상대로 그는 깊게 감동받은 눈치였지만 도통 일어나질 않았다.

"예, 잠시 뒤에. 조금만 더 있다가 먹겠습니다."

지금 당장은 먹는 것보다 자신을 보고 있는 게 더 좋은 모양이었다. 그것도 나쁘지 않아 은명은 도로 그의 팔을 베고 행복한 웃음을 지었다.

공주가 손수 만든 음식을 먹기 전, 그에게는 항상 마음의 준비가 필요했다는 걸 은명으로서는 전혀 알 리가 없었다.

날씨는 적당했다. 땀이 차오를 때마다 기분 좋은 미풍이 불어와 이마를 식혀 주었다. 사위가 어두운 깊은 밤, 준혁은 공주가 안치된 유배지에 다다르고 있었다. 조금만 더 가면 공주께서 거처하는 오두막이 나온다고 들었다. 근 반년 만에 이루어지는 재회라 조바심이 났지만, 우선은 멀리 떨어져 주변의 동태를 살필 계획이었다.

처음 공주의 소식을 접했을 때 믿기지가 않아 그는 앞도 보이지 않는 상태에서 마당까지 허겁지겁 뛰쳐나갔다. 당시 아정이가 말리지 않았다면 큰 사고를 쳤을지도 모를 일이었다. 자신으로 인해 고초를 겪고 있을 공주를 떠올리면 준혁은 마음이 괴로워 견딜 수가 없었다.

한동안 자괴감에 빠져 지옥을 헤맸다. 방황은 오래가지 않았고 결국 스스로 일어나 마음을 다잡았다. 무덤조차 갖지 못한 가족을, 외지로 쫓겨난 공주를 생각하며 모든 것을 제자리로 돌려놓고야 말리라, 결심을 다졌다.

저 멀리, 희미한 불빛이 보이기 시작했다. 마음이 급해진 그는 점점 더 걸음을 빨리하는데 누군가 가까이 접근하고 있었다. 하나가 아닌 둘. 일반인이라면 알아채지 못했을 정도로 움직임이 가벼운 것으로 보아 무예에 능한 자들이었다. 양병수의 얼굴이 저절로 떠올랐다.

조용히 표창을 꺼내 쥔 준혁은 소리가 나는 쪽으로 빠르게 던지고 무작정 질주했다. 용케도 그의 표창을 피했는지 저들은 금세 따라붙었다. 몸 상태가 온전치 않아 되도록 충돌을 피하려고 했는데 저들이 턱밑까지 쫓아오자 어쩔 수 없었다. 준혁은 달리기를 멈추고 검을 빼 들어 과감히 공격을 감행했다. 상대 역시 검을 들고 달려들었다.

"탕, 탕.

그런데 날을 휘두를 때마다 생소한 소리가 허공을 울렸다. 그것은 검과 검이 부딪치는 소리가 아니었다. 무슨 의도인지 상대는 검집에서 검을 빼지 않았다. 달빛 아래 어렴풋이 보이는 인영은 어쩐지 낯익기까지 하였다.

"……김서율?"

언젠가 화경궁을 나오다 어둠 속에서 공격을 받았을 때, 그때 느꼈던 기운을 감지하며 준혁이 속삭였다.

"기다리고 있었네."

혹시나 했건만 짐작은 사실이었다. 모든 것을 잃고 관노가 된 가족을 참혹하게 베어버린 좌상의 핏줄. 피가 거꾸로 솟구친 준혁은 전력을 다해 그를 공격했다.

"……이얏!"

검과 검이 맞닿았으나 서율은 여전히 검을 빼 들지 않고 있었다. 분노에 찬 준혁은 위협적인 목소리로 으르렁거렸다.

"검을 빼! 나를 죽이지 못하면 네가 죽을 것이다!"

"자네는 나를 이길 수는 없어. 검을 내리게."

"웃기는 소리."

고함을 내지르며 준혁은 힘차게 검을 휘둘렀다. 서율은 유유히 공격을 피하고 아물어 가는 그의 상처 부위를 정확히 가격했다. 지독한 통증에 준혁은 균형을 잃고 흙바닥에 한쪽 무릎을 구부렸다.

"으윽……."

"그런 몸으로는 절대 이길 수 없단 말일세."

준혁이 통증으로 몸을 떠는 사이 서율은 그의 오른손을 가격해 검을 멀리 치웠다. 그런 다음 치경에게서 호리병을 건네받아 한 모금을 들이켜고 나머지는 극심한 아픔에 신음하는 준혁에게 내밀었다.

"통증을 줄여 줄 걸세."

향긋하면서도 알싸한 술 향기가 강력히 유혹했다. 참을 수 없는 고통에 준혁은 술을 건네받아 단숨에 들이켰다.

"청월관 근처에서 재회한 후 협상을 벌이던 그날, 자네가 달성부원군의 손자라는 사실을 알게 되었지."

성급히 술을 마시던 준혁은 놀란 눈을 하고 그를 올려다보았다.

"초반부터 알고 있었단 말입니까? 하지만 어떻게……."

"자네가 목에 걸고 있던 그 거북 모양의 청보석 장식물, 그걸 보고 알았네."

"그것에 대해 어찌 알고 계신 겁니까?"

준혁의 물음에 서율은 입을 열지 않았다.

피비린내와 술 냄새가 원추리의 향기를 뒤덮고 정신을 잃어

공주, 선비를 탐하다 3

가던 그때, 숨을 쉴 수 없어 고통스러운 와중에도 혼절하기 직전까지 눈에 보이던 물체가 하나 있었다. 괴한의 목에서 달랑거리는 거북 모양의 청보석 장식물. 그것은 악령이 되었고 어린 시절, 서율의 잠자리를 집요히 쫓아다녔다.

이후 세월이 흐르며 모든 것을 잊고 극복한 줄로만 알았다. 하지만 그날, 준혁의 목에서 달랑거리던 그 청보석을 보는 순간 괴로워하던 누이가 떠올라 온몸에 조알 같은 소름이 돋아 올랐다.

"말씀해 주십시오. 도대체 그걸 어찌 아신 겁니까!"

준혁의 독촉에도 서율은 신중함을 잃지 않았다. 날이 풀리고 공주가 안정을 되찾았음에도 오늘까지 이곳에서 버티고 있었던 이유, 그것은 오직 서제륜을 만나기 위함이었다. 그가 있어야 이번 일을 해결하고, 더 나아가 반격할 수 있을 터이니.

서율은 양병수와 화경궁의 끄나풀을 비롯해 그 뒤에 존재하고 있을 세력까지, 이번 기회에 낱낱이 찾아내 한바탕 쓸어버릴 계획이었다. 마침내 기다리던 서제륜을 만났으니 절반은 성공한 것이나 다름없다.

"풀어야 할 이야기가 많은 것 같군. 일단 치료부터 받게."

준혁의 질문은 계속되었지만 서율은 평정을 유지하며 해야 할 일부터 정확히 시작했다.

방 안에는 후끈한 열기가 피어올랐다. 맞닿은 그의 숨결이 너무나도 뜨겁고 극진해 은명은 가슴께가 간질간질, 하늘을 떠다니는 기분이었다.

온몸이 활활 타버릴 듯 생소한 열정이 느껴졌다. 그러면서도 한편으론 몸에서 일어나는 낯선 감각이 두려워 주춤 물러나 보지만 어디로도 피할 수는 없었다. 은명이 앉아 있는 곳은 서율의 단단한 무릎 위, 도망칠 곳 없는 그곳에서 은명은 그가 전하는 폭발할 것 같은 애정을 마지막까지 받아들여야 했다.

이윽고 입술이 떨어지자 고조된 감정이 버거워 은명은 그의 목을 끌어안고 너른 어깨에 머리를 기댔다. 요 며칠 그에게서 조급함이 느껴졌다. 이리 보는 게 마지막이라도 되는 것처럼 그는 수도 없이 은명을 보채고 있었다. 해 달라는 만큼 적극적으로 응해 주었는데도 언제나 아쉬워했다.

왜 그러는 것일까?

그에게 기대 생각에 잠겨 있는데 은명의 머릿속을 읽기라도 한 듯 그가 이유를 알려주었다.

"저는 잠시 뒤에 도성으로 올라갈 겁니다."

"예?"

갑작스러운 통보에 은명은 고개를 들어 그를 보았다.

"때가 온 것입니까? 그래도 그렇지, 어찌 이리 급작스럽게 가신단 말입니까?"

"이리되어 송구하오나 지체하지 않고 마쳐야 할 일이 생겼습니다. 저는 돌아가서 해야 할 일을 할 테니 자가께서도 지금처럼 그 무엇도 포기하지 말고 기다려 주십시오. 화경궁도, 자가의 행복도, 그리고 저 김서율까지도 말입니다."

"물론입니다. 포기라니요, 저는 이루어내기 위해 꿈을 꿉니다. 걱정하지 마십시오."

은명은 혼란스러워하면서도 야무지게 대답했다. 조금은 의아해하기도 했다.

"보모와 난이는 왜 마을로 보내신 겁니까? 두 사람이 돌아왔을 때 나리께서 안 계시면 많이 섭섭해 할 겁니다."

"가기 전에 큰 기쁨을 드리고 싶었습니다."

"큰 기쁨이요? 보모와 난이가 알면 안 되는 기쁨이라도 있는 겁니까?"

은명이 의문을 띠고 되묻는데 때마침 밖에서 기척이 들렸다.

"도련님!"

치경이었다.

"문을 열어 보십시오."

서율은 밖에다 대답하는 대신 은명에게 말했다. 그의 무릎에서 내려온 은명은 까닭을 몰라 어리둥절해 하면서도 그가 하라는 대로 방문을 열었다. 동시에 입이 벌어지며 눈가가 촉촉하게 젖어들었다.

방문을 여는 순간 치경의 뒤로 눈에 들어온 또 한 명의 사내가 있었다. 방갓을 쓰고 있어 얼굴을 볼 순 없지만 은명의 눈에선 이미 안도의 눈물이 흘러내렸다.

무사하셨습니까?

살아 계셨습니까!

얼마나 걱정을 하였는지, 얼마나 궁금해 하였는지. 모든 것을 한꺼번에 잃었으나 하나씩 하나씩 되찾아지는 기쁨에 은명은 두둥실 구름을 탄 듯 버선발로 달려나갔다. 저 앞 풋풋한 얼굴로 팔을 활짝 벌리고 있는 제륜, 화경궁의 오라버니에게로.

마지막 선물

세자가 잡아먹을 듯 서율을 노려보고 있었다. 보통 사람 같으면 국본의 위엄에 기가 질려 고개라도 넙죽 조아리기 마련인데 서율은 그런 것도 없다. 바른 자세로 자리에 앉아 세자를 떳떳하게 마주 보았다. 그 덕에 눈치가 보여 죽어나는 것은 곁에 있는 애꿎은 희립이었다.

하필이면 이런 때 중간에 끼어서는…….

살벌한 동궁전의 분위기에 정한군은 진즉에 내뺐으나 그럴 만한 위치가 못 되는 희립은 이러지도 저러지도 못하고 죽을 맛이었다. 언제까지 이렇게 신경을 말려야 하나, 이곳에서 나가고 싶어 엉덩이가 들썩거리는데 천우신조로 천금 같은 기회가 찾아왔다.

"왜 이리 소식이 없는 것이냐?"

서율과 대치하면서도 기다리던 소식이 없자 세자께서 버럭 역정을 내셨다. 갑작스러운 고성에 화들짝 놀랐던 희립은 곧 정신을 차리고 호기를 잡았다.

 "직접 가서 알아보고 오겠나이다."

 그러고는 도망치듯 재빨리 줄행랑을 놓았다. 이제 방 안에 남아 있는 사람은 세자와 김서율. 서율에게 한시도 고까운 눈을 떼지 않았던 세자는 노기가 그득한 어조로 쏘아붙였다.

 "너는 내가 뭐로 보이느냐?"

 "이 나라의 국본이시옵니다."

 "그렇게 잘 아는 인사가 어찌 감히 국본이 하는 말을 허투루 듣는단 말이냐?"

 분기를 누르며 조곤조곤 위엄 있게 말을 잇던 세자는 끝내 화를 참지 못하고 또다시 목소리를 높였다.

 "말해 보라, 언제까지 그렇게 팽팽 놀아댈 것이냐?"

 "도성에 올라온 이후 저하께서 아시는 이유로 눈코 뜰 새 없이 바쁘게 지내고 있었사옵니다."

 "한데 어찌하여 사헌부에서 네 코빼기를 본 자가 아무도 없는 것이냐?"

 "사직상소를 처결하여 주십시오. 저는 더 이상 조정에 뜻이 없사옵니다."

 반년 전 서율은 분명 사직상소를 올리고 도성을 떠났다. 그런데 돌아와 보니 어찌 된 일인지 그는 사직이 아닌 밀지를 받고 암행감찰을 떠난 것으로 되어 있었다. 부친이야 그런 점에선 워낙 깔끔하시니 이런 일을 벌일 수 있는 사람은 오직 한 분뿐이다. 하나밖에 없는 동복누이를 비정하게 내친 이 나라의 국본.

작년 겨울, 공주께서 모든 것을 잃고 유배를 떠났다는 소식에 허겁지겁 자선당을 찾아왔었다. 전하께서 효경왕후마마를 지키셨던 것처럼 저하께서 공주 자가를 지켜 달라고 간곡히 애원했다. 그럼에도 세자께서 하신 말씀이라곤 짤막한 한마디가 고작이었다.

'지금은 침묵해야 할 때다.'

아무리 사정을 해봐도 세자는 꿈쩍도 안 했고, 급기야 서율을 동궁 밖으로 내쫓았다. 이날 이때껏 세자를 향한 응어리가 풀리지 않고 남아 있는 까닭이었다.

그러한 속내를 아는지 모르는지, 세자는 잠시간 그를 뚫어지게 응시하더니 가소롭다는 듯 비웃음을 흘렸다.

"자네가 사직을 청한 게 정선에 있는 그 아이와의 관계 때문이라면 내 여기서 분명히 말하지."

"……."

"너는 절대로 부마가 되지 못할 것이다."

공주와의 사적인 관계를 훤히 꿰뚫고 있는 듯한 세자의 발언에 서율은 잠깐 동요했다. 하지만 그것이 전부였다. 중전도 아는 사실을, 더욱이 유배지까지 쫓아갔는데 세자라고 모를 리 없다. 공주의 소식에 세자 앞에서 소란을 피워 저 스스로 마음을 내보인 적도 있었다.

평소 공주의 행적을 매일같이 보고받는 세자였으니 어쩌면 중전보다 먼저 눈치채고 있었는지도 모른다. 그렇다면 더 감출 것도 없다는 판단에 서율은 자신의 속내를 가감 없이 드러냈다.
"저는 이미 공주 자가와 정혼하였습니다."
"내 허락도 없이 내 누이와 정혼을 하였다?"
"저하께서는 오라버니의 자격을 스스로 버리지 않으셨사옵니까. 이미 폐위당해 왕실의 명부에서도 지워졌으니 앞으로 공주 자가에 관한 모든 일은 제가 책임지겠습니다."
감히 상상조차 할 수 없을 만큼 무례하였기에 이 자리에서 경을 친다고 해도 할 말은 없다. 어차피 단단히 각오하고 내지른지라 무슨 일이 벌어져도 서율은 담담히 받아들일 생각이었다.
그런데 세자의 표정이 어쩐지 오묘했다. 콕 집어 설명할 순 없지만, 오후의 볕을 쬐는 배부른 고양이와도 같은, 형용할 수 없는 만족감이 언뜻 스쳤다. 뭘 잘못 보았나 싶어 무엄하게도 자세히 들여다보는데 세자에게서 조금은 누그러진, 두 사람만 들을 수 있는 매우 낮은 목소리가 흘러나왔다.
"네 말대로라면 그 아이는 이제 공주가 아니다. 앞으로도 결코 복위되는 일은 없을 것이다. 하여 그 아이와 혼인하는 사내는 죽는 그날까지 의빈이 될 수 없다. 너는 무엇 때문에 조정을 떠나려고 하느냐?"
서율은 머릿속이 멍해졌다. 세자의 표정과 음성은 태연했지만, 너무도 많은 뜻이 함축된 발언이었다. 서율은 보다 상세한 설명이 필요했다.

"저하, 그 어인……."

하지만 자세히 캐물을 새도 없이 밖에서 내관의 급한 전언이 들렸다.

"저하, 도승지와 부수찬 들었사옵니다."

왔다!

방 안의 분위기는 삽시에 일변했다. 서율과 세자는 사소하게 투덕대던 기류를 싹 지우고 오직 하나의 뜻으로 뭉친 동지로 되돌아가 시선을 주고받았다.

"들라 하라."

조금 전 의금부로 달려갔던 희립이 도승지를 따르며 세자에게 은밀한 신호를 보냈다. 모든 게 계획대로 돌아가고 있음을 확인한 세자는 시치미를 떼고 도승지를 보았다.

"어서 오십시오, 도승지. 이 시간에 어인 일입니까?"

"저하, 의금부로부터의 전갈이옵니다. 도주한 의천상단의 대방이 스스로 의금부를 찾아와 억울함을 호소하고 있다 하옵니다."

세자는 도승지에게 적당히 놀란 빛을 내보이곤 서율에게 시선을 돌려 근엄하게 명령했다.

"지평은 속히 사헌부로 복귀하라. 당분간 바빠질 것이다."

드디어 반격할 차례였다.

피둥피둥 살이 쪄 개기름이 흐르는 양병수의 얼굴에 음흉한 욕망이 꿈틀거렸다. 상단을 차지하고 배가 부른 요즘, 그는 청월관에 거의 살다시피 하다가도 때가 되면 눈을 비비고 집무실로 나왔다. 밖에서 움직이는 상단 소속의 누군가를 지켜보기 위함인데 공적인 일과는 아무런 연관도 없었다.

그가 천박하게 입맛을 다시며 훔쳐보고 있는 사람은 저 멀리 새로 들어온 물품을 확인하며 열심히 수기 중인 아정이었다. 올해 열여섯, 한창 꽃망울을 틔울 나이로 반가의 여식이라 그런지 행동거지와 말씨가 음전해 보면 볼수록 군침이 돈다.

"처음 봤을 땐 비썩 말라 막대기 같더니 언제 저리 물이 올랐을꼬."

마음 같아선 청월관의 기녀로 만들어 마음껏 품어 주고 싶지만 양반이랍시고 또 얼마나 뻗대며 피곤하게 할까. 아쉬운 마음에 입맛만 쩝쩝 다시는데 옆에서 눈치를 살피던 차 행수가 슬그머니 그의 마음에 불을 지폈다.

"어르신, 아정이 저 아이를 데려올깝쇼?"

"뭐야?"

엉큼한 속마음을 들킨 것 같아 다소 신경질적인 반응이 튀어나왔다. 차 행수는 비굴한 웃음을 지으며 그의 기분을 맞췄다.

"대방 어르신께서 곁에 두고 어여삐 여겨 주시면 저 아이도 틀림없이 좋아할 겁니다. 양반이 뭐 대수겠습니까, 제 주제에 횡재한 것이지요. 소인이 가서 은밀히 불러오겠습니다."

안 그래도 반년 넘게 애태우다 인내심이 한계에 다다랐던 참이다. 그냥 일을 칠까 싶다가도 양반이라는 허울 좋은 명목이 마음에 걸려 선뜻 저지르지 못하고 있었는데, 옆에서 부추기니 구미가 당겼다.

입안의 혀처럼 구는 꼴로 봐선 군이 말하지 않아도 차 행수가 알아서 뒤처리를 감당할 태세였다. 그렇다면 양병수로서는 거부할 이유가 전혀 없다. 차마 입에 담을 수조차 없는 망측한 상상을 하며 그의 입가에 혐오스러운 미소가 번졌다.

바깥에서의 일을 모두 끝낸 아정은 대행수의 방으로 건너와 그의 일을 도왔다. 한양지점의 상단에서 유일하게 준혁을 충성스럽게 모시는 분이라 아정도 대행수와 있을 때가 마음이 편했다. 그도 자신도, 양병수가 아닌 언젠가 제자리로 돌아올 상단의 진짜 주인을 위해 일에 몰두했다.

그러나 열심히 붓을 놀리다가도 한 번씩 떠오르는 준혁에 관한 생각은 막을 수 없었다. 어찌하여 아직까지 이렇게 조용한지 걱정도 되었다.

그제 오후, 일을 마치고 귀가하니 집 안이 어수선한 게 반가운 손님이라도 맞은 듯 모두가 들뜬 모습이었다. 부엌에 계시는 어머니는 고깃국에 부침까지 준비하며 한바탕 잔치라도 벌일 분위기였다.

'어머니, 이것들이 다 뭐예요?'

귀한 식재료에 아정이 놀라서 물었더니 어머니는 반가운 소식을 알려주셨다.

'대방 어르신께서 가져오신 것이다.'

아정은 그가 있다는 뒷마당으로 한달음에 달려갔고, 건강한 모습의 준혁과 재회했다. 그의 얼굴에는 한동안 보지 못했던 편안함이 감돌고 있었다.

'나는 곧 의금부로 갈 것이다.'

그곳에서 그는 청천벽력과도 같은 소식을 알렸다. 아정이 까무러칠 듯 놀라자 그는 평온하게 웃으며 안심시켜 주었다.

'곧 상단으로 돌아갈 것이니 걱정하지 말거라. 그 어떠한 소식이 들려도 동요하지 말고 네 자리를 지키고 있으면 된다. 이미 여러 번 말하였듯 문제가 생기면 대행수에게 의지하도록 하여라. 그리고 혹 그조차도 감당키 어려운 문제가 발생하거든 사헌부의 지평, 김서율 나리를 찾으면 된다.'

'김서율…… 나리요?'

'그래. 그분이 공주 자가와 나의 역할을 대신해 줄 것이다.'

의금부란 말에 괜스레 겁부터 났지만 차분한 그의 태도에 아정도 안도했다. 정확히 오늘 아침까지는 말이다.

그가 의금부로 향한 지 거의 이틀이 되어 간다. 당장에 무슨 일이 생길 줄 알았는데 이렇다 할 소식 없이 시간만 흐르자 아정은 차차 안절부절못했다.

내색은 안 하지만 대행수도 불안해 하는 눈치였다. 아무도 없으니 그에게 살짝 말을 꺼내 볼까, 아정은 망설이는데 기척도 없이 문이 벌컥 열리며 차 행수가 들어섰다.

"무슨 일인가?"

"대방 어르신께서 아정이를 잠시 찾으십니다."
"아정이를?"
뜻밖의 전언에 대행수와 아정은 마뜩잖음을 감추지 못했다. 그 파렴치한 작자가 아정을 찾는다는 것 자체가 불쾌했다. 대행수는 호락호락 그의 말을 들어주지 않았다.
"무슨 일로 말단 서기인 아정이를 찾으신단 말이냐?"
"대방께서 상단의 사환을 찾는 것이 무슨 일이겠습니까. 심부름시킬 일이 있으신가 보지요."
답하는 것조차 귀찮다는 속마음이 여실히 드러나는 말투였다. 대행수를 대하는 차 행수의 태도는 시간이 갈수록 정도를 벗어났다. 그는 대행수를 끈 떨어진 뒤웅박 정도로만 취급했다. 어차피 얼마 뒤면 상단에서도 쫓겨날 테니 더는 굽실거릴 필요도 없다는 자세였다.
"대행수님, 제가 금방 다녀오겠습니다."
차 행수의 무도한 말투에 보다 못한 아정이 나섰다. 사람이 그득한 한낮의 본관인데 별일이야 있겠느냐 싶었다. 지금으로써는 쳐다보기도 싫은 양병수를 피하고 싶다는 바람보다 속절없이 당하는 대행수가 안타깝기만 했다.

대방의 집무실엔 청에서 들여온, 쓸데없이 크고 고급스러운 책상과 여러 개의 의자가 놓여 있었다. 반년 전까지만 해도 이 방은 고매함이 묻어나는 멋스러운 곳이었다. 불과 몇 개월 사이 은은했던 향취는 사라지고 사리사욕에 찌든 양병수의 역한 냄새가 곳곳에 깃들었다.

아정은 양병수 특유의 체취가 거북해 속이 메슥메슥하였다. 게다가 되도 않는 그의 황당한 제안에 우지끈 두통까지 얻었다.

"지금 총서기라 하셨습니까?"

"그래. 내 지난 일 년 너를 유심히 지켜보았다. 모든 일 처리가 야무지고 꼼꼼해 아주 쓸 만하더구나. 어떠냐, 내 밑에서 총서기 일을 한번 맡아 보지 않겠느냐?"

보면 볼수록 음흉하고 탐욕에 절은 아주 징그러운 낯짝이다. 그리 말하면 누가 좋다고 할까 봐. 제안부터가 거대한 미끼에 지나지 않았고, 이는 양병수가 엉뚱한 흑심을 품고 있음을 방증하는 것이나 다름없었다.

혐오감과 공포감에 아정은 등골이 서늘하게 식었다. 당장에라도 도망가고 싶으나 섣불리 건드렸다간 되레 역공을 당할 수도 있다. 아정은 냉철함을 되찾고 건조한 어조로 일언지하에 그 제안을 거절했다.

"이제 말단 서기에 불과한 제가 어찌 감히 총서기를 맡을 수 있겠습니까. 소인은 지금의 자리에서 맡은 바 책임을 다하도록 하겠습니다."

"겸손도 지나치면 결례인 것을. 오늘부터 너는 이 방에서 내가 시키는 일만 하면 된다."

자리에서 벌떡 일어난 그가 한 발 한 발 다가오며 느물거리자, 아정 역시 그만큼씩 물러가며 대답했다.

"다시 한 번 부탁드립니다. 지금의 자리를 지킬 수 있도록 허하여 주십시오."

"그래? 내가 그 부탁을 들어주면 너는 내게 무엇을 해 줄 것이냐?"

어느덧 구석으로 몰린 아정은 꼼짝없이 양병수에게 포위되었다.

"현재 있는 자리를 지키겠다는데 굳이 제가 해 드려야 할 것이 있겠습니까."

"지금 네 자리를 원하는 자들이 수두룩하다는 걸 알고는 있느냐?"

그 말과 함께 양병수의 얼굴이 쓱 앞으로 밀려왔다. 동시에 목덜미에서 끈적끈적한 그의 숨결이 느껴지자 불쾌감을 참을 수가 없었다.

"왜 이러십니까!"

아정은 양병수를 힘껏 밀치고 문을 향해 내달렸다. 불행히도 도피는 성공적이지 못했다. 손이 미처 문에 닿기도 전에 우악스러운 팔에 허리를 붙잡혀 어딘가로 내동댕이쳐졌다.

"아악!"

책상 모서리에 이마를 부딪친 아정이 바닥으로 고꾸라지는 찰나 밖에서 임 행수의 다급한 전갈이 전해졌다.

"나리!"

"무슨 일이냐!"

흥분해 있던 양병수가 방해를 받자 짜증을 섞어 외쳤다.

"강준혁이 지금 의금부에 하옥되었다는 소식입니다."

그러나 이어서 들려온 준혁의 소식에 금세 표정을 바꾸고 큰 웃음을 터트렸다. 아주 좋아 죽겠는 얼굴이었다.

아정은 부풀어 오른 이마를 감싸고 신음하다가 준혁의 소식에 퍼뜩 정신을 차렸다. 주변을 두리번거리다 양병수의 책상 밑으로 허겁지겁 숨어들었다. 대방 어르신의 말대로 무슨 일인가 벌어지고 있었다. 이 고비만 잘 넘기면 모든 게 정상으로 돌아갈 것 같다는 예감이 들었다.

이 틈을 타 소리를 질러 볼까 했으나 어차피 저들은 모두 양병수의 수하들이었다. 아정은 다급한 마음에 이곳저곳을 살펴보다가 시선이 한곳으로 쏠렸다.

어?

색다른 게 눈에 들어왔다. 책상 안면의 위쪽, 모서리 부근에 칸이 하나 만들어져 있었다. 언뜻 봐서는 있는지조차 모르게 자리하고 있어 그 틈으로 책자의 끄트머리가 삐죽 나와 있지 않았다면 아정도 알아보지 못했을 것이다.

궁금증이 일었지만, 우선은 이 방을 빠져나가는 데 총력을 기울여야 한다. 아정은 황급히 눈동자를 돌리다 휘황찬란한 자기가 요란하게 줄지어진 장식장에서 방황하던 시선을 멈췄다.

"알았다. 급히 하던 일이 있으니 이 일이 끝나는 대로 너를 부르도록 하마."

적나라하게 욕망을 드러낸 추한 몰골의 양병수가 역겨운 웃음을 토하며 입맛을 다셨다. 그새 장식장 옆으로 이동해 와들와들 떨고 있는 아정에게로 다가왔다.

"이마에 혹이 생기겠구나. 꼴이 그게 무엇이냐. 얌전히 말을 들었으면 내 고이고이 예뻐해 주었을 것인…… 으엇!"

와장창 부서지는 소리와 함께 양병수의 입에서 가느다란 신음이 새어 나왔다. 아정이가 던진 자기가 그를 빗나가 벽을 맞췄는데, 못 맞춘 게 한이라도 되는 듯 파편이 튀어 그의 뺨에 상처를 내었다.

아정은 때를 놓치지 않고 손에 잡히는 대로 연달아 자기를 던졌다. 그가 몸을 움츠리며 주춤대는 사이 다시 한 번 문을 향해 재빨리 달려갔다. 하지만 채 절반도 닿지 못하고 그에게 머리채를 잡혔다.

"이년이!"

양병수는 무지막지한 힘으로 아정이의 댕기 머리를 낚아챘다. 바닥으로 쓰러트린 다음 곧바로 그 위에 올라타 연약한 몸을 내리눌렀다.

"아아악!"

징그럽고, 역겹고, 혐오스러워 아정이가 죽을힘을 다해 몸을 바동거리는데 기적이 일어났다. 요란하게 문짝 열리는 소리가 나더니 우르르 사람들이 들이닥쳤다.

"누구야!"

동작을 멈춘 양병수가 버럭 성깔을 부리며 돌아보다가 놀라움에 몸을 움찔 떨었다. 관군이 그를 에워싸고 있었다.

"으흐흑……."

사력을 다해 몸부림치던 아정은 관군 사이에서 낯익은 얼굴을 발견하고 울음을 터뜨렸다. 한성부의 판관이요, 최근 의금부의 일을 겸직하게 된 송가 익정이 충격 어린 눈으로 아정을 보고 있다. 멍이 든 이마와 눈물로 범벅된 얼굴, 여린 몸을 제압한 추악한 사내. 보이는 광경만으로도 대충 짐작할 수 있을 터였다.

성미가 괄괄한 송 판관은 미간을 잔뜩 찌푸렸다. 분노가 끝간 데 없이 치솟아 아정의 몸을 짓누른 기름진 몸뚱이를 발로 냅다 차버리며 외쳤다.

"이 썩을 놈 같으니라고!"

"아악! 아이고, 아이고……."

양병수가 저만치 나가떨어졌다. 익정은 득달같이 쫓아가 가차 없이 발길질을 가했다. 죄인을 대하는 올바른 처우고 뭐고, 혼신의 힘을 다해 발로 자근자근 짓밟았다. 참군과 군관들이 옆에서 뜯어말리지 않았다면 사달이 일어났을 기세였다.

"왜…… 왜 이러시는 겁니까?"

양병수는 하도 맞아 숨 쉬기도 괴로운 듯 캑캑거리며 억울함을 호소했다.

"소인이 무슨 죄를 지었다고…… 이러시는 겁니까? 저 아이는……."

"잘 생각해 보아라. 너는 분명 죄를 지었다."

상대가 뻔뻔함의 극치를 보이자 이성을 되찾은 익정은 양병수의 읍소를 단칼에 잘랐다.

"왜, 지은 죄가 한둘이 아니라 무슨 죄목으로 걸렸는지 짐작도 안 되더냐?"

"나, 나리……."

"여태까지 지은 죄만 해도 감당키 어려울 것인데, 너는 방금 죄목이 하나 더 추가되었다. 매도 아까운 놈 같으니라고. 끌고 가!"

수하가 포승줄로 양병수를 묶기 시작하자 익정은 나머지 관군에게 몸을 돌려 위엄 있게 지시했다.

"지금부터 이곳을 샅샅이 뒤져라. 작은 것 하나라도 절대 놓쳐서는 아니 될 것이다!"

의천상단 본관에 마련된 객실에서 대행수는 안도의 숨을 내쉬었다. 이상한 낌새를 눈치챈 그는 집무실로 뛰어들다 무도한 차 행수에게 막혀 저지되었다. 힘이 없던 그가 할 수 있는 일이라곤 공권력의 도움을 받는 것뿐이었다.

헐레벌떡 포청으로 달려가 나졸들을 이끌고 본관으로 돌아와 보니 상황은 이미 깨끗하게 정리된 뒤였다. 천지신명께서 보우하사 때마침 의금부의 관군이 양병수를 체포하러 들이닥친 것이다.

아정을 잘 돌봐 주라는 대방의 말씀을 지키지 못할 뻔했다는 생각에 대행수는 머리털이 쭈뼛거렸다. 이 정도에 그친 것이 그나마 다행이라고 가슴을 쓸어내리며 자리에 누워 오들오들 떨고 있는 아정을 측은하게 살펴보았다.

"이리 다쳐서 어찌하누……. 공 의원님께 기별을 보냈으니 저녁때쯤 집으로 들르실 게다. 오늘은 이만 들어가서 쉬도록 해라. 이참에 한 나흘 정도 푹 쉬는 것도 좋겠구나."

"아닙니다. 저는 괜찮습니다."

"그리 놀래 가지고 어찌 일을 하겠느냐. 양병수와 그 패거리는 전부 붙잡혀 갔으니 걱정할 것 없다. 당분간 이곳은 내가 관장할 것이다. 장담하건대, 그들은 결코 돌아오지 못할 것이야."

"그러하시면 조금 있다 대방 어르신의 방에 잠시 들렀다 가도 되겠습니까? 떨어트린 게 있는데 어디쯤인지 짐작하고 있으니 그것만 찾아 오늘은 들어가겠습니다."

"그래. 그리하려무나."

대행수가 방을 나가자 아정은 두려움에 잠식돼 이불 속으로 깊이 파고들었다. 그러곤 조금 전의 일을 곰곰이 되짚어 보았다. 포승줄에 묶여 끌려 나가던 양병수가 관군 중 누군가를 보고 흠칫 놀라는 걸 아정은 똑똑히 목격했다. 그래서 그의 시선이 닿은 관군 두 사람을 곁눈질로 눈여겨보았다.

놀랍게도 그들은 사방으로 흩어진 다른 동료들 몰래 무언가를 숨기고 있었다. 판관께 귀띔해 드리려 다가갔지만 갑자기 나타난 또 다른 얼굴을 발견하고 그대로 움츠러들었다.

작년 여름, 화경궁을 다녀오는 길목에서 양병수가 그와 은밀히 만나는 걸 연달아 본 적이 있었다. 멀쩡했던 그가 얼마 뒤 두 번째로 보았을 땐 왼쪽 뺨에 흉악한 상처를 새기고 있어 잊으려야 잊을 수가 없는 얼굴이었다.

단것을 좋아하는지 그는 달짝지근한 향을 풍기며 흉터가 보이지 않도록 조심조심 관군 흉내를 내고 있었다. 수십 명의 관군 중 간자가 몇이나 되는지, 그들이 정확히 누구인지도 모르는데 무턱대고 판관께 아뢸 수는 없었다. 아정은 조용히 입을 닫고 그곳을 빠져나왔다.

이후, 몇 번을 곱씹어도 그 방에 뭔가 중요한 게 있을 것 같다는 느낌은 사라지지 않았다. 책상 안쪽, 모서리 부근에서 목격했던 책자의 끄트머리도 자꾸 떠올랐다. 아정은 거기에 무언가 있다고 확신하며 준혁이 했던 말을 되새겨 보았다.

'그리고 혹 그조차도 감당키 어려운 문제가 발생하거든 사헌부의 지평 김서율 나리를 찾으면 된다.'

온 누리에 생명의 소리가 넘쳐흐른다는 6월, 추국장의 풍경은 그 경쾌함마저 잊게 할 만큼 엄숙한 분위기가 흘렀다. 강준혁과 양병수는 물론이요, 사건에 관련된 용의자 및 목격자 다수가 한자리에 모여 추국이 시작되기를 기다리는 중이다.

사람 수가 워낙 많아 정확히 누가 앉아 있는지 일일이 확인키는 어려웠다. 모두가 긴장한 얼굴로 간신히 주변만 흘끔대고 있는데 맨 앞자리에 앉은 양병수는 어디 구경이라도 나온 듯 태평한 얼굴이었다. 우연히 강준혁과 눈이 마주쳤을 땐 비소까지 날리는 느긋함을 보였다.

"멍청한 놈, 제 발로 기어 들어오다니. 노비 놈 주제에 신분을 숨기고 감히 의천상단의 대방 자리를 꿰차고 앉아?"

"……."

"그러고도 모자라 내게 혐의를 씌우겠다? 최후의 발악을 해 보려는 모양인데 그럴수록 우스워지는 건 너 자신일 뿐이다. 네가 세상으로부터 어떻게 버려지는지 내 오늘 똑똑히 보아 주마."

침묵으로 일관하는 준혁을 마음껏 조소하며 양병수는 즐거운 미소를 지었다. 모든 준비는 완벽했다. 박 노인과 그 손자는 애초에 없애 버렸고 진실이든 아니든 그가 서제륜이라고 증명해 줄 사람은 도처에 널렸다. 주요 문서는 이미 어르신의 수하가 빼돌린 데다 가장 중요한 비밀장부는 아무도 찾을 수 없을 곳에 꼭꼭 숨겨 두었다.

양병수는 막 자리를 잡고 있는 중신들을 슬쩍 올려다보았다. 달성부원군이라는 무거운 이름 때문인지 삼정승을 비롯한 육조의 판서와 당상관이 대거 모습을 보였다. 저들 중 분명 벌리 어르신이 계실 것이다.

얼굴은 몰라도 오랜 세월 들어온 그 탁한 음성은 대번에 알아들을 수 있으리라. 본인이 음성을 변조하려 하도 용을 쓰기에 모르는 척해 주었지만 그런다고 실제 목소리를 못 알아들을 리 없다.

이참에 얼굴이나 알아두면 좋겠다는 생각에 양병수는 은근슬쩍 눈동자를 굴렸다. 중신끼리 속닥이는 목소리에 귀를 기울이는데 내관의 알림이 추국장 안에 힘차게 울렸다.

"세자 저하 납시오!"

와병 중인 임금을 대신해 친국에 나선 세자가 서율을 비롯한 사헌부와 사간원의 관리를 이끌고 추국장에 들어섰다.

또렷한 이목구비에 호기롭고 당당한 기운을 발하는 젊은이, 아직 잠룡이라 하지만 몸이 약한 부왕을 대신해 열일곱부터 국정을 돌보기 시작한 세자였다. 현재 스물여섯인 그는 지난 9년, 풍부히 쌓아 온 능력과 연륜을 바탕으로 차기 지존의 절대적 권위를 물씬 풍겼다.

자리에 앉은 세자는 빠르게 추국장 안을 훑다가 마지막으로 준혁에게 시선을 던졌다. 자신과 누이를 제외한 세상에 단 하나 남은 외조부의 핏줄이었다.

'정녕 이대로 괜찮은 것이냐? 내가 보위에 오르고 시간이 흐르면 외조부와 외숙들은 어찌할 수 없어도 너만은 연좌를 풀어 신분을 복권하려고 했다. 그런데 여기서 네 말대로 한다면 너는 영원히 서제륜으로 돌아갈 수 없다. 제륜아, 이 나라의 세자가 아닌 너의 피붙이 형으로서 마지막으로 물으마. 진정 이대로 괜찮은 것이냐?'

'예, 저하. 소인이 원해서 가는 길이옵니다. 비록 이 땅에서 천대받는 신분이라 할지라도 땀 흘려 스스로 벌이를 하는 이 생활이 소인에게는 잘 맞사옵니다.'

'하나 대대로 나라를 위해 공을 세우던 집안의 유일한 자손이 아니냐?'

'소인이 강준혁이란 이름으로 살아간다고 해도 서제륜이 아닌 것은 아닐 것이옵니다. 또한, 출사하지 않고도 종묘와 사직을 위해 얼마든지 음지에서 뜻을 펼칠 수 있을 것이옵니다. 서제륜이 아닌 의주거상 강준혁으로 살며 저하께서 구상하시는 이 땅의 미래를 위해 조금이라도 조력할 수 있도록 선처하여 주십시오.'

눈빛, 목소리, 신념 모든 것이 확고했다. 가문이야 후일 저 아이의 아들이나 손자를 양자로 들여 이으면 그만. 그것이 서제륜의 진정한 뜻이라면, 그래서 구사일생으로 돌아온 아우가 행복할 수 있다면 세자 역시 최선을 다해 그 뜻을 존중하기로 했다.

부디 위기를 넘기고 무사히 살아만 다오.

복잡했던 심경을 정리한 세자는 양병수를 근엄한 눈초리로 바라보았다.

"네가 이곳에 끌려온 연유를 알고 있느냐?"

"예, 저하. 소인이 의천상단을 차지하고자 전 대방이었던 강준혁을 모함했다는 죄명이라 들었사옵니다."

"그래, 맞다. 내 너에게 마지막 기회를 주마. 만약 지금이라도 모든 것을 솔직히 자백하면 그것을 참작해 어느 정도 형량을 줄여 줄 것이다. 하나 끝까지 무죄를 주장하다 이 자리서 그 죄가 낱낱이 밝혀지면 너는 참형을 면치 못하게 된다. 어떠냐, 너는 아직도 스스로가 무죄라고 생각하느냐?"

"저하, 감히 뉘 앞이라고 소인이 거짓을 고하겠나이까. 소인은 그저 억울할 뿐이옵니다. 부디 청하옵건대, 이곳에서 모든 진상을 명명백백히 밝혀 주시옵소서!"

양병수가 억울하다며 우렁차게 울대를 울리자 호판이 불쑥 끼어들었다.

"저하, 중전마마를 시해하려 했던 자는 저자가 아니옵니다. 오늘 이 자리는 죄인 강준혁의 죄를 확인하기 위함임을 유념하여 주시옵소서."

"그렇습니까? 나는 이 자리가 그 진범을 밝히는 자리인 줄 알았는데 말입니다."

"진범이라니요? 양병수 저자는 혐의를 인정할 만한 뚜렷한 증좌도 없다 들었사옵니다. 그에 반해 강준혁은 금군의 화살을 맞은 게 분명하고, 증인과 증좌까지 명백하지 않사옵니까?"

"호판께서는 어찌 그리 확신하십니까? 만약 누군가 금군의 화살을 훔쳐, 혹은 금군 중에 간자가 있어 화살을 빼돌렸다면 그때는 어찌할 겁니까?"

파격적인 세자의 발언에 좌상을 제외한 중신 모두가 동요했다. 양병수와 은밀히 시선을 마주친 호판은 살짝 당황하면서도 물러서지 않았다.

"저하, 어찌 그리 참담한 말씀을 하시옵니까? 그것은 결단코 있을 수 없는 일이옵니다!"

"있을 수 있는 일인지 아닌지, 그건 두고 보면 알게 될 일. 지평!"

"예, 저하."

세자의 호명에 서율이 앞으로 나섰다.

"사족을 빼고 요점만 간단히, 빨리 정리하여 주게."

서율은 세자께 예를 올리고 양병수와 임 행수를 번갈아 보았다. 양병수는 해볼 테면 해 봐라, 뻔뻔한 얼굴이었고, 임 행수는 뭐 마려운 강아지처럼 좌불안석이었다.

"네가 의천상단의 행수 임가 정식이냐?"

"예, 나리."

"너는 사건이 일어났던 그날 어가가 도성을 빠져나간 직후 강준혁과 함께 상단의 창고로 향했다. 그 과정에서 상전이 화살을 맞는 것을 보고도 묵인하였을뿐더러 도성 밖엔 혼자 다녀왔노라, 거짓 증언까지 하였다. 네 죄가 갈수록 무거워지고 있음을 알고는 있느냐?"

"아닙니다, 나리. 도성 밖 창고는 소인 혼자 다녀왔습니다. 그날 객주에 있던 사환들이 이미 모든 것을 증언해 주었습니다."

"그들은 전부 양병수의 심복이 아니었더냐?"

"자네 지금 뭐 하는 것인가?"

호판이 또다시 끼어들었다. 인상을 잔뜩 찡그리고 서율을 위아래로 쏘아보며 비난의 수위를 높였다.

"사헌부의 지평이라는 자가 강준혁에게 뇌물이라도 먹은 것인가? 어찌 그리 저놈 말만 철석같이 믿고 추국을 편파적으로 진행하는 것이야!"

"증인이 있습니다."

차분한 서율의 대답에 추국장 안엔 일순 적막이 흘렀다.

"아니, 그게 무슨······."

"네 이름이 만석이라 하였느냐?"

"예. 그렇습니다."

서율의 물음에 느닷없이 저 뒤에서 한 아이의 똑박한 목소리가 울렸다. 모두의 시선이 그쪽으로 모이자 증인이 자리한 곳 맨 뒤에서 누군가 움직이는 모습이 보였다. 열두셋 정도로 보이는 통통한 체격의 사내아이였다. 성난 얼굴의 아이는 사람들을 헤치고 씩씩거리며 걸어 나왔다.

모두가 흥미롭게 지켜보는 가운데 임 행수가 고개를 돌려 아이를 확인하는 순간 저승사자라도 만난 듯 사색이 되었다. 하얗게 질린 입술을 맥없이 벌리고 전신을 파들파들 떨었다.

"그날의 일을 본 대로 소상히 말해 줄 수 있겠느냐?"

"예. 소인은 도성 밖에 살고 있는데 상감마마의 행차가 있다 하여 할아버지를 졸라 함께 뵈러 갔었습니다. 행렬이 멀리 사라지고 끝부분만 보일 때쯤 말을 타고 나오신 대방 어르신을 만났습니다. 어르신과 안부를 주고받는 사이 또 한 명이 말을 타고 나리께 다가왔습니다. 두 분이 도성 밖에서 만나기로 하신 것 같았습니다."

"두 번째로 온 자가 누구인지 기억하고 있느냐?"

서율의 물음에 아이는 망설임 없이 임 행수를 가리키며 울분에 젖어 외쳤다.

"저자입니다. 저자는 또한 저희 할아버지와 아우를 죽이도록 시킨 자입니다. 제가 수풀 속에 숨어 똑똑히 지켜보았습니다. 부디 저희 할아버지와 아우의 원한을 풀어 주십시오!"

"무슨 소리를 하는 것이냐? 나는 네가 누구인지 모른다!"

"너는 저 아이가 누구인지 잘 알고 있다."

펄쩍 뛰는 임 행수의 발악에 서율은 차갑게 말을 되받았다.

"어가 행렬이 있던 그날 도성 밖에서 저 아이와 박 노인을 만났고, 입막음을 위해 산속에서 저들을 해하지 않았느냐."

"그, 그건……."

"왜, 분명히 베었는데 만석이가 살아 있어 당황스러우냐? 네가 죽인 아이는 저 아이의 쌍둥이 동생이었다."

임 행수는 겁에 질려 낯빛이 검푸르게 변했다.

"이 아이는 도성 밖 본가에서, 아이의 동생은 자손을 보지 못한 홍천의 숙부 집에서. 태어나자마자 따로 떨어져 자랐기에 마을 사람들조차 저 아이가 쌍둥이인 것을 몰랐다. 너는 난생 처음 집으로 돌아와 가족과 재회했던 만석이의 아우를 죽인 것이다. 이래도 계속 발뺌할 셈이냐? 그렇다면 목격자는 또 있느니라."

지금까지만도 벅찰 지경인데 목격자가 더 있다고 하니 임 행수는 금방이라도 졸도할 것 같았다. 가쁜 숨을 내쉬면서도 신음조차 내지 못했다. 또 다른 목격자는 초로의 노인으로 자신을 약초꾼이라고 소개했다.

"약초를 캐러 갔다가 박 노인과 쌍둥이 형제를 만났습죠. 만석이가 약재를 구경하고 싶다며 혼자서만 소인을 따라왔는데 갑자기 저자와 검을 든 자들이 여럿 나타났습니다. 소인은 들키면 죽을까 싶어 얼른 이 아이의 입을 막고 숨어서 지켜보았습니다."

사면초가였다. 더는 물러날 곳이 없어 임 행수가 망연자실 넋을 놓고 있는데 서율은 그를 더욱 단호하게 몰아갔다.

"상전을 배신한 것으로도 모자라 금수만도 못한 짓을 하였구나. 너에겐 그 어떠한 관용도 없을 것이다."

"사, 살려 주십시오! 소인은 단지 시키는 대로만 하였을 뿐입니다!"

"시키는 대로 하였다? 그 일을 누가 시켰단 말이냐?"

임 행수의 시선이 차 행수와 양병수에게로 번갈아 향하자 돌아오는 것은 기가 죽을 만큼 매서운 눈빛이었다. 임 행수는 얼른 대답도 못 하고 빌빌거렸다.

"그것이……."

"됐다. 이자를 끌고 가라!"

"차 행수입니다! 양병수 어르신의 명이라며 제게 그 일을 강요하였습니다!"

"네 이놈! 예가 어디라고 거짓으로 위기를 모면하는 것이냐!"

임 행수의 입에서 진실이 나오자 양병수가 버럭버럭 고함을 질렀다. 차 행수도 펄쩍 뛰며 추국장을 순식간에 난장판으로 만들었다.

"조용!"

서율이 엄히 꾸짖었다.

"감히 어느 안전이라고 목소리를 높이는 것이냐!"

그러곤 임 행수를 향해 똑똑히 확인했다.

"그러니까 너는 그날, 강준혁 저자가 도성 밖 창고로 가기 위해 어가가 지나간 후 너와 만났음을 시인하는 것이냐?"

"흐흑…… 예에. 그날 강 대방 어르신께선 행렬 근처에도 가지 않았습니다."

타고난 성정이 평범하고 소심했던 임 행수가 더는 버티지 못하고 진실을 토설했다. 그러자 양병수가 고래고래 목청을 높였다.

"네 이놈!"

"그럼 어쩝니까? 저렇게 증인까지 있는 것을요!"

"아닙니다. 저놈은 지금 자신이 저지른 죄를 소인에게 덮어씌우고 있는 것입니다!"

"그만!"

추국장이 떠나가라 양병수가 쩌렁쩌렁 소리를 지르자 서율은 차가운 호통을 내리쳤다.

"한 번만 더 소리를 질렀다간 공무를 방해한 죄가 추가될 것이다. 모든 것을 종합해 보면 양병수 너는 중전마마께 위해를 가한 후 강준혁에게 그 죄를 덮어씌우려 하였다."

더 이상의 느긋함은 남아 있지 않았다. 조여드는 불안감에 눈자위가 벌겋게 달아오른 양병수는 중신들을 살피며 빠져나갈 길을 모색해 보았다. 일단은 무조건 아니라고 잡아떼는 것이 상책이다. 그러면 어르신이 어떻게든 손을 써 주실 것이다. 엄밀히 말하자면 자신은 어르신이 시키는 대로만 하지 않았던가!

양병수는 바싹 마른 입술을 혀로 축이며 극구 부인했다.

"아닙니다. 중전마마께 위해를 가한 사건은 결단코 모르는 일입니다!"

"보자 보자 하니까 갈수록 가관이구나."

서율에게 모든 것을 맡기고 지켜보던 세자가 더는 봐줄 수 없다며 성노하였다.

"바짝 엎드려 싹싹 빌어도 모자랄 판에 대체 네놈은 목숨이 몇 개인 것이냐? 내 정리를 해 주랴? 너는 상단의 대방 자리가 탐이 났다. 저자가 서제륜이다, 밀고하긴 했는데 증좌가 없었겠지. 하여 감히 곤전께 위해를 가하고 저자에게 죄를 덮어씌웠던 것이다."

"당치 않으시옵니다."

"시끄럽다! 증인이 이리도 많은데 계속 잡아떼겠다는 것이냐?"

"저자는 서제륜이 확실하옵니다!"

"확실? 증좌가 있느냐? 설마 달성부원군 댁의 전 집사를 말하는 것은 아니겠지? 그자가 서제륜을 직접 대면한 건 세 살 때가 마지막이었다. 열아홉 해가 흐른 지금, 서제륜의 얼굴을 구분하는 것은 어불성설. 모종의 거래가 있지 않고서야 어찌 그런 자를 증인이라 들이밀 수 있단 말이냐? 그리고 또 누가 있느냐? 화경궁의 궁녀? 그 아이도 소리만 들었지 얼굴은 똑바로 보지 못했다, 이실직고하였느니라."

"이것은 저를 몰아내려는 서제륜의 계략이옵니다. 모략이옵니다!"

"그 입 다물라! 혹시나 하는 마음에 그토록 기회를 줬건만 너는 일말의 반성조차도 없구나. 사람의 목숨이 그리도 하찮더냐? 네 성에 차지 않고 네 이利에 맞지 않으면 사람을 모함하고 가차 없이 죽여도 괜찮은 것이냐? 내 인내심은 여기까지가 한계다. 여봐라, 저자를……."

"있습니다! 다른 증좌가 있사옵니다!"

관졸들이 달려들자 양병수는 온 힘을 다해 소리를 지르며 품에서 비단뭉치를 꺼내 흔들었다.

"강준혁은 어린 시절, 상단에 양자로 입적되기 전부터 청보석으로 만든 거북 모양의 장식물을 몸에 지니고 있었습니다. 신줏단지 모시듯 한 번도 몸에서 떼어낸 적이 없었사옵니다. 필시 예사 물건은 아닐 터, 확인하여 주십시오. 얼마 전 저자가 흘리고 간 걸 소인이 주워 보관해 오고 있었나이다."

예기치 못한 반격에 서율과 준혁의 안색이 급변했다. 안 그래도 그것을 잃어버린 게 마음에 걸렸는데 설마 양병수가 가지고 있었을 거라곤 짐작도 못 했다. 두 사람이 낭패감에 젖은 사이 놀란 이판이 뛰어가 청보석을 들여다보았다.

"이, 이건!"

그는 기겁하여 외쳤다.

"보십시오. 이건 달성부원군께서 살아생전 항시 몸에 지니고 있던 물건입니다. 저하, 이자는 서제륜이 분명하옵니다!"

"그건 청나라에서 얼마든지 구할 수 있는 물건이옵니다. 값을 지급할 능력이 되는 사람이라면 누구나 주문할 수 있사옵니다!"

다급해진 준혁이 항변해 보지만 주위는 이미 찬물을 뿌린 듯 써늘히 가라앉아 있었다. 부친의 것인 줄 알았지, 조부님의 물품이었을 줄이야. 준혁은 망연자실하였다.

청보석에 관해 전혀 모르고 있던 세자도 등에 식은땀이 솟았다. 서율과 제륜을 보아하니 무언가 틀어지고 있는 게 분명하였다. 정신이 혼미해졌지만, 그는 최대한 평정을 지키며 질문을 던졌다.

"이판은 달성부원군께서 지니고 계셨던 물건을 자세히 본 적이 있습니까?"

"자세히 봤다고는 할 수 없지만…… 그분께서 거북 모양의 청보석 장식물을 몸에 지니고 있던 건 중신들 대부분이 알고 있는 사실이옵니다."

"거북은 장수와 부귀의 상징입니다. 능력이 되는 자라면 얼마든지 거북 모양의 청보석을 주문할 수 있는 것이 아닙니까?"

"그럴 수 있는 자가 이 나라에 과연 얼마나 된다고 보시옵니까? 그것도 어린 나이에 이런 것을 지니고 있었다면……."

말끝을 흐리던 이판은 좋은 수를 떠올린 듯 얼굴이 환해졌다.

"마침 이것을 확인해 줄 사람이 있사옵니다."

"그게 누구입니까?"

"좌상 대감이시옵니다."

이판의 대답에 세자와 서율은 가슴이 덜컥 떨어졌다. 숨이 콱 막혀 눈앞이 캄캄했다.

"오래전 좌상께서 연행을 다녀오며 달성부원군의 부탁으로 청보석을 직접 가져왔던 것으로 기억하옵니다. ……아니 그렇습니까, 대감?"

모두의 시선이 좌상에게로 향하자 그는 세자 쪽으로 살짝 몸을 틀어 명확하게 답했다.

"이판의 말은 사실이옵니다. 당시 그 어른의 취향대로 중간에서 모양을 바꾼 것도 이 사람이었으니 얼마든지 확인이 가능하옵니다."

확신에 찬 그의 말에 서율의 시선이 불안하게 흔들렸다. 좌상은 그런 아들을 지켜보며 냉소를 금치 못했다.

모자란 놈. 너는 아직도 멀었느니라.

청보석이 옮겨지는 중이나 보나 마나 강준혁, 저 아이는 서제륜이 틀림없다. 추국장에 들어와 강준혁의 얼굴을 처음으로 보는 순간, 약관을 넘긴 윤석이가 살아서 돌아온 양 착각마저 일었다.

한때 그토록 따르고 존경했던 제 스승의 손자. 그리고 그분의 조카.

그분을 몰래 만날 때면 때때로 막냇동생 윤석이가 따라 나오곤 했다. 윤석은 유난히도 자신을 따르던 착하고 순한 아이였다. 모두가 행복했던 그 시절, 윤석이가 자신의 어린 자식을 죽이고 제가 그의 목숨을 거두게 될 거라고 그 누가 상상이나 하였을까.

좌상의 눈길이 두려움에 젖은 강준혁의 얼굴을 배회하는데 청보석이 전달되었다. 햇살을 받아 파랗게 반짝이는 거북은 좌상의 마음과는 다르게 무척이나 청량한 빛을 띠었다. 오랜만에 보는 것이지만 살펴보지 않아도 알 수 있었다. 이것은 그가 스승님께 직접 가져다 드렸던 그때의 그 장식물이었다.

······오랜만에 뵙습니다, 스승님.

좌상은 청보석의 매끄러운 표면을 살짝 쓰다듬었다.

고신을 받고 하옥되어 계신 스승님을 마지막으로 찾아뵌 적이 있었다. 이 사람이 처음부터 끝까지 모든 것을 계획하고 진두지휘하였노라 잔인하게 밝히기까지 하였다.

치를 떨며 무엄한 놈이라 소리치면 제자에게 당한 스승의 처참한 몰골을 마음껏 비웃어 주고 싶었다. 하지만 스승님께선 손가락을 깨물어 바닥에 혈서를 쓴 뒤 전혀 기대하지 않았던 다른 말을 남기고 홀연히 숨을 거두셨다.

'후회하지 말거라. 네가 했던 선택을 절대로 후회하지 말거라. ······잘하였느니. ······과연 나의 으뜸가는 수제자로다.'

좌상의 손에 미세한 떨림이 일었다. 그런다고 자신이 슬퍼할 거라고 기대하셨다면 그건 큰 오산이었다. 마지막으로 남긴 말이 무엇이었든 달성부원군은 제자를 배반한 비정한 스승일 따름이었다.

좌상은 두 눈에 차가운 분노를 틔우면서도 한편으로는 하늘이라도 향해 묻고 싶었다. 어찌하여 그러셨던 거냐고. 나는 당신을 아버님이라 부르며 한 가족으로 살고 싶었다고. 윤석이를 아우로 맞이하여 그분과 함께 당신을 하늘처럼 떠받들며 살고 싶었다고. 나는, 당신은, 우리 모두는······ 어찌하여 이리된 거냐고.

자그마한 물건 하나로 과거를 떠올린 좌상은 누구도 모르는 상처가 또다시 덧나고 있음을 느꼈다. 언제부터인지 모르게 귓가에는 그분의 목소리도 들려오고 있었다.

'부탁입니다. 막내만은 살려 주십시오. 제발 한 명만, 단 한 명의 목숨만은 구명하여 주십시오!'

비가 내리던 겨울밤, 소박한 옷을 입고 찾아온 그분은 에이도록 차가운 얼음비를 맞으며 왕비의 체면도 잊고 그의 앞에 무릎을 꿇었다. 그리고 처절하게 빌었다. 그냥 들어가려던 그의 혜를 붙잡고 차라리 자신을 죽여 달라 울부짖었다. 애원하는 순간마저 차마 그에게 손을 대지 못하고 태사혜의 가죽만 겨우 붙들었던 여인. 그분은 그런 사람이었다.

폭주하듯 터져 나온 아픈 기억에 좌상은 가슴속에 또다시 뜨거운 응어리가 뭉친 느낌이었다. 그대로 표정이 무너지려던 찰나 순식간에 감정을 다스리고 다시 찬바람이 이는 건조한 얼굴로 무장했다.

"경이 보시기에 어떻습니까? 그것이 정녕 달성부원군의 유품이 맞는 겁니까?"

찬찬히 움직인 좌상의 시선에 관절이 하얘질 정도로 주먹을 움켜쥔 세자가 보였다. 태연한 척하고 있지만 벼랑 끝까지 내몰려 불안해 하는 게 한눈에도 역력했다. 좌상은 무표정한 얼굴로 그런 세자를 주시하더니 간결하게 말했다.

"아닙니다."

대를 이을 단 한 명의 목숨. 그분의 마지막 부탁이 가슴에 사무쳐, 오래전 서제륜 저 아이를 차마 죽이지 못하였던 것일 수도······.

좌상의 한마디에 주변은 순식간에 들끓었다. 중신들은 저마다 개운치 않은 표정으로 두런두런하였는데, 특히 이판이 펄쩍 뛰며 재차 확인을 요구했다.

"대감, 정말로 아닙니까? 자세히 살펴보십시오!"

"충분히 보았습니다. 언뜻 봤을 땐 맞는 줄 알았으나 자세히 살피니 완전히 다른 물건이었습니다. 이건 전前 달성부원군의 것이 아닙니다."

좌상은 청보석을 의금부의 아전에게 도로 건네며 거듭 확신했다. 그의 확고함에 중신들은 뭐라 반박조차 못 하고 술렁거렸다. 긴장감이 최고치에 올라 잠시 어지러웠던 세자는 그 틈을 타 얼른 정신을 차렸다. 좌상이 무슨 연유로 저리 나오는지 알 수 없으나 이쯤에서 모든 것을 빠르게 처결하여 얼른 자리를 정리하고 싶었다.

"이것으로 강준혁은 서제륜이 아니며, 곤전을 시해하려 했던 범인도 아님이 확인되었다. 그리고 너!"

세자가 무서운 눈초리로 양병수를 쏘아보았다.

"너는 이제부터가 시작일 것이다."

"아닙니다! 소인은 결백하옵니다. 결백하옵니다, 세자 저하!"

"이게 무엇인지 알아보겠느냐?"

그의 하소연에 세자가 책자 하나를 꺼내서 내보였다. 그것을 알아본 양병수의 얼굴이 벼락이라도 맞은 듯 균열을 일으켰다.

"네 조력자가 미처 발견하지 못한 너의 비밀장부이니라. 책상 아래에 비밀장소를 만들어 고이 숨겨 두고 있었다지? 여기에……!"

세자는 목소리를 높이며 중신들 쪽으로 날카로운 시선을 던졌다.

"그동안 네가 뇌물을 바쳐 온 고위관리들의 신원과 이번 사건에 조력한 금군의 명자가 낱낱이 적혀 있다. 너는 물론이요, 이 장부에 명자를 올린 자들은 그 누구도 용서받지 못할 것이다."

추국장 전체가 다시 소란스럽게 들썩거렸다. 양병수는 지옥에라도 떨어진 듯 중신들을 훑느라 눈동자를 이리저리 움직였다. 그에게 두려운 건 세자도 국법도 아니다. 사람과 국법을 비웃으며 보이지 않게 세상을 쥐고 흔드는 책략가 벌리 어르신, 오직 그분만이 그를 섬뜩하게 할 수 있었다.

세상이 그를 저버린다고 해도 어르신만 손을 내밀어 준다면 아무 문제가 없으리라. 한데 그분 몰래 만들어 온 장부가 이런 식으로 공개되었으니 이를 어쩐단 말인가.

어르신, 어르신께서는 무사하실 겁니다. 저들은 결코 어르신을 알아낼 수 없을 겁니다. 살려 주십시오. 소인에게 한 번만 더 기회를 주십시오!

양병수는 소리 없이 절규하며 몸부림을 치는데 세자가 한기를 머금고 명을 내렸다.

"강준혁을 무죄방면하고 양병수를 비롯한 그 일행을 하옥하라. 호판과 호조참의 또한 의금부에 하옥한다."

"저, 저하!"

세자의 추상같은 하명에 호판이 크게 당황해 목소리를 높였다.

"저희를 하옥하라니요, 그게 무슨 말씀이시옵니까?"

"호판, 조금 전 지평에게 뇌물이라도 받았느냐 호통을 치셨지요? 본인이 하도 뇌물을 받다 보니 세상 사람들 모두가 그리 보이는 건 아닙니까?"

"저하, 어찌 그리 황망한 말씀을 하시옵니까?"

"양병수의 비밀장부에 명자를 올린 이들은 절대로 용서받을 수 없다, 이미 경고하였소. 그중 호판과 참의는 뇌물을 받은 액수가 타의 추종을 불허하기에 오늘은 일단 두 사람부터 추포하는 것이오. 그대들은 뇌물을 수수하고 나라의 재산이 빼돌려지는 것을 묵인하지 않았소? 이 장부뿐 아니라 그동안 내사를 벌여 충분한 증거가 수집되어 있으니 부끄러움이 남아 있다면 조용히 수사에 협조하시오."

호판의 얼굴에 좌절의 빛이 떠오르자 세자는 중신들에게 고루 시선을 던지며 경고를 보냈다.

"그 밖에 저자에게 조금이라도 뇌물을 받은 분이 계시다면 의금부에 남아 스스로 자백하는 것이 좋을 겁니다. 양병수 저자가 장부 정리 하나는 기막히게 꼼꼼히 해 놓았지 뭐겠습니까. 오늘 안으로 찾아와 죄를 시인한다면 그에 따른 참작은 해 드리겠습니다. ······죄인들을 모두 압송하라!"

양병수 일행을 비롯해 호판과 호조참의가 줄줄이 끌려가자 세자는 곧장 자리에서 일어났다. 좌상을 흘끗 보더니 서둘러 걸음을 재촉했다. 이유야 어찌 됐든 좌상 스스로가 묵인해 준 일이었다. 그럴 리야 없겠지만 행여나 그의 마음이 바뀔세라 세자는 달리듯 두 발을 빨리해 추국장을 빠져나갔다. 서율 역시 부친과 눈도 마주치지 못하고 화급히 세자의 뒤를 쫓았다.

중신들은 거대한 폭풍을 지나온 느낌이었다.
"대체 이게 무슨 일입니까!"
여기저기서 늙은 중신들이 심장을 부여잡고 우왕좌왕했다. 누군가는 상황 자체에 놀란 것 같았고, 또 다른 누군가는 켕기는 게 많아 이쯤에서 자백해야 할지 심히 고민하는 눈치였.
모두가 심각해져 웅성대는 와중에 좌상은 무심히 발길을 돌렸다.
"대감, 어디를 가십니까?"
그 태평함이 황당해 이판이 소리치자 좌상은 흘끔 돌아보았다. 당연한 걸 왜 묻느냐는 표정이었다.
"조정에 공석이 여럿 나오게 생겼으니 미리 대비를 해야지요. 재물을 탐하지 마라, 내 그리 일렀거늘 그동안 누가 이 사람의 조언을 무시했는지 두고 볼 것입니다. 양병수와 조금이라도 얽혀 있는 분들은 오늘 안에 이곳에 남아 자백하도록 하세요. 신분을 망각하고 부정을 저지른 자들을 나는 조금도 감싸 줄 의향이 없습니다."
"대감, 지금 그것이 문제가 아닙니다. 그 청보석이 진정 달성부원군이 지녔던 게 아니었습니까?"

중신들의 시선이 모두 좌상에게로 모이자 그에게서 범접할 수 없는 싸늘함이 퍼져 나갔다.

"그가 달성부원군의 핏줄이었다면 내가 이대로 놔두었을 거라 생각들 하십니까?"

중신들 사이에 민망한 침묵이 흘렀다. 누구 하나 반박하지 못했다. 말 한마디, 눈빛 하나로 자리를 정리한 좌상은 다시 발길을 돌려 그들에게서 멀어졌다.

달성부원군을 처단하는 데 누구보다 앞장선 사람이 바로 좌의정이었다. 그런 좌상이 거짓을 말할 이유가 딱히 없다는 결론에 중신들은 공연히 헛기침만 해댔다. 그러나 한 사람, 이판은 끝까지 무언가 못 미더운 얼굴이었다.

"대감, 대감!"

"이보게!"

이판이 좌상을 부르며 뒤따르자 우상이 쫓아와 그를 가로막았다.

"잡지 마십시오. 아무래도 이상합니다."

"좌상께서 아니라 하시지 않는가! 그렇다면 확실한 것이니 토를 달지 말게. 그보다 자네는 중전마마께 가보아야 하지 않겠는가?"

"예? 마마께서 저를 찾으신 답니까?"

이판의 한가로운 반문에 우상은 답답해 하며 소식을 알렸다.

"아직도 모르고 있었단 말인가? 중궁전이 발칵 뒤집혔네. 궁녀들이 전부 잡혀가 내사를 받고 있단 말일세!"

"그게 무슨 말씀입니까?"

"수비라는 궁녀가 서제륜의 얼굴을 보았다고 증언하였던 게 거짓이었다는 걸 자네도 듣지 않았는가. 전해진 바에 의하면 그 뒤에 중궁전이 있었다는 게야. 중전께서 화경궁 자가의 일거수일투족을 감시했던 모양일세."

"그, 그게 무슨……!"

"얼른 가보시게. 감시한 것까지야 어떻게든 덮을 수 있다 쳐도 거짓 증언을 종용한 건 책임을 면치 못하실 것이네."

얼굴이 노랗게 뜬 이판이 허둥지둥하였다. 그가 경황없이 의금부를 빠져나가자 우상은 한숨을 길게 내리쉬었다. 아무래도 당분간은 퇴청하지 못할 듯싶다.

의금부를 벗어나 의정부로 향하는 좌상이 평소보다 두 눈을 가늘게 떴다. 오늘따라 날이 화창한지 내리쬐는 햇살이 유난히도 밝고 눈이 부셨다. 눈가가 이토록 욱신거리는 건 지나치게 강한 햇빛 때문이라고. 그렇게 몇 번이고 우겨 보다가 결국은 눈앞에 보이는 환영을 향해 묻지 않을 수 없었다.

만족하십니까?

새하얀 얼굴에 먹빛의 총명한 눈동자. 아름다웠던 그분이 다소곳이 미소를 지었다.

고맙다고. 또 미안하다고…….

언제인지 모르게 가슴에 스며들어 평생을 그 자리에 박혀 있는 사람. 보고 싶기도 했고, 보고 싶지 않기도 했다. 오늘은 그분께서 이 세상에 태어나 처음으로 빛을 보신, 아무리 잊으려고 해도 잊히지 않는 그분의 탄생일. 그분의 조카를 죽이고 서씨 가문의 대를 끊어 놓을 수 없었던 결정적 이유였다.

당신께 드리는 마지막 성의입니다.

그러니 제발…… 다시는 이 사람을 찾아오지 마십시오.

어디선가 잔잔한 바람이 불었다. 그 바람에 철 지난 매화향이 묻어 와 코끝을 간질이자 눈가에 아릿아릿 습기가 어렸다. 좌상은 빠르게 눈을 깜빡여 조금의 흔들림도 허용치 않았다. 다만 벌겋게 달아오른 그의 눈동자까지는 어찌할 수 없었다.

따스하게 비치는 6월의 햇볕 아래 압도적인 관록을 자랑하는 노회한 재상은 어디에도 존재하지 않았다. 연모하는 이에게 상처받고 오랫동안 아파하는 우직한 사내만이 남아 있을 뿐이다.

어둠이 까맣게 내려앉고도 한참이 지난 시각, 옥에 갇힌 양병수는 잠을 이루지 못하고 속이 바짝바짝 타들었다. 이대로 모든 게 끝일 리 없다. 그동안 어르신을 위해 수도 없이 살생을 저지르고 상상도 할 수 없을 만큼의 재물을 바쳐 왔다. 훗날의 쓰임새를 위해서라도 자신을 이렇게 버릴 리가 없었다.

양병수가 불안을 다독이며 애써 희망의 끈을 놓지 않는데 움직임이 감지되었다.

왔구나!

순식간에 주변의 불이 꺼지고 스산한 인영 하나가 소리도 없이 눈앞에 모습을 드러냈다. 검은 복장에 검은 복면, 그리고 특유의 달달한 냄새. 어르신의 심복, 석칠이 당도한 것이다. 양병수는 최대한 목소리를 낮춰 열렬히 그를 환영했다.

"석칠이 자네인가? 왜 이제야 온 것이야. 이럴 줄 알았네, 자네가 올 줄 알았어! 어르신께서 나를 쉽게 버릴 리 없지!"

너무도 기쁜 나머지 그답지 않게 코끝이 찡해졌다. 그러나 비어져 나오던 양병수의 웃음은 어느 순간 흔적 없이 사라졌다. 그에게서 전해지는 기운이 너무도 섬뜩했다. 옥문을 열어줄 생각은 않고 저리 보고만 있는 게 다른 짐작을 하게 했다. 덜컥 겁이 난 양병수는 마른침을 삼키며 최선을 다해 변명하기 바빴다.

"혹 비밀장부 때문에 그러는가? 염려 마시게, 어르신의 함자는 적지 않았네. 저들은 목록을 보고도 절대 어르신을 찾아내지 못할 것이야! 나를 믿어 주게."

"……."

"자네가 변복까지 하고 가서 장부를 빼돌렸는데 비밀장부가 있어 화가 났는가?"

"……."

"이보시게!"

무슨 말을 해도 그는 반응하지 않았다. 만약 탈주를 돕기 위해 온 것이라면 그는 벌써 주의사항을 알려주고 자물쇠를 풀었을 것이다. 하나 그렇지 않다는 건,

······죽는다. 저자는 나를 죽이러 온 것이다!

공포에 질린 양병수는 순식간에 공황상태에 빠졌다. 죽고 싶지 않았다. 이제 갓 대방이 되어 상단을 겨우 손아귀에 넣었는데, 예전보다 더 떵떵거리며 살 수 있게 되었는데! 초라하게 이런 곳에서 이렇게 버려지고 싶지 않았다.

"이보시게, 나를 여기서 꺼내 주지 않겠는가? 자네에게 재물을 주지. 자네의 자손까지 풍족하게 쓰고도 남을 만큼 내 아낌없이 줄 것이네. 어르신께는 내가 이미 탈옥을 하였더라고, 그렇게 보고하면 되지 않겠는가!"

다급해진 양병수는 마지막까지 죽을힘을 다해 매달렸으나 돌아온 대답은 매정했다.

"그 유언, 전해 드리지."

"헉."

동시에 날카로운 독침이 날아와 정확히 급소를 찔렀다. 탐욕을 쫓아 평생을 누군가의 하수인으로만 살아온 양병수는 비명한 번 지르지 못하고 쓸쓸한 죽음을 맞았다.

서율은 막내숙부가 요양 중인 현법사로 향하며 깊은 상념에 잠겼다. 망중한을 즐기며 주변의 풍광을 둘러보거나 잔잔히 불어오는 산속의 바람을 느낄 새도 없었다. 모든 것이 시원하게 뚫릴 듯하다가 또다시 막혀버린 상황이 그를 고민에서 벗어나

지 못하게 했다.

 준혁과 아정의 목격담을 종합하면 행궁을 습격했던 이들은 나라의 진상품을 빼돌린 이들과 동일했다. 예상대로 양병수는 꼭두각시에 불과했고 그 뒤엔 조정의 배후세력이 존재했다. 그런데 그 배후는 이번에도 꼬리를 자르고 몸통을 감췄다.

 戈(과).

 발견된 비밀장부를 살펴보니 막대한 액수의 뇌물이 '戈'라고 표기된 무명의 존재에게 거의 일방적으로 집중되어 있었다. 믿을 수 없을 만큼의 재물이 오랜 시간 꼬박꼬박 그에게로 흘러들었다.

 양병수의 사택과 집무실을 시작으로 '戈' 자가 뜻할 만한 문무백관의 명자와 별호, 그 행적까지 샅샅이 뒤졌다. 몇 날 며칠 기를 쓰고 탈탈 털었으나 소득은 없었다. 실마리로 여겼던 양병수가 살해당한 이후 누구를 기점으로 다시 시작해야 할지 솔직히 막막했다.

 의금부 옥사에 자객을 보낼 정도라면 저들은 이미 비대해질 만큼 비대해져 있다는 뜻이다. 그 때문인지 저하께서도 전에 없이 답답해 하셨다.

 '오래도록 이렇게 많은 재물이 꼬박꼬박 필요했다는 건 사병을 거느리고 있음을 방증하는 것이다. 그들을 먹이고 입히고 거두려면 이 정도의 비용은 필요했겠지.'

 '병력을 늘리고 도성 근처의 산을 은밀히 뒤져 봐야 하옵니다.'

 '내 생각도 그러하다. 빠른 시일 내에 병조를 개편하고 아무도 모르게 금군을 늘려야겠어. 하나 그러려면 좌상의 도움이 절대적으로 필요한데……. 자네 부친께는 당분간 침묵하게.'

서율의 부친 김대원은 병판의 자리를 처남에게 넘긴 뒤에도 현재까지 병권을 수중에 틀어쥐고 있었다. 나름대로 공정하려 애쓰기는 하지만, 권력의 비정함 앞에선 그 무엇도 확신할 수 없었다. 일이 터졌을 때 그가 누구의 손을 잡을지 아무도 모를 일이다.

비록 서제륜을 눈감아 주었어도 서율과 세자는 그것을 빌미로 일말의 희망을 품을 만큼 순진하지 않았다. 좌상의 속내를 알 수 없어 오히려 불안하기만 했다.

"지평이 아닙니까?"

수십 가지 생각이 맞부딪쳐 머릿속이 복잡한데 누군가의 나긋한 목소리가 인사를 건넸다. 언뜻 정신을 차려 보면 화사한 차림의 안빈이 선하게 웃고 있었다. 수심에 잠겨 걷다 보니 어느새 법당 근처에 다다랐던 것이다.

서율은 두 손을 가지런히 모으고 공손하게 인사했다.

"안빈 자가를 뵈옵니다."

"다행히 이 사람을 기억하고 계십니다. 현법사에 좌의정의 아우분이 요양하고 계시다더니, 숙부를 만나러 오신 겁니까?"

"그러하옵니다."

"나는 이제 마치고 돌아가는 길입니다."

"먼 곳까지 걸음하셨습니다."

"갈수록 전하의 옥체 미령하시니 할 수 있는 게 고작 이런 것

밖엔 없더군요."

안빈은 안쓰러울 정도로 수심에 차 있었다. 혜빈이 출궁하고 중전이 근신 중인 지금, 성상 곁에 남아 병시중을 주도하는 이는 안빈이었다.

"자가께서 밤낮으로 애쓰고 계시다는 말은 들었사옵니다. 저하께서도 매우 감사해 하십니다."

"해야 할 일을 하고 있는 것이지요. 그럼."

안빈이 살짝 고개를 숙이자 서율도 얼른 예를 갖추었다.

후사 하나 없이 낭군인 성상만을 바라보고 계시니 그 속내가 오죽이나 불안하실까. 안쓰러운 마음에 서율은 그 자리에 머물며 멀어지는 안빈의 뒷모습을 물끄러미 지켜보았다.

현법사에서 돌아온 안빈은 곧바로 대전에 들어 왕의 탕약 시중을 들었다. 내관과 궁녀들을 전부 물리고 하나부터 열까지 전하의 수족이 되어 부지런히 움직였다. 왕은 탕약을 마신 후 안빈의 부축을 받아 자리에 누웠다.

"고맙소, 안빈. 그대가 고생이 많구려."

"그런 말씀 마시옵소서. 신첩은 하루빨리 전하께서 쾌차하시기만을 바랄 뿐이옵니다."

"고맙…… 소……."

왕은 정신이 몽롱해지며 미약한 신음과 함께 잠에 취했다. 그 모습을 지켜보는 안빈에게서 애틋하면서도 써늘한 냉조가 섞여 나왔다. 내의원의 안 첨정은 안빈의 사람, 하명한 대로 그는 탕약에 수면가루를 섞어 놓았을 것이다.

 독이 아니니 따로 검출될 일은 없다. 앞으로 전하께서 주무셔야 할 일이 많아 미리 시험해 본 것인데 처음부터 이 정도면 성공적이었다. 안빈은 만족스러운 웃음을 지었다.

 소의로 입궁한 그녀는 회임한 뒤 귀인이 되었다가 옹주를 잃고 빈이 되었다. 편안할 안安이란 빈호를 받아 안빈이라, 사람들은 핏덩이 옹주가 존재감 없던 어미와 외조부에게 효도하고 떠났다며 수군거렸다. 하지만 안빈은 정신을 차리지 못하고 병석에 누웠다. 왕에겐 도저히 비집고 들어갈 틈이 없었고, 그나마 그녀를 살게 했던 아기마저 떠나버려 삶의 의욕을 상실했다.

 차라리 나도 죽었으면…….

 세상으로부터 고립되어 오직 죽고 싶다는 생각밖에 들지 않았다. 그렇게 아무도 찾지 않는 곳에서 홀로 시들어 갈 때쯤 사심 없이 안빈을 찾아와 준 사람이 있었다. 아들이 아니라며 언니들과 자신을 그토록 구박하고 손찌검을 해댔던 아버지. 그 무서웠던 아버지가 어느 날 사가에서 손수 끓인 고깃국이라며 소반을 직접 들고 처소에 나타났다.

 비썩 마른 안빈을 일으켜 앉히고 손에 숟가락을 쥐여 주었다. 실한 건더기가 둥둥 떠 있는 뽀얀 국물을 안빈은 말없이 내려다보았다. 그리고 고깃국을 떠먹는 대신 그 자리서 상을 엎고 생전 처음으로 아버지께 소리를 질렀다.

 '이깟 게 다 무슨 의미가 있습니까! 그냥 죽게 놔둘 것이지, 그렇게 때리고 구박할 땐 언제고 이제 와 아비 흉내라도 내겠

다는 겁니까!'

 오랫동안 아무것도 먹지 못했던 안빈은 어디서 그런 힘이 났는지 가쁜 숨을 쌕쌕거리며 미친 듯이 소리를 질렀다.

 '보십시오, 아버님께서 만들어 놓은 팔자입니다! 부모에게도 괄시받고 업신여김을 받았는데 어느 누가 나 같은 걸 좋아하고 대접해 주겠습니까? 옹주도 그걸 알고 간 것입니다. 더 살아 봤자 제 어미 꼴밖에 나지 않을 것을 알기에 진절머리를 치며 가 버린 것입니다!'

 마지막 말은 거의 비명에 가까웠다. 기력을 잃은 안빈은 바닥에 얼굴을 묻고 온몸을 비틀며 오열했다. 목이 쉬어 소리가 안 나오고, 손가락 하나 까딱할 수 없을 때까지 울부짖었다. 마지막엔 힘이 빠져 기진맥진했는데, 그저 듣고만 있던 부친께서 조용히 입을 열었다.

 '예. 저를 원망하십시오. 분이 풀릴 때까지 몇 날 며칠이고 아니, 죽는 그날까지 제게 화풀이를 하십시오. ······그리고 사십시오, 자가.'

 '······.'

 '이 아비는 하루아침에 피붙이와 전 재산을 잃고, 혈혈단신 비렁뱅이가 되어서도 살아남았습니다. 우리가 왜 죽어야 합니까?'

 안빈의 친가는 도성 안 최고의 부호 가문 중 하나로 군림하다 멸문을 당하고 스러졌다. 후에 복권되어 아비 홀로 돌아오긴 했지만 그를 기다리는 건 외로움과 가난이었다.

 일가친척은 죄다 목숨을 잃었고, 몰수되었던 재산 중 그의 손에 떨어진 건 땅뙈기 몇 마지기가 전부. 관아로 쫓아가 항의를 해 봐도 상세한 기록이 남아 있지 않아 어쩔 수 없다는 답변만 돌아왔다. 그 많은 재산을 여기저기서 장부를 조작해 은밀히 떼어 가고, 조정에서는 기록조차 제대로 남겨 두지 않았던 탓이다.

그때의 이야기를 해 주던 부친의 눈에선 광기와도 같은 분노가 솟구쳤다.

'이 아비가 어떤 것들에게 머리를 조아리며 살아왔는지 아십니까?'

'……'

'자신들을 돕다 우리 집안이 화를 입었음에도 권력을 되찾은 뒤 나 몰라라 하던 얌체 같은 것들. 조부님 발밑에 무릎을 꿇고 굽실거리다 우리 집안의 재산을 빼돌려 배를 채운 비열한 것들. 제멋대로 누명을 씌워 쫓아버렸음에도 일이 그 지경이 되도록 방치한 무책임한 것들. ……그런 것들에게 아비는 수없이 고개를 숙이고 무릎을 꿇었습니다. 그러면서도 이 머릿속에 드는 생각이 무엇이었는지 아시옵니까?'

처음으로 듣는 아비의 속마음에 안빈은 서서히 고개를 들어 반응했다.

'……무엇이었습니까?'

'언젠가 이 세상을 내가 다 가져버릴 것이다! 내가 받은 이 치욕만큼 너희에게 열 배, 스무 배로 갚아 줄 것이다!'

'아버님……'

'사십시오, 자가. 그 치욕스러운 시간, 이 아비는 치솟는 분노를 가족에게 쏟아부으며 견딜 수 있었습니다. 잘못된 것인 줄 알면서도 쏟아내지 않으면 온몸이 재로 타버릴 것 같아 자가께 상처를 드리고 말았사옵니다.'

처음이었다. 아비의 눈에 고인 눈물을 보는 것이.

'그동안 아비를 살려 주셨으니 이제부터는 이 아비가 자가의 분노를 받아내겠습니다. 속에서 북받치는 모든 감정을 전부 아비에게 퍼부으십시오. 그리고 살아서 보아 주십시오. 이 아비가, 어떻게 천하를 되찾아오는지!'

모든 것을 억울하게 빼앗긴 후 아버지가 느꼈을 좌절감과 절망감, 그 가늠할 수 없는 고통이 안빈에게도 고스란히 전해졌다.

안빈은 그로부터 며칠 뒤 과거의 감정을 깨끗이 떨치고 병석에서 일어났다. 아버지를 도와 부와 권력을 거머쥐고 반드시 왕을 차지하겠다는 계획을 세웠다. 참고, 견디고, 이 마음을 다스려 최후의 일인으로 우뚝 서고야 말겠다고 다짐했다.

오늘의 위치에 이르기까지 참으로 오랜 시간 차근차근 준비하고 기다렸다. 몸을 낮추고, 속마음을 숨기고, 살얼음 위를 걷듯 무조건 조심조심, 그러다 보니 고지는 어느새 코앞이었다.

안빈은 설움이 차올라 왕의 어수를 가만히 손에 쥐었다. 부드럽고 따뜻했다. 시린 가슴에 와 닿은 그의 온기가 너무나 다정해 눈물샘을 자극했다.

"신첩이 뭐라 그랬사옵니까. 전하 곁에 남는 최후의 일인이 되겠다 하지 않았사옵니까. 보십시오, 전하. 전하 곁에 남아 있는 이가 누구인지를……."

눈물이 주르륵 쏟아졌다. 안빈은 흐르는 눈물을 닦으려고도 하지 않고 성상을 바라보았다.

"부디 병마를 털고 일어나시옵소서. 세상을 향한 저와 제 아비의 분풀이는 이제부터가 시작이옵니다."

만석의 가족은 약초를 캐던 노인의 도움을 받아 몸을 숨겼다. 가까스로 공 의원과 연락이 닿았고, 세자의 보호 아래 무사히 증인으로 금부에 설 수 있었다. 그 덕에 누명을 벗은 준혁은 곧바로 복귀해 상단 내 양병수의 무리를 모조리 제거했다. 침체되었던 상단은 조금씩 활기를 되찾았고, 아정은 정신없이 바쁜 준혁을 멀리서 지켜보기만 했다.

그런데 오늘, 기다리겠다는 기별과 함께 준혁이 아정에게 약도 하나를 보내왔다. 그것을 들고 물어물어 찾아와 보니 그곳은 디귿 형의 건물 한 채가 들어선 아담한 규모의 기와집이었다. 아정은 들어가지 못하고 밖에서 머뭇거리는데 안에서 왁자지껄, 익숙한 목소리가 여럿 올랐다.

이 웃음소리는!

놀란 아정이 끼익 소리를 내며 대문을 밀고 들어가자 수많은 시선이 한꺼번에 쏟아졌다.

"어머니!"

안마당에는 어머니와 아우들을 비롯해 준혁과 대행수, 공 의원과 만석이네 식구까지 모두 모여 있었다.

"누님, 여기가 우리 집이래요! 상감마마께서 귀한 것들도 아주 많이 보내 주셨어요. 우리 이제 부자예요!"

사시사철 마음 놓고 쉴 수 있는 튼튼한 건물, 번듯한 대문, 그리고 담장. 거기에 고즈넉한 한 그루의 감나무까지. 쩍쩍 갈라져 빗물이 새던 제집에 비하면 이곳은 그들에게 대궐이나 다름없었다. 흥분한 영재가 한참이나 뭐라고 떠들었지만 아정은 그저 어리둥절하였다.

"여기가 우리 집이라고?"

말도 안 되는 소리였다. 눈이 핑핑 돌아갈 지경인데 대청마루에는 귀한 물건과 진수성찬이, 마당 귀퉁이에는 곡식까지 차곡차곡 쌓여 있었다. 아정은 수북이 쌓인 금과 비단, 그리고 묵직한 엽전꾸러미들을 얼떨떨하게 바라보았다. 조금은 무섭기도 하였다.

"그게 다 무슨 소리예요? 저건 뭐고요?"

"아정아, 네가 공을 세워 상감마마께서 이 집과 귀한 물건을 내려 주셨다는구나. 이 어미는 가슴이 떨려서 원……. 나리, 정말 이것을 전부 받아도 되는 겁니까?"

"임금님께서 하사하신 것이니 당연히 받으셔야지요."

공 의원이 제 일처럼 기뻐하며 냉큼 어식 앞에 자리를 잡았다. 주인공인 아정이가 합류했으니 이제 궐에서 나라님이 드신다는 귀하디귀한 음식을 맛보아야 할 차례였다.

모두가 모여 앉아 맛난 음식을 나누어 먹는 모습은 정겹고도 감동적이었다. 코끝이 시큰해진 아정은 도저히 믿기지가 않아 적당히 배를 채우고 집을 둘러보았다. 제집이라 하지만 실감 나지 않으니 보고 만지는 것조차 조심스러웠다. 여기저기 흘긋거리다 마지막으로 감나무를 올려다보는데 준혁이 그 옆으로 다가왔다.

"그동안 고생이 많았다."

"저는 아직 모르겠습니다. 제가 무슨 공을 세웠다고 이리 엄청난 것들을 받는단 말입니까?"

"네가 비밀장부를 발견하여 사건을 더 확실히 마무리 지을 수 있었다. 어찌 그 공이 작다 할 수 있겠느냐."

아정은 눈물을 글썽이며 준혁을 마주 보았다.

"혹 공주 자가께서 힘써 주신 것은 아닌지요?"

준혁은 아정의 의문에 작은 미소를 띠었다. 세자가 아정에 관해 알고 있는 건 사실이었다.

'은명이가 너를 부탁하며 아정이란 아이에 대해서도 말을 하더구나. 마침 그 아이가 비밀장부를 발견하였으니 전하께 아뢰어 그 공을 치하하려 한다. 알아보니 사는 곳이 변변치가 않다던데, 내가 그 아이에게 집을 마련해 주면 어떠하겠느냐?'

'집은 소인이 마련하겠사옵니다. 그 아이의 은혜를 입어 그 정도는 소인이 직접 해 주고 싶사옵니다.'

'그래? 그렇다면 하사품이나 넉넉히 내려 주어야겠구나.'

다른 때보다 과하다 싶을 만큼 하사품이 넉넉하게 내려진 은밀한 이유였다. 하지만 역경 속에서 이 모진 목숨을 구해 주고, 비밀장부를 발견해 이번 일에 공을 세운 건 아정이 혼자만의 용기요, 선택이었다. 그러므로 오늘 받은 모든 재물은…….
"네 힘으로 정당하게 얻은 것이다."
"어르신……."
"기쁘게 받도록 하여라. 너는 받을 자격이 있다. 저 정도의 하사품이면 얼마간의 논밭을 구입해 소작을 줄 수도 있을 것이다. 앞으론 네가 밖으로 나가 일하지 않아도 식구들과 걱정 없이 살아갈 수 있게 되었다는 뜻이다."

준혁은 상처가 아물고 있는 아정의 이마를 보았다. 어린 몸으로 가장 노릇을 하다가 험한 꼴을 당할 뻔했으니 볼 때마다 분노가 치밀고 마음이 아팠다.

"많이 아팠겠구나."
"괜찮습니다. 다 지나간 일입니다."
"네가 나를 위해 해 주었던 그 모든 일을 결코 잊지 않을 것이다. 고맙다."

양병수에게 눈을 다치던 그날, 끝없는 암흑과 고통 속에서 그가 의지할 데라곤 저 아이의 작은 손 하나밖에 없었다. 아정의 입장에서 보자면 자칫하다간 자신의 목숨까지 날아갈 수 있는 매우 위태로운 순간이었다. 못 본 척 그냥 내버려 둘 수도 있었을 텐데 이 여린 아이는 끝까지 그의 손을 놓지 않았다. 평생토록 잊지 않고 고마워할 것이다.

준혁의 입가에 따뜻한 미소가 떠오르자 아정도 얌전히 입꼬리를 올리며 화답했다. 폭풍처럼 몰아쳤던 고난을 이겨내고 밝은 하늘 아래서 이리 떳떳하게 마주하고 있으니 진실로 다행이었다.

"자가께서 이 사실을 아신다면 누구보다 기뻐해 주실 겁니다. 나리, 자가께서는 잘 지내고 계시겠지요? 뵙고 싶습니다."

"아마도 곧…… 뵐 수 있지 않겠느냐."

준혁은 의미심장한 말을 던지고 정선으로 이어진 높은 하늘을 올려다보았다.

과거의 숨겨진 조각

정전으로 향하는 세자의 면부에 단호함이 흘렀다. 성상께서는 얼마 전 정선에 안치된 공주의 유배를 풀고 도성으로 올리라는 교지를 내렸다. 대부분의 중신이 벌떼같이 일어나 반기를 들었고 세자는 며칠째 정전에 들어 그들의 잔소리를 들어주는 중이었다. 심지어 자신을 대신해 공주를 방어하는 이들의 발언에도 중립을 지켰다.

전하의 결정에 반대하는 중신들은 오늘 안에 결판을 짓겠다고 벼르는 참이지만 그건 말도 안 되는 소리다. 얌전하게 앉아 그들을 달래 주는 것도 어제가 마지막이었다. 그동안 들을 만큼 들어주었으니 오늘은 기필코 끝장을 내리라, 세자야말로 날짜를 세어 가며 별러 온 차였다.

정전에 들어 세자가 좌정하자 고요히 침묵하던 반대파 중신들은 일제히 목소리를 높였다.

"저하, 정선의 죄인은 유배를 간 지 채 일 년도 되지 않았사옵니다. 어찌하여 벌써 유배를 풀라 하시옵니까? 이는 천부당만부당하옵니다."

"그 아이가 역모를 꾀하였습니까, 아니면 강상의 죄를 범하였습니까? 몰래 찾아온 사촌오라비를 차마 물리치지 못해 잠시 이야기를 나눈 것뿐입니다. 따지고 보면 벌이 지나치게 과하였습니다."

세자는 속마음을 명확히 내보이며 어제까지와는 다르게 강한 어조로 받아쳤다. 돌변하다시피 한 세자의 태도에 중신들은 당황하면서도 그럴 줄 알았다는 듯 호락호락 넘어가지 않았다.

"역도의 도주를 묵인하였으니 과한 처벌은 절대로 아니었나이다."

"당시 그 아이의 행동엔 일말의 고의성도 없었습니다. 간밤에 홀로 있다 경황없이 맞닥트린 일인데 그 아이가 무슨 수로 잡을 수 있었겠습니까? 잠들어 있던 아랫사람들을 모조리 깨워 관아에 발고라도 해야 했단 말입니까? 어디로 갔는지, 언제 다시 찾아올지 알 수도 없는 상황이었습니다."

"하나 그다음 날 관아에 알리지 않았으니 마땅히 죄라 할 수 있사옵니다."

"하여 반년이 넘도록 충분히 벌을 받지 않았습니까! 그 정도면 그 아이도 반성했을 것이니 이제는 유배를 풀 때도 되었습니다."

물러설 땐 순순히 물러서 주지만 해야겠다 마음먹으면 무슨 수를 써서라도 해내고야 마는 분, 그런 분이 바로 이 나라의 국본이었다. 그 고집스러움을 익히 알고 있는 중신들은 어제까지와는 또 다른 분위기에 일이 점점 커지고 있음을 직감했다.

아무리 말싸움을 해 봤자 패기와 이론으로 똘똘 뭉친 세자를 상대하기란 쉽지 않았다. 며칠간 핏대를 세우다 급격히 피곤해진 반대파 중신들은 곁눈질로 좌상을 흘끔거렸다.

저들의 시선이 좌상에게로 몰리자 세자의 눈가에도 난감한 기운이 떠올랐다. 목표를 이루기 위해 넘어야 할 가장 높고도 험준한 태산, 좌상과의 정면승부를 해야 할 시간이었다. 그와의 충돌을 최대한 미뤄 왔던 세자는 어쩔 수 없이 좌상에게 의견을 물었다.

"좌상, 경의 생각은 어떠하십니까?"

세자 쪽 사람들과 그 반대세력이 팽팽히 맞서는 가운데 이제 모두의 시선은 좌상에게로 향했다.

시종일관 무표정을 유지하고 있지만 기실 좌상도 심란한 것은 마찬가지였다. 전하께서 교지를 내리자마자 혜빈이 부리나케 달려와 은밀한 청을 넣었기에 더욱더 그러했다.

'미운 정도 정이라고 행궁 사건으로 구석까지 밀렸던 저와 옹주에게 공주께서 먼저 손을 내밀어 주셨습니다. 이번에는 이 사람 차례입니다. 앞으로는 대감께 어떠한 부탁도 드리지 않을 것이니 이번만큼은 공주가 돌아올 수 있도록 선처하여 주십시오.'

좌상은 여전히 공주와 아들의 사이를 인정할 수 없었다. 앞으로도 그 의견엔 절대로 변함이 없을 것이다. 하지만 공과 사는 엄격히 구분되어야 한다. 그리하여 좌상이 내린 결론은 선공후사先公後私. 공적인 일을 먼저 끝내고 사사로운 일은 뒤로 미룬다는 것이었다.

"그 정도면 충분히 반성하셨을 겁니다."

좌상의 대답에 세자와 그 지지세력은 자리를 망각하고 하마터면 입이 찢어져라 웃을 뻔했다. 반면 좌상을 따르는 수많은 중신은 믿을 수 없다는 듯 어안이 벙벙한 모습들이었다.

"대감, 지금 무슨 말씀을 하고 계십니까?"

"화경궁의 자가보다 더 중한 죄를 짓고도 반년을 채우지 않고 유배가 풀린 경우도 있었습니다. 전하의 병환이 자심하시어 금지옥엽을 가까이 두고 싶어 하시니, 신하 된 도리로 어심을 헤아려 드려야지요."

"그건, 그렇지만……."

이리 쉽게 용서하면 공주를 폐위시키고 유배 보낸 자신들은 무엇이 된단 말인가. 차마 그 뒷말을 내뱉지 못하고 께름하여 말을 얼버무리는데 세자가 냉큼 끼어들었다.

"물론 그 아이가 죄를 짓지 않았다는 것은 아닙니다. 어쨌든 도주한 역도와 만난 이후 관아에 고하지 않은 것은 큰 죄라 할 수 있습니다."

자신들을 다독이는 듯한 발언에 반대하던 중신들이 샐쭉해져 있는데 그다음으로 이어진 세자의 발언이 어마어마하였다.

"하여 그 아이의 유배를 풀되 신분은 복권하지 않을 것이고,

왕실의 일원으로서 받는 모든 예우 또한 내려지지 않을 겁니다."

파벌에 상관없이 모든 신료가 경악하여 눈이 휘둥그렇게 되었다. 뭐를 잘못 들었나 싶어 귓가를 살짝 문지르는 노신들도 있었다. 여기저기서 수런거리는 소리가 터져 나오는데 세자는 흔들림 없이 준비해 둔 말들을 끝까지 해 나갔다.

"거처는 궐 밖 화경궁이 될 것이며, 더는 왕실의 일원이 아니니 화경궁이란 현판 또한 내릴 것입니다. 이제부터 그곳은 이가 은명이라는 규수의 개인 사유지가 될 것입니다."

"저하, 사유지라니요? 그곳은 효경왕후마마께서 거처하시던 곳입니다. 왕실의 명부에 오르지 못한다면 그곳에 머무를 수 있는 자격도 잃으시는 것이 아니겠사옵니까?"

쉼 없이 몰아치는 세자의 말에 중신들은 정신이 가마득해지면서도 한 치의 빈틈도 용납지 않았다. 끝까지 까다로운 잣대를 들이대는데 세자의 방어가 만만치 않았다.

"화경궁은 승하하신 대비마마의 사유재산으로 지어진 것으로, 건립 당시 국고와 왕실의 재산이 한 푼도 들어가지 않았습니다. 이후로도 따로 관리되어 오며 왕실에 귀속된 적은 한 번도 없었습니다."

"그, 그럴 리가……!"

과거, 호화롭게 건립되는 화경궁의 공사에 중신과 유생들의 상소가 빗발치곤 했다. 국고와 왕실의 재정을 낭비한다, 비판했던 것이다. 그럼에도 대비께선 침묵을 고수하며 공사를 손수 주도했고, 완공 후 며느리인 효경왕후의 궐 밖 거처로 내어 주셨다. 그런데 그 비용을 전부 사비로만 충당하였다니 모두가 놀랄 일이었다.

"틀림없는 사실입니다. 본곁에서 물려받은 할마마마의 재력은 익히 유명하지 않았습니까. 승하하시며 그 모든 재산과 화경궁을 모후의 앞으로 남기셨습니다."

중신들은 점점 더 혼란에 빠졌다. 대비께서는 조상 대대로 막대한 부를 소유했던, 멸문되기 전 한때 전성기를 구가하던 노씨 문중보다 더 알짜배기라고 소문난 집안의 무남독녀였다. 그 집안에서는 양자를 들여 대를 잇도록 했으나 재산 대부분이 대비께로 상속되었음은 공공연한 비밀이었다.

하지만 무슨 연유로 그 많은 재산을 왕도, 세자도 아닌 며느리에게 남겼단 말인가. 비상식적인 상황에 중신들은 이렇다 할 반문을 내놓지 못했다. 세자는 당혹스러워하는 중신들을 태연히 훑다가 서둘러 문제를 마무리 지었다.

"신분이 복권되지 않는다 해도 모후와의 천륜까지 끊어지는 것은 아닙니다. 해서 곤전으로서가 아닌 사적으로 소유하셨던 효경왕후마마의 재산은 여식인 이은명, 그 아이가 전부 물려받게 될 것입니다. 그러므로 화경궁은 정전에서 논쟁을 벌일 만한 대상물이 아님을 유념토록 하십시오."

중신들은 뒤통수를 대차게 얻어맞은 기분이었다. 뭐라도 따져 묻고 싶지만, 개인의 사유재산을 두고 조정에서 왈가왈부할 수는 없는 노릇이다. 결국, 이도 저도 막지 못한 반대파의 중신들은 떨떠름한 얼굴로 고개를 숙일 수밖에 없었다. 세자가 농

간을 부리고 있다면 절대로 그냥 넘어가지 않을 것이다, 속으로만 절치부심하였다.

쨍그랑, 술잔이 부서지며 취기가 오른 보희의 호통이 내전에 쩌렁쩌렁 울렸다.
"뭐 하고 있는 것이야, 술을 더 내오라 하지 않았더냐! 너까지 나를 무시할 참이냐!"
"마마, 고정하시옵소서. 이미 많이 드셨나이다."
공주의 소식을 전해 들은 보희는 초저녁부터 술을 마시기 시작해 이미 얼굴이 벌겋게 달아올라 있었다. 술이라도 마시지 않고는 견딜 수가 없었다. 제 처지가 한심했고, 꼬여버린 인생이 너무나 막막했다.
중궁전의 상궁과 궁녀들이 내사를 받고 난 후 전하와 세자가 자신을 찾아올 거라고 예상했다. 그런데 아무리 기다려도 저를 찾아오는 사람은 없었다. 후에 수발상궁 중 하나가 모든 중죄를 뒤집어썼고, 중전에게는 근신하라는 하명만 떨어졌다. 다행이구나, 처음에는 그저 안도했다. 그것이 얼마나 엄청난 형벌이었는지 깨닫게 되기까지는 오랜 시간이 걸리지 않았다.
제 부덕의 소치라며 부친께서 올린 사직상소는 빠르게 처결되었다. 왕은 자신을 보려고 하지도 않았다. 쓰러지셨다는 소식에 달려갔으나 대전에는 한 발짝도 들여놓을 수 없었다. 이후 모든 공식 일정에서 보희는 제외되었다. 동궁과 후궁들, 그리고 종친들에게 문안을 받는 것조차 금지되었다. 내외명부의 일은 빈궁에게, 임금의 병시중은 안빈에게 넘겨야 했다.

보희는 무심함 속에 철저히 버려졌다. 차라리 벌을 받는 것이 나았지, 이리 앉아 끝도 없이 모욕을 당하는 건 참을 수가 없었다. 서러움에 눈물이 찔끔 흘러나오는데 익숙한 목소리가 사념을 깨트렸다.

"중전마마."

흐릿해진 눈으로 바라보니 안빈이었다. 돌이켜 보면 안빈은 언제나 곁에서 자신을 교묘히 부추겨 온 위인이었다. 행궁 사건이 터졌을 때나, 공주를 유배 보내는 데 가담했을 때도. 보희는 새삼 부아가 솟구쳐 빈정거림을 섞어 쏘아붙였다.

"코빼기도 안 비치던 안빈께서 예까지 어인 일이십니까?"

"약주가 과하시다 들었사옵니다. 이제 그만하시옵소서."

"정말 그게 전부입니까? 또 나를 이용해 먹으려고 오신 것은 아니시고요? 내가 모를 줄 압니까? 행궁 사건이 터졌을 때 왜 내게 전하의 병환을 비밀로 하자고 하였습니까? 혜빈의 뒤통수를 치기 위해서? 아니면 정말 공주를 죽이고 싶어서? 내게 활시위를 당긴 것도 그대였습니까? 내 이 모든 사실을 전하께 소상히 아뢸 것입니다!"

보희가 격분하여 소리치자 안빈은 순간 싸늘한 분위기를 내뿜었다.

"그리하시옵소서. 우리 같이 폐출되어 나란히 이웃해 살면 되겠사옵니다."

낮고도 강단 있는 안빈의 음성에 중전은 술이 확 깨는 것 같았다. 연유는 알 수 없으나 안빈이 그렇게 마음을 먹는다면 정말로 그리될 성싶었다.

잘잘못을 가리자면 안빈은 옆에서 교활한 언어로 부추기기만 했을 뿐 그 말을 듣고 모든 일을 주도한 사람은 자신이었다. 나는 아무것도 몰랐다, 모든 건 안빈의 계략이었다, 세상에 주장하기엔 증좌도 근거도 부족했다. 보희는 자신이 그간 철없고 무지하였음을 깨닫는데 안빈이 비웃음을 머금었다.

"뭐가 어찌되었든 저야 억울할 것도 없겠으나 마마는 괜찮으시겠사옵니까? 공주가 지평과 혼인하는 마당에 폐서인이 되어 지켜봐야 한다면 상당히 처량맞을 것이옵니다."

"혼인…… 이라니요?"

"공주라는 굴레도 벗고, 재산도 어마어마하게 물려받게 되었으니 돌아오면 김서율과 혼인부터 하겠지요. 어디 그뿐이옵니까? 복권되지 않는다고 하나 부친이 지존이요, 동복오라버니가 차기 지존인데 그 누가 공주를 공주가 아니라고 생각하겠사옵니까? 빈궁도 시누이를 어여삐 여기고, 원손도 제 고모님을 끔찍이 따르고 있사옵니다. 공주의 위세는 죽는 그날까지 계속될 것이옵니다."

속상한 현실에 보희가 눈물을 글썽거렸다. 그에 따른 안빈의 반응은 차가웠다.

"이러한 시국에 얌전히 근신하지는 못할망정 술을 드시다니요. 이 나라의 국모라 할지라도 마마께서는 후사가 없으시옵니다. 그 말인즉 전하께서 서거라도 하시는 날엔 한갓진 뒷방에 처박혀 모두에게 잊힌 채 늙어 갈 분이란 뜻이옵니다. 그래도 후사 하나 없이 절로 쫓겨나야 하는 다른 후궁들에 비하면 그나마 낫지요. 그 알량한 대비 자리라도 건지고 싶으시거든 자중자애하소서. 이것이 같은 여인으로서 이 사람이 드릴 수 있는 마지막 간언이옵니다."

따끔한 조언을 끝으로 안빈은 쌩하니 자리를 떠났다. 다시 혼자가 된 보희는 가는 신음을 흘리며 두 손에 얼굴을 묻었다.

모두에게 잊히는 사람. 살아도 사는 것이 아니오. 차라리 죽느니보다 못한 이 끔찍스러운 삶. 결국은 그리되는 것인가. 차라리 윤보희로 살았더라면 누군가의 소중한 사람이 될 수도 있었을 텐데…….

시간을 돌릴 수만 있다면 단아하고 순수했던 이판의 고명딸, 윤보희로 돌아가고 싶었다. 돌이킬 수 없는 호시절이 안타까워 보희의 눈에서 회한의 눈물이 쏟아졌다. 스스로가 선택한 삶이었기에 누군가를 탓하고 원망할 수도 없었다. 초라하고 메마른 이 인생, 살아내야 할 날들이 끝없이 멀고도 아득하기만 했다.

───────

밤늦게 퇴궐한 좌상은 환복 후 곧장 아들의 거처로 향했다. 작은사랑채의 중문을 넘어 화단이 있는 마당으로 들어서는데 서율이 밖으로 나와 상쾌한 밤공기를 쐬고 있었다. 깜깜한 하늘에 둥그러니 떠 있는 포근한 만월을 설렘 가득한 얼굴로 올려다보았다.

공주는 유배가 풀려 거처를 전 공판의 본가로 옮기고 며칠 뒤 도성으로 이동할 예정이다. 아마도 아들은 그 소식에 저리도 기분이 좋은 것이리라. 좌상은 그런 아들을 얼마간 지켜보다 저음의 목소리로 정적을 삼켰다.

"모레 오전, 전라도로 가거라."

"아버님."

얼른 돌아본 서율은 인사를 올리면서도 뜻밖의 하명에 그 저의를 물었다.

"전라도로 가라니요, 그 무슨 말씀입니까?"

"그곳에 복잡한 송사가 생겨 너를 보내기로 하였다."

"그렇지만……."

"조정의 관리가 공무를 수행하라는 명에 '그렇지만'이라니? 모레 아침, 떠날 채비를 갖추고 등청하도록 하여라."

"아버님!"

좌상이 그대로 돌아서려 하자 서율은 다급히 그를 붙잡았다. 아버지가 왜 갑자기 이러시는지 잘 알고 있다는 듯 자신의 의견을 또렷이 피력했다.

"하명을 하시니 소자 다녀오겠습니다. 하나 저를 그분과 떨어트릴 생각은 말아 주십시오."

"너는 그분과 함께하지 못할 것이다."

좌상이 냉정하게 그 뜻을 부정하지만 서율은 조금도 물러서지 않았다.

"모르시겠습니까, 매달리는 쪽은 소자입니다. 다시는, 절대로……! 그분을 놓치지 않을 겁니다."

좌상은 아들에게서 전해지는 절실함을 느꼈다. 저 심정이 어떠할지 모르는 바 아니다. 그도 한때 한 여인을 연모했다. 모든 것을 빼앗기고 죽음의 문턱에 이르렀을 때 무너지는 정신을 움켜쥐고 끝까지 살아남은 단 하나의 이유. 그렇게 지켜낸 연모의 대가는 끝도 없이 이어지는 또 다른 생지옥을 낳았을 뿐이다. 연정이란, 그토록 쓸모없는 감정이었다.

비록 이 몸은 죽을 때까지 그 잔인한 감정에 휘둘릴지언정 아들만큼은 그리되지 않기를 진심으로 바랐다. 차라리 연정이란 감정을 몰랐으면 하였다.

하지만 이미 가슴까지 젖어들고 말았다면 내가 이리한들 무슨 소용이 있을까…….

잠시간 찾아온 회의를 좌상은 말끔히 물리쳤다. 공주를 아들의 짝으로 인정할 수 없는 이유는 일일이 다 꼽을 수도 없을 만큼 많았다.

"언제까지 과거에 연연하실 겁니까? 아버님께서도 서제륜을 눈감아 주시고, 그분이 유배에서 풀려날 수 있도록 도와주지 않으셨습니까!"

"한때나마 모시던 스승님께 마지막 도리를 다하고, 혜빈 자가의 청을 들어드린 것이다. 그 이상도, 이하도 아니니 쓸데없는 감정을 끌어다 붙이지는 마라. 나는 여전히 네가 대제학의 여식과 정혼하길 바란다."

그 이상의 반문은 허용치 않겠다는 의지로 좌상은 매정히 돌아섰다. 그럼에도 아들은 어둠 속에 남아 끝까지 고집을 피웠다.
"소자에게는 오직 그분뿐입니다. 단 한 사람, 그분이 아니면 다른 누구도 싫습니다!"

내가 태어난 곳, 내가 살아갈 곳, 내가 마지막으로 눈을 감을 곳. 화경궁. 아니, 보영당寶桜堂. 보배로울 보, 매화나무 영.

승하하신 아리따운 왕후마마께서는 매화를 특히 좋아하셨으매 오래도록 머무른 그곳에 손수 그득히 심으셨더라. 그 귀한 매화가 자라는 곳으로 왕후의 따님께서 돌아오셨으니, 더는 공주가 아닌 그분을 사람들은 보영당 아씨라 부르기 시작했다.

낮더위가 한풀 꺾이고 시원한 밤바람이 불어오는 가을의 초입, 고운 복색의 은명은 보영당 후원에 서서 옷 안으로 스며드는 신선한 바람을 맞았다.

한양에 올라온 지 어언 두 달. 우여곡절 끝에 집으로 돌아와 기쁘기 한량없지만 정한군과 아정을 제외한 그 누구도 아직은 만나지 못했다. 서율은 공무가 바빠 지방 곳곳을 도는 중이고, 세자는 쌍심지를 켜는 중신들의 시선에 찾아오지 못하였으며, 제륜은 안심하고 만날 방법을 여전히 고심 중이라 했다.

잠시 흐트러진 호흡을 가다듬고 은명은 눈을 감았다. 바람을 타고 날아오는 보영당 곳곳의 내음을 마음껏 들이켰다. 풀 냄새, 나무 냄새, 흙냄새, 그리고······.

"좋은 향기가 나는 것이냐?"

오라버니.

눈을 뜬 은명은 눈가에 촉촉한 이슬이 맺혔다. 조용히 돌아보니 준수한 선비처럼 차려입은 세자가 설렘과 미안함, 애틋함이 교차하는 얼굴로 누이를 보고 있었다.

어린 시절, 궐에서 맛난 것을 먹을 때면 조금씩 남겨 두었다 가져다주시던 오라버니.

차가운 얼굴로 직접 유배를 보냈으나 그 속은 누구보다 고통스러웠을 것을 알기에 은명은 눈물을 흘렸다. 안쓰럽고, 또 미안하여서.

"오라버니!"

한달음에 달려와 와락 안기는 누이를 두 팔에 안으며 세자도 울컥하였다.

누이라기보다 딸과 같은 아이였다. 강보에 싸인 조그만 누이가 보고 싶어 여덟 살 어린 나이에 자선당에서 밤잠을 설쳤고, 유모의 젖만 빠는 작은 입으로 언제쯤 오라버니라고 불러 줄까 은근히 애를 태웠다. 갓 가례를 치르고 아직 빈궁과 서먹서먹했을 땐 만나기만 하면 누이 이야기만 해 곁을 지키던 상궁들로부터 일제히 눈총을 받았다.

나에게는 더없이 소중하고 보석 같은 아이. 그리 보낸 나를, 그리 버려 둔 나를, 네가 서운해 할까 봐, 원망스러워할까 봐

하루도 편히 잠을 이루지 못했다. 그간의 고생이 헛되지 않도록 이 오라비가 너에게 최고의 행복을 선사해 줄 것이다.

 난출난출, 능소화가 바람에 실려 너울거리는 여름의 끝 무렵, 두 남매의 재회가 이루어진 보영당의 밤이 조금씩 깊어 가고 있었다.

 따끈한 국화차의 향내가 머무르는 방 안. 좌상은 안빈의 부친이자 우참찬을 객으로 맞아 별다른 감흥도 치렛말도 없이 묵묵히 차를 음미했다. 그에 따라 노용식도 괜한 안부를 묻거나 수선스레 굴지 않았다. 그저 찻상을 앞에 두고 앉아 좌상이 먼저 용건을 물어 오길 기다렸다.

 과거 두 사람은 가문에 화가 미치기 전까지 짧게나마 달성부원군의 밑에서 함께 수학한 사이였다. 서로 알고 지낸 지는 오래됐지만 딱히 친분을 다진 적이 없는 데면데면한 사이, 이것이 두 사람의 정확한 관계였다. 적어도 겉으로는 말이다. 노용식이 그의 인생에 어디까지 관여하고 있었는지 좌상은 상상조차 하지 못하실 터다.

 얼마 전, 양병수가 허튼짓을 하여 조정의 중신들이 줄줄이 엮여 들어갔을 때도 노용식의 정체만은 아무도 알아내지 못했다. 이쪽에서 공개하지 않는 한 앞으로도 절대 알아낼 수 없을 것이다. 양병수를 처단한 지금, 그의 꼬리를 잡기란 사실상 불가능했으니.

 때가 될 때까지 앞으로 나서지도, 눈에 띄지도 않되, 조정의 모든 중대사에는 저만의 방식으로 은밀히 관여한다. 이것이 바로 빈손이었던 노용식이 오늘날까지 무탈하게 부와 권력을 쌓아 올린 비결이었다. 그리고 그 시작은 우습게도 김대원, 저자의 인생을 아무도 모르게 송두리째 흔들면서부터였다.

 그토록 노력을 기울여도 자신의 손에서 휘둘리지 않았던 단 하나의 인물.

 노용식은 차를 마시며 맞은편의 좌상에게 흘끗 시선을 던졌다. 그와의 악연을 거슬러 올라가자면 스승이었던 달성부원군과 그의 벗이었던 병마절도사의 대화를 엿들은 그날 밤부터였을 것이다.

 시국이 이상하게 돌아가는 걸 가장 먼저 눈치채는 건 장사치들이다. 그들의 정보를 꿰차고 있던 조부께서는 어느 밤, 손쓸 틈도 없이 숙청이 시작될 것이니 너만은 피해 있으라며 그를 피신시켰다.

 어떻게든 가족을 살리고 싶었던 그는 사람들의 눈을 피해 몰래 스승의 집으로 숨어들었다. 원하는 대로 재물을 드릴 테니 우리 집안을 비호해 달라 빌어 볼 작정이었다. 그러다 우연히 듣게 된 스승과 병마절도사의 비밀스러운 대화를 통해 노용식은 충격적인 사실을 알게 되었다.

 그 밤 이미 시작되고 있던 숙청의 배후는 스승이었고, 난리의 원인은 다름 아닌 김대원의 아비 때문이었다. 그럼에도 스승은 김대원만은 도피시켜 청나라로 보내기 위해 병마절도사를 설득하고 있었다. 하늘이 무너지는 느낌에 노용식은 속에서 천불이 올랐다. 믿었던 스승에게 배신감을 느꼈고, 김대원의 집안 탓에 그의 집안이 희생되었다는 울분이 미친 듯이 용솟음쳐 올랐다.

화기를 주체하지 못한 노용식은 김대원에게 보내는 달성부원군의 긴급 서찰을 중간에서 감쪽같이 훔쳐내었다. 당시 평안도에 머물렀던 김대원이 미처 도피하지 못해 사형수로 전락할 수 있도록. 하여 달성부원군이 그를 절대로 빼내지 못하게 되도록. 존경하는 스승과 아끼는 제자, 두 사람을 철천지원수로 만들어 서로를 죽이게 하고 싶었다.

멀쩡했던 우리 집안을 그리 망가뜨려 놓고 너희끼리 희희낙락, 그리 정을 나누는 모습을 내가 두고 볼 것 같으냐!

노용식은 두 사람을 세상 둘도 없는 원수지간으로 갈라놓고 끈질기게 따라다니며 복수의 칼을 갈았다.

"무슨 일로 이 사람을 찾아오셨습니까?"

좌상의 진중한 음성이 허공에 울리자 과거를 질주하던 노용식은 애초에 머리를 비우고 있었던 듯 느긋하게 응수했다.

"모두가 눈치를 살피며 등을 떠밀기에 어쩔 수 없이 걸음하게 되었습니다. 세자 저하께서 하신 일에 다들 화들짝 놀랐나 봅니다."

"……."

"승하하신 대비께서 핏줄이 아닌 며느님께 재산을 남기셨다는 것을 믿을 수 없다 하더이다. 보영당의 그분께 한밑천 떼어 드리고자 세자께서 조작을 하신 게 아닐까, 모두가 의심하고 있는 실정입니다. 심지어 몇몇은 그 진위를 밝히겠다며 비밀리에 조사까지 착수하였습니다."

세자가 보여 준 흠잡을 데 없이 깔끔한 일 처리는 일부 중신들에게 뿌듯함 대신 걱정거리를 안겨 주었다. 그런 분이 보위에 올라 과거의 잘잘못을 따지기 시작하면 어찌할 테냐고 흥분하였다. 조금의 위험도 감수하고 싶지 않은 그들로서는 지금이라도 세자의 숨통을 쥐고자 혈안이 되었다.

"전하께서 선위를 고려 중이라는 말까지 나돌고 있는 듯한데…… 좌상께서는 저어되는 바가 없으신지 저들이 궁금해 하고 있습니다."

"저어라니요? 지금은 자중할 때입니다."

저 차분함. 저 차가움. 이제는 싫증이 난다. 신물이 나려 한다. 노용식은 그런 속마음을 숨기고 한가로이 그의 말을 받아쳤다.

"저들의 의견을 전해 드린 것뿐입니다. 간곡한 부탁을 거절할 수 없어 이리 방문하였음을 너그러이 이해하여 주십시오. 그럼, 할 일을 전부 마쳤으니 이 사람은 차향이나 즐기고 돌아가겠습니다."

노용식은 다시 찻잔을 들었다. 겉으로 드러나는 표정은 한결같았으나 속으로는 비틀린 냉소를 머금고 있었다. 서찰을 가로채는 것을 시작으로 그는 그림자가 되어 김대원의 인생을 줄기차게 따라다녔다. 본인도 모르게 내가 누군가의 인생을 뒤흔든

다, 이 얼마나 짜릿하고 재미난 일인가.

양심의 가책?

그런 것 따윈 느껴 보지 못했다. 김대원의 아비와 스승이란 작자의 이기심에 그는 소중했던 모든 것을 잃었다. 수제자가 그리도 안타까웠다면 얄팍한 서찰을 쓸 것이 아니라 애초에 그 가문을 건드리지 말았어야 했다. 그러므로 김대원의 모든 원한과 증오는,

……스승님, 당신 혼자만의 몫입니다.

찻잔에서 입을 뗀 노용식의 입가에 흐뭇한 미소가 어렸다.

썩 내키지 않았던 방문을 마치고 집으로 돌아오니 어느새 해가 저물고 있었다. 노용식이 곤한 몸을 이끌고 안으로 드는데 대문 안에 발을 들여놓자마자 궐로 들라는 안빈의 전갈이 전해졌다. 평소 같으면 당장에 달려갔겠지만, 좌상을 만난 오늘은 그도 기분이 썩 좋지 않았다.

"내일 아침 일찍 찾아뵙겠다, 기별을 놓거라."

노용식은 사랑채로 들어가 갓이며 답호, 두루마기까지 훌훌 벗고 보료에 벌렁 드러누웠다. 오랫동안 수족 역할을 했던 집사가 상전의 불편한 심기를 달래려 눈치껏 들어와 다리를 주물렀다.

"안빈 자가의 명이신데 들어가 보셔야 하는 것 아닙니까? 급히 상의드릴 일이 있으신 것 같았습니다."

"보영당의 공주가 두 달간 푹 쉬었으니 슬슬 죽이고 싶으신

게지."

노용식의 기분이 영 저조해 보이는지 집사는 슬그머니 원인을 짚어 보았다.

"좌의정 댁에서 무슨 언짢은 일이라도 있으셨습니까?"

"좌상은 존재 자체로 불쾌한 분이 아니시더냐. 사내란 자고로 성미가 괄괄해야 하거늘."

혀를 끌끌 차며 노용식은 못마땅함을 드러냈다.

지난날, 아무것도 모르고 도성으로 돌아온 김대원은 관군에게 쫓기다 벼랑 아래로 추락했다. 사람들은 당연히 그가 죽었을 거라고 떠들었다. 하지만 얼마 뒤 그는 살아서 돌아왔다. 어떻게 떨어졌는지 부상은 심각했지만, 생명에는 지장이 없었다.

이미 처참한 몰골이었던 그는 간신히 참형을 면해 귀향지로 향했다. 목숨을 건지고도 스스로 포청에 나타난 건 도망자로 살지 않겠다, 당당히 기회를 엿볼 것이다. 뭐, 그런 마음이었을까? 그 소식을 들었을 때 노용식은 호기심이 생겼다.

믿고 의지했던 이에게 배신당한 사실을 알게 되면 저 잘난 이가 어떠한 반응을 보일까?

그는 조부의 은혜를 입었던 장사치를 시켜 최진욱 뒤에 서한철 대감이 있었음을 알렸다. 네 아비와 어미, 형제를 베고 가문을 풍비박산 낸 사람은 다름 아닌 네가 그토록 믿고 따랐던 스승이었다, 확실한 증거도 들이밀었다. 그런데 어찌된 일인지 기대보다 반응이 너무 뜨뜻미지근했다.

절망하고 괴로워하면서도 어찌하여 피의 복수를 시도하지

않는단 말인가. 나는 두 집안이 완전히 결딴나고 그가 망가지는 꼴이 보고 싶단 말이다!

해서 조금 더 약을 올릴 만한 거리를 찾아보았다. 때마침 그의 정인과 안영대군이 길례를 올린다는 소식이 날아들었다.

서윤영. 김대원이 끔찍이도 연모하던 제 스승의 여식. 쯧쯧, 부전여전이라. 아비는 권력에 미쳐 제자를 버리고, 그 여식은 왕실의 며느리가 되고자 정인을 헌신짝처럼 내버리는구나. 김대원이 저리된 지 얼마나 되었다고…….

노용식은 비난을 퍼부으면서도 무척 재미있었다. 그 소식을 냉큼 김대원이 알게 하였다. 서 대감이 오래전부터 왕실과의 혼담을 주고받았고, 대군과 서윤영은 진즉부터 은밀히 만나 왔다는 무성한 소문도 함께 전했다.

김대원은 지옥 속에 갇혀 몸부림치면서도 노용식이 원하는 모습을 보여 주지 않았다. 뜨거운 피에 이성을 잃고 미쳐 날뛰기를 바랐건만 그는 도리어 얼음처럼 식어 내렸다. 세월이 흐르고 김대원은 화려하게 복귀했다. 그럴수록 미련은 점점 더 커졌다. 피에 절어 날뛰는 모습을, 그로 인해 그가 처참하게 무너지는 몰골을 보고 싶었다.

그를 향한 집착이 강해지던 그때, 서윤석을 알게 되었다. 그래서 그에게 접근해 항간에 떠돌던 소문과 자신이 알고 있는 진실을 적절히 혼합해 전달했다.

달성부원군의 마지막을 지킨 이는 김대원이었고, 그가 부원군을 살해하였다고. 중전이 그를 찾아가 땅바닥에 무릎을 꿇고 빌었음에도 고신을 당해 만신창이가 된 네 아비를, 좌상은 금부의 옥까지 쫓아가 조롱하고 살해한 거라고.

마음 약한 서윤석은 피가 끓어올랐고, 수족들은 그에게 약을 탄 술을 먹였다. 증오와 원망이 이성을 뒤덮어 활활 타오르게 하였다. 그런 다음 그가 김대원의 사저에 은밀히 잠입할 수 있도록 기꺼이 조력해 주었다. 그의 외동딸과 막내아들의 뒤를 쫓아 위치도 알려주었다. 서윤석이 그를, 혹은 그의 가족을 해코지한다면 마침내 김대원이 폭발하는 모습을 볼 수 있지 않을까, 즐거운 상상을 하면서.

예상대로 그는 반쯤 미쳐 피를 보긴 했지만 실망스럽게도 마지막에 이성을 되찾고야 말았다. 왕과는 막후교섭까지 벌인 듯했다. 끝내 좋은 구경 한 번 못 하고 김대원의 약점도 손에 쥐지 못한 것이다.

"보기 싫은 놈."

"그렇습죠? 얼른 찾아와야 하는데 말입니다."

"뭐라?"

혼잣말하던 노용식은 집사의 엉뚱한 반응에 영문을 몰라 바라보았다.

"강준혁 말입니다. 그놈을 빨리 처단하고 의천상단을 어르신께서 가져와야 하는데 말입니다."

"그게 뭐 대수라고."

"그래도 거기가 가장 탄탄하고 알짜배기입니다."

"어차피 도원군이 보위에 오르면 다 해결될 일이다."

성상의 이복아우 도원군. 반정을 통해 임금을 끌어내리는 대로 보위에 앉혀 그의 꼭두각시로 내세울 인물이었다.

노용식은 이번에 일으킬 거사에 반드시 성공해 새로운 인물로 보위를 잇게 하고 자신의 사람들로 조정을 채워 나갈 것이다. 평생을 그림자로 살아왔으니 남은 인생, 밝은 하늘 아래서 권력의 중추가 되어 살아 보고자 한다.

상상만으로도 온몸에 짜릿한 쾌감이 흘렀다. 그러기 위해서 세자를 비롯해 김대원과 정한군을 먼저 죽여야 하지만, 그를 위한 준비도 빈틈없이 마련되어 있었다. 군사훈련도 마무리되었고, 금군별장과 병조의 주요 인사, 그리고 이번 세자의 행태로 반발심이 높아진 무리까지 전부 손아귀에 넣었다.

"대감마님, 혹 결정을 내리신 겁니까?"

상전의 말에 집사가 입술을 축이며 조심스럽게 물었다.

"얼마 후면 선대왕마마의 능행이 있지 않은가. 전하께서 일어나질 못하시니 세자와 정한군이 나서겠구먼. ……모레쯤 모두를 소집해 놓게."

"예, 대감."

아직은 모습을 드러내지 않은 채 도원군을 내세우고 있었다. 그렇지만 이번에야말로 당당히 제 모습을 보이고 그들 위에 누가 있었는지 확실히 각인시키려 한다.

노용식의 얼굴에 기대감과 비장함이 동시에 떠올랐다. 마침내 그의 세상이 도래하고 있었다.

은명은 오늘도 운종가를 휩쓰는 중이었다. 넓고도 다채로운 이곳에서 호기심은 만개했다. 얼마 전 자신이 알고 있는 운종가가 극히 일부에 지나지 않는다는 사실에 은명은 충격을 받았다. 편협했던 시각을 반성하고 틈만 나면 나들이를 나와 저자를 온통 휘젓고 다녔다. 상인들과도 친근하게 말을 섞으며 스스럼없이 어울렸다.

 처음에는 악명 높은 예전의 그 공주 자가라는 사실에 사람들은 은명을 똑바로 바라보지 못했다. 그러다가 차츰 편견이 걷히며 다른 모습을 보기 시작했다. 오밀조밀 어여쁜 외모에 붙임 있는 성격, 화통한 씀씀이. 시원스러운 은명의 태도에 상인들은 조금씩 말문이 트였다. 어느 순간부터는 그들 쪽에서 먼저 안부를 여쭙기도 하였다.

 상인들은 보영당 아씨가 자신들의 점포를 찾아주길 바랐고, 반가의 여식들은 은명의 꾸밈새를 보기 위해 장옷을 뒤집어쓰고 멀리서 염탐했다. 게다가 혼기에 접어든 명문가의 도령들이 절세가인 보영당 아씨를 보고자 운종가를 기웃거리고 있으니…… 도성의 상권은 보영당 아씨 덕에 때아닌 호황을 누린다는 우스갯소리까지 나돌았다.

"아가씨, 이건 어떠십니까?"

"글쎄……."

 난이가 붉은빛의 산호 가락지를 권하자 은명은 부러 시큰둥

한 표정을 지었다. 누구도 알지 못할 것이다. 지난 두 달, 은명이 줄기차게 운종가를 휩쓸었던 또 다른 속내를. 은명은 의천상단의 단골이 되어 보란 듯이 그곳을 들락거릴 작정이었다.

재력을 갖춘 큰손고객과 상단 대방의 만남. 거듭 고심을 해 봐도 그보다 더 좋은 모양새가 없다. 그간 운종가 곳곳을 돌며 분위기를 만들어 놓았으니 슬슬 의천상단을 찾는다 해도 의심받는 일은 없을 것이다. 품질 좋고 귀한 물건이 넘쳐나는 도성 최고의 상단이 아닌가.

"이곳의 물품은 아씨의 마음에 차지 않을 겁니다."

마침 은명의 표정에 속아 넘어간 점포 주인이 매우 안타까워하며 바라던 반응을 보여 주었다.

"그래서 어디 장사를 하겠는가? 어여쁘다, 잘 어울린다. 이리 공치사를 해야 내가 넘어갈 것인데."

"아이고, 그런 걱정은 하지도 마십시오."

은명의 너스레에 주인은 유쾌하게 웃었다.

"이미 충분히 구입해 주지 않으셨습니까. 그러지 마시고 차라리 의천상단으로 가보십시오."

드디어 기다리던 답이 흘러나왔다. 좋기는 하지만 호들갑은 금물, 은명은 실룩거리는 입꼬리를 저지하고 최대한 자연스럽게 내숭을 떨었다.

"의천상단?"

"예. 거기 본관으로 가시면 이 나라에서 보지 못한 진귀한 물건이 많이 있다 들었습니다. 모두가 그곳과 거래하고 싶어 하지만 워낙에 고가라 아쉬운 대로 이곳을 찾아주는 것입지요. 아씨께서는 마땅히 그리로 가셔야 합니다."

"그러한가?"

은명이 잘 모르겠다는 듯 고개를 기울이자 엉뚱한 방향에서 우렁찬 목소리가 울렸다.

"그렇습니다."

점포 주인을 대신해 대답한 이는 정한군과 아정을 제외하고 은명이 최근 들어 줄기차게 마주하는 익정이었다.

"판관 나리!"

"그곳의 물건이 훌륭하기로 정평이 자자하지요. 안 그래도 한 번 추천해 드리려 하였습니다. 이 근방이니 제가 모셔다 드리겠습니다."

지난 두 달, 운종가를 휘저으며 수도 없이 익정과 마주쳤다. 그러다 보니 억울함을 호소하는 사람이 있으면 은명은 때때로 그를 찾아가 상인들의 문제를 부탁하곤 했다. 나날이 횟수는 늘어났고, 얼굴을 자주 접하다 보니 어느새 은명은 그를 이웃집 오라버니처럼 편히 대하고 있었다.

"의천상단을 잘 아십니까?"

"예. 그 상단의 대방이 일전에 역도로 몰려 경을 칠 뻔하지 않았습니까. 그때 알게 되었는데 성정이 반듯하고 신뢰할 만한 이였습니다. 가시지요."

은명은 익정의 호위를 받으며 당당히 의천상단으로 향했다. 제륜을 만날 생각에 한껏 부풀어 아니, 언제나 그렇듯 자신을 향한 익정의 아련한 눈길 같은 건 알아챌 틈도 없었다.

그럼에도 익정은 조금도 서운해 하지 않았다. 공주는 영원히 모를 것이다. 그동안 수없이 마주친 그와의 우연한 만남이 결코 우연이 아니었다는 것을. 찬바람이 불던 작년 미틈달 하순, 정선으로 향하는 유배길을 듬직한 그가 도성 밖 멀리까지 동행해 주고 있었다는 것을. 이런 마음을 몰라 주어도, 돌아봐 주지 않는다 해도, 이렇게 뵐 수 있는 것만으로도 이 우직한 사내는 충분하다는 것을.

사내이기에 혹시나 하는 미련을 버리지 못한 적도 있었다. 그러나 지난겨울, 정선으로 향하는 초라한 소교를 따르며 익정은 그런 마음조차 깨끗이 비웠다. 오늘은 마주칠 수 있지 않을까, 기대감에 하루를 시작하는 것만으로도 충분히 행복하였음을 깨달았기 때문이었다.

이렇게 옆에서 웃는 모습을 지켜보는 것이 나쁘지는 않았다. 오히려 다행이었다. 시전 상인들이 인사를 건네자 공주는 밝게 웃으며 화답해 주었다. 그 웃음이 눈부시도록 환하고 어여뻐 익정은 가슴이 욱신거렸다.

"제가 웃어야 합니까, 울어야 합니까?"

집무실에 은명과 단둘이 마주 앉은 준혁은 식지도 않은 차를 벌컥벌컥 들이켜며 투덜거렸다.

벌건 대낮에 한성부의 판관을 대동해 방긋방긋 웃으며 상단의 정문을 들어서던 누이의 그 태연함이란. 준혁은 너무 놀라 사환들이 모두 지켜보는 앞에서 한참이나 멍청히 서 있었다.

"당연히 웃으셔야지요. 오라버니께서는 오늘 어마어마한 재력가를 고객으로 확보한 겁니다. 단골이란 핑계로 앞으로는 대놓고 드나들 작정이니까요."

"이리 뵙게 될 줄은 상상도 못 했습니다."

"가장 자연스럽고 안전한 수라고 판단하였습니다. 오라버니께서도 정기적으로 물건을 들고 보영당으로 와 주십시오."

은명의 깜찍함에 준혁은 도리도리 고개를 젓는데 대행수가 들어와 화각함 하나를 내려놓고 나갔다. 준혁은 그 함을 앞으로 쭉 밀어 주었다. 은명은 호기심에 열어 보고는 두 눈이 휘둥그렇게 커졌다. 각종 보석으로 장식된 머리꽂이에 파란을 입힌 가락지, 그리고 다양한 장신구까지. 구하기도 힘든 진귀한 패물이 가득 담겨 있었다.

"돌아오시면 드리려고 준비해 둔 것입니다."

"저에게요? 너무 과분합니다."

"오라비의 마음이니 받아 주십시오. 한 번쯤은 이런 것을 해 드리고 싶었습니다."

자신과 엮여 고생하신 공주께 어떤 식으로든 미안한 마음을 표하고 싶었다. 거기에 더해 누이에게 선물하는 오라비의 마음도 느껴 보고 싶었다. 이미 저승으로 떠난 이현이의 몫까지 모두 합해서.

그 마음을 짐작하는지 은명은 그를 애잔하게 바라보았다. 즉석에서 패물도 착용해 보았다. 오늘 입은 복색은 영산홍빛 치마에 수를 놓은 백색의 저고리였다. 은명은 그에 어울리는 분홍빛 자수정을 골라 땋아 내린 댕기에 별처럼 촘촘히 꽂고, 월계화를 본뜬 산호와 홍보석 장식물을 옆머리에 꽂았다.

"어떻습니까?"

"보기 좋습니다. 잘 어울리십니다."

오라비의 칭찬에 은명은 싱긋 웃더니 새로운 소식을 조심스레 꺼내 놓았다.

"외숙과 외숙모님…… 그리고 제현 오라버니와 이현이…… 모두 어디에 계신지 궁금하실 겁니다."

"그건……."

마치 알고 있다는 듯 깊고 선명한 먹빛의 눈동자가 진중함을 발했다. 생각지도 못한 소식에 준혁은 숨도 쉬어지지 않았다.

"저하께서도 얼마 전에 아셨는데 전하께서 수습하셨답니다. 외조부님이 계신 곳에 모두 같이 계시다 하니 걱정하지 마십시오. 햇빛이 잘 드는 따뜻한 곳이라고 합니다. 어디인지 알려드릴 테니 먼저 다녀오십시오. 그리고 조만간 저도 꼭 데려가 주십시오."

명치끝에 걸려 있던 커다란 가시 하나. 웃을 때도 그곳이 아파 크게 웃을 수 없었고, 산해진미를 먹을 때도 그곳이 막혀 체하기 일쑤였다. 평생 가시를 박고 살아야 하나 보다, 제 몸처럼 여기며 포기하고 있었건만.

"……흐흑."

가장 크고 아팠던 마지막 가시가 빠져나가자 준혁은 그동안 참아 왔던 눈물을 쏟아내고 말았다. 은명도 오라버니를 따라 눈물을 흘렸다.

딱 거기까지가 좋았다.

부친의 농간으로 지방에서 진을 빼고 도성에 도착한 지 반 시진. 도성을 비우고 돌아오는 길이면 늘 그랬듯 서율은 치경과 함께 주막에 들러 국밥을 주문했다. 자리를 잡고 앉아 주위에서 들려오는 사람들의 수군거림을 들었다.

마지막으로 이곳에 들렀을 땐 공주에 대한 험담이 난무해 중간에 숟가락을 놓은 적이 있었다. 이번에도 사람들은 한 여인에 관해 미친 듯이 지껄이는 중이었다. 서율은 그들의 대화를 들으며 주모가 먹어 보라고 내어준 풋대추 한 알을 입에 넣었다.

보영당 아씨라…… 누구더란 말이냐.

백성들이 공주 외의 여인에게 저토록 관심을 보이는 건 그가 기억하는 한 처음인지라 서율은 자연스레 호기심이 생겼다. 그런데…….

그럼, 그렇지.

한참을 집중해서 듣다 보니, 보영당 아씨는 화경궁의 제 정인인 것이라. 저번과는 다르게 쏟아지는 칭송에 서율은 저절로 어깨가 으쓱거렸다. 어느새 피로를 말끔히 잊고 하늘로 붕 떠오르는 기분이었다. 맞장구치는 주모가 기특해 주문한 국밥이 나오기도 전에 제일로 값비싼 음식을 추가로 주문했다. 그리고 딱, 거기까지만 좋았다.

"보영당 아씨를 보겠다고 성균관 유생들이 강론을 아예 무단으로 빼먹는다며? 저번에도 보니까, 운종가에서 요래 숨어 가지고, 응? 요러고 보고 있더라니까. 아주 안달이 났어요, 안달이!"

그의 기분이 곤두박질치기 시작한 시점이었다.

그래 봤자 애송이들은 나의 상대가 되지 못한다. 나름대로 어른스럽게 굴기 위해 마음을 추슬러 봤으나 아삭아삭, 대추 씹는 소리가 예사롭지 않았다. 치경이 슬금슬금 눈치를 보았고, 소문은 갈수록 가관이 되었다.

"어디 성균관 유생뿐이겠어? 듣자 하니, 내로라하는 명문가의 혼기 찬 자제들이 전부 그 보영당을 주시하고 있다는구먼."

"마나님들이 더 적극적이라잖아. 꽃 같은 인물에, 다정한 성정에, 게다가 상감마마의 따님이시니 그분을 며느님으로 들이는 집안은 그야말로 복덩이를 잡은 것이지."

"매파를 어디로 보내야 하나 눈치만 살피다 지난 모임 이후 혜빈 자가께 한꺼번에 보내는 모양새던데."

그가 도성을 비운 사이 제 정인은 도성 최악의 신붓감에서 도성 최고의 신붓감으로 그 위치가 수직상승해 있었다. 공주의 신분이 아니니 그분과 혼인하는 이는 더는 부마가 아니다. 대가댁 총명한 자제들과의 혼사에 아무런 장애가 없어진 것이다.

더욱이 얼마 전, 혜빈의 초대로 외명부 부인들이 모인 다과에서 서글서글한 성격을 유감없이 발휘, 혼기 찬 자제를 둔 명문가의 마나님들을 전부 홀려버리셨단다. 사람 많은 곳을 싫어하시는 분이 무슨 바람이 들어 모임엘 가셨단 말인가.

까다롭게 굴기 시작하면 한없이 까칠해지지만 유하게 풀어지면 누구라도 단번에 자기편으로 만들 수 있는 사람. 자신한테만 보여 주던 그 어여쁜 모습을 만천하에 드러내 도성 안 사람들을 전부 홀린 모양이었다.

아, 싫다.

누구에게도 보이기 싫었던 귀한 보물이 손가락 사이로 허무하게 빠져나간 느낌이었다. 푸짐하게 시킨 음식이 이미 나와 있었는데도 서율은 아까부터 대추만 씹어대고 있었다. 자신이 무엇을 먹고 있는지 사실상 본인도 모르는 실정이었다.

쏟아지는 혼담이 무슨 대수일까. 그분의 정인은 나, 김서율. 얼굴도 모르는 것들과는 존재감부터가 다르다. 서율은 마음을 가다듬고 고고한 자태로 숟가락을 들어 국밥을 휘휘 저었다. 입안이 소태같이 썼지만 괜한 오기도 생겼다.

내 오늘은 기필코 이 국밥을 끝까지 다 먹고야 말리라.

아예 작정하고 한술 푹 떠서 입으로 가져가려 하는데 막강한 적수가 튀어나왔다.

"근데 요즘은 한성부의 송 판관 나리하고 좋아 보이시던데. 볼 때마다 같이 계시더라고."

송익정. 무시할 수 없는 존재가 거론된 것이다.

"에이, 그분은 사별하셨잖아."

"이제 의빈이 되시는 것도 아닌데 뭐가 어때서! 사별이라지만 슬하에 자식도 없지, 우상 대감의 장남이시지, 능력도 인물도 출중하시지. 그리고 내가 봤더니 두 분이 굉장히 잘 어울리시더라고. 그림 같아, 그림."

탁.

여기까지.

결국 이번에는 한 입 먹어 보지도 못하고 숟가락을 놓아버렸다.

한적한 월류지에 가을의 향취가 물씬 깃들었다. 물가에서 불어오는 선선한 색바람에 느긋이 정취를 즐길 만도 하건만 서율은 조바심을 내며 그 주위를 서성이고 있었다. 바람이 만들어 주는 월류지의 고매한 물결도, 전추라, 석죽, 승금황 등 곱디고운 청초한 가을꽃도 잠깐이나마 곁눈질할 여유가 없었다. 서율은 공주가 언제 오나, 쭉 뻗은 길목만 주시하는 중이다.

조금 전, 저조한 기분으로 주막을 나와 보영당으로 향했다. 속이 꽤 뒤집힌 상태였는데 기막히게도 운종가에서 공주를 목격했다. 그것도 제 정인을 훔쳐보는 다른 사내놈들 덕분에.

'저기 저, 보영당 소저 아니신가?'

귀가 따가울 정도로 시끄러운 운종가에서 신기하게도 제 여인에 관한 말만 귀에 쏙 들어왔다. 즉각 돌아보니 딱 봐도 안쓰럽게 생긴 것들 셋이서 몸을 숨기고 어딘가를 열심히 살펴보고 있었다. 그들의 시선이 향한 곳은 향초를 파는 어느 점포였고, 그 안에 그분이 계셨다.

그립고 그리웠던 나의 사람.

아주 잠깐 감성에 젖어들 뻔했지만, 곧 시야에 들어온 또 다른 주위 풍경에 어이가 없었다. 군데군데 숨어서 제 정인을 훔쳐보는 것들이 한둘이 아니었다. 오랜만의 재회로 감격해 할 틈도 없이 서율은 경계심부터 타올랐다.

내 저것들에게 확실히 보여 줄 것이다!

뻗쳐 오르는 분기에 여봐란 듯 정인에게 성큼성큼 다가가는데 치경이 그 앞을 가로막았다. 이상한 소문이라도 퍼지면 세자와 부친께 노여움을 산다며 극구 만류했다.

'월류지로 가 계십시오. 소인이 아씨를 그리 모시겠습니다.'

부친께서 반대하시는 마당에 저하의 노여움까지 산다면 그야말로 산 넘어 산이었다. 치경의 설득에 넘어간 서율은 월류지로 먼저 와 안절부절못했다. 이 모든 사달은 도성을 너무 오래 떠나 있었던 탓이라고 나름대로 원인까지 분석했다.

지난 두 달은 부친이신 좌상 대감을 다시 보게 된 나날이었다. 그동안 부친은 공과 사를 칼같이 구분해 뭇 선비들의 존경과 신뢰를 한몸에 받았다. 그랬던 그분이 평소의 신념을 버리고 두 달이 넘도록 무소불위의 권력을 사적으로 남용, 서율이 도성에 발도 붙이지 못하도록 전횡을 일삼았다.

전라도와 경상도 일대를 쉴 틈 없이 내돌리시더니 얼마 후엔 탐라로 가라는 공문이 떨어져 그를 기함케 하였다. 공무고 뭐고 일단 올라가야겠다, 길을 떠나려던 차에 마침 즉시 돌아오라는 세자의 전갈이 당도했다.

도성에 들어서며 그분을 뵐 생각에 무척이나 설렜다. 제가 보고 싶어 울적해 하고 계시면 어찌하나, 내심 걱정까지 하였다.

한데 아까 보니 향초를 고르시며 어찌나 신나 하고 계시던지. 그 천진한 웃음에 서율은 확신하게 되었다. 송 판관과 줄기차게 좋아 보였다는 그 목격담, 그림같이 어울렸다는 누군가의 의견은 정황상 모두 사실일 거라고.

조금의 곁눈질도 허용치 않겠다, 그리 다짐을 받았건만…….

서율은 단단히 작심했다. 이번에야말로 상처받은 제 마음을 확실히 내비치고 다시는 저 이외의 다른 사내를 가까이하지 못하게 하리라고. 노엽고도 서운한 감정에 주먹을 불끈 쥐는데 저 멀리, 붉은 나비 하나가 나풀나풀 날아오는 게 보였다. 청금석을 녹여 놓은 듯 청명한 하늘 아래 영산홍빛 치마가 너울너울, 아리따운 정인이 그를 향해 달려오고 있었다.

그 붉은 색감에 서율은 감당할 수 없을 만큼 맥이 빠르게 뛰었다. 굳어 있던 얼굴도 허무할 정도로 신속히 무너져 이완되었다.

화를 내려 하였거늘,

절대로 웃지 않으려 하였거늘…….

만면에 희색이 가득한 정인이 가까워질수록 서율의 입가에 절로 미소가 떠올랐다. 그러다 끝내 줏대 없이 활짝 웃기까지 하였다.

"나리!"

그리웠던 목소리가 귓전에 울리자 가슴이 뭉클하였다. 뛰는 모습조차 저리 어여쁜 사람이거늘 어찌 화를 낼 수 있을까, 웃지 않을 수 있을까. 아마 평생을 이기지 못할 것이다.

그는 두 팔을 크게 벌려 사뿐히 날아든 붉은 나비를 너른 가슴에 와락 끌어안았다. 은근한 매화향이 코끝을 스치며 그를 행복하게 해 주었다.

부드러운 풀밭에 사내의 답호가 널찍하게 펼쳐져 있고, 그 위에 두 남녀가 누워 서로를 애틋하게 바라보았다. 오랜만에 마주하고 있으니 이리 얼굴만 보아도 그저 좋았다.

특히 서율은 그새 성숙해진 공주의 외모에 새삼 놀라고 있었다. 올해 열여덟, 미모가 한창 물이 오를 때인 만큼 아름다움은 배가 되어 빛을 발했다. 덩달아 그의 고민도 깊어졌다.

밖으로 나다니지 마시라 할 수도 없고······.

반가의 규수보다 바깥출입이 더 철저히 금지된 공주 자가 시절에도 거리낌 없이 외출을 즐기신 분이었다. 하물며 지금은 공주라는 미명에서조차 자유로워졌으니, 그간의 행적을 돌이켜 봤을 때 거의 통제불능이나 다름없었다.

그렇다고 보기에도 아까운 내 사람, 다른 사내가 훔쳐보는 걸 뻔히 아는 마당에 어찌 모르는 척 내버려둘 수 있단 말인가. 서율은 말 못 할 고민이 점점 깊어지는데 뺨에 공주의 부드러운 손이 다가왔다.

"야위셨습니다. 많이 고단하셨습니까?"

"저하께서 불러 주지 않으셨다면 도망칠 뻔하였습니다."

"좌상께서 참으로 심술맞으십니다."

서율이 엄살을 부리자 공주는 입가에 애처로운 미소를 그렸다.

"아무래도 제가 대감께 아주 밉보였나 봅니다."

부친의 반대를 훤히 꿰뚫고 있는 듯 정인의 새까만 눈동자가 쓸쓸하게 일렁거렸다.

"서운하십니까?"

"유배에서 풀리도록 도움을 주셨다 들었습니다. 제가 많이 미우신 건 아닐 겁니다."

"쉽게 정을 주는 분이 아니긴 하지만 진심을 몰라 주는 분도 아니십니다."

서율은 제 뺨을 배회하는 정인의 부드러운 손을 커다란 손으로 감싸 쥐었다.

"아버님도 잘 알고 계십니다. 이 아들이 세상에서 가장 연모하는 사람이 누구인지를. ……당신은 제게 넘치도록 과분하고 아까운 분입니다."

공주의 두 뺨이 저물녘 석양처럼 주홍빛을 띠었다. 그 모습이 너무 어여뻐 서율은 두 팔을 뻗었다.

"어!"

공주의 상체를 번쩍 안아 제 가슴에 올리고 얼굴을 마주했다. 깜짝 놀라 부끄러워하는 모습이 볼수록 귀여웠다.

"기다려 보십시오. 아버님께서도 당신을 좋아하지 않고는 못 배기실 겁니다. 이미 도성 최고의 신붓감이 되지 않으셨습니까."

"그게 무슨 말씀입니까?"

공주는 마지막 말을 이해하지 못하고 어리둥절하였다. 운종가에서 벌어지는 일들을 아직까지 제대로 파악하지 못한 듯했다. 그렇다면 굳이 알려드리지 않으리. 서율은 웃음으로 대답을 얼버무리고 공주를 끌어당겨 제 가슴에 머리를 기대게 했다. 당분간은 도성에 머물며 혼인문제를 완전히 매듭짓고 싶었다.

━━━━━━

가을밤, 정한군의 사저에 세자와 좌상이 술상을 앞에 두고 마주 앉았다. 세자가 황금빛 국화주를 술잔에 직접 따라 주었고, 좌상은 그것을 받아 천천히 주향을 음미하곤 맛을 보았다. 향긋한 국향이 입안에 감돌며 깊은 맛을 내는 것이 일품이었다.

세자는 좌상의 움직임을 하나하나 빠짐없이 지켜보았다. 신념이 확고하고, 흔들림이 없으며, 뛰어난 자질과 능력을 갖춰 휘둘리기보다는 휘두르는 존재. 세자의 입장에서 보자면 실로 탐이 나는 으뜸 인재였다.

과거에는 그리도 무섭고 싫은 존재였건만…….

한 치도 장담할 수 없는 인생사가 오늘따라 가슴에 와 닿아 세자는 입가에 희미한 미소를 지었다.

"앞으로의 결과에 상관없이 한 번쯤은 이렇게 뵙고 싶었습니다."

"저는 드릴 말씀이 없사옵니다."

"예, 그러시겠지요. 그래도 제가 가진 생각은 말씀드려야겠다 싶어 자리를 청했습니다. 어찌되었든 저는 이 나라의 국본이 아닙니까."

세자는 숙성된 국화주로 적당히 목을 축인 후 좌상을 응시했다.

"저는 말입니다, 과거에 연연하지 않을 겁니다. 가문과 당파 또한 염두에 두지 않겠습니다. 나와 뜻이 다르다고 해서 함부로 배척하지 않을 것이고, 나와 뜻이 같다고 해서 무조건 감싸지도 않을 겁니다. 기회는 골고루 균등하게, 책임은 일일이 막중하게 따질 것이며, 시대에 필요한 변화와 개혁은 조금도 늦추지 않을 겁니다. ……예, 압니다. 참으로 꿈같은 소리이지요."

세자의 얼굴에 강인함과 부드러움이 동시에 나타나고 사라졌다.

"하나 꿈을 꾸지 않고 이룰 수 있는 건 아무것도 없다 하였습니다. 하여 무사히 보위에 오르면 방금 읊었던 이상 중 하나라도 이루기 위해 저는 전력을 다하겠습니다. 그 과정에서 무수히 깨지고 너덜너덜 다치겠지요. 수많은 시행착오를 겪으며 수없이 좌절하게 될 것입니다. 그렇게 제가 흔들릴 때마다 곁에서 중심을 잡아 주고 바른길로 이끌어 줄 인도자가 필요합니다. 어떻습니까, 좌상. 작금의 위기를 넘기면 경께서 그 역할을 해 주지 않으시겠습니까?"

"재야에 묻힌 현명한 원로들을 찾아보시옵소서."

"경께서는 왕권보다 신권이 강해야 한다, 생각하시지요."

"위험한 발언을 하시옵니다."

"하지만 대감도 저도 결국 목표하는 바는 같으리라고 확신합니다. 모든 백성이 마음 놓고 제자리를 지킬 수 있는 안정되고 강건한 나라. 경의 소신을 버리라는 것이 아닙니다. 제가 궁극의 목표를 잃고 허우적거릴 때 따끔한 조언 한마디 부탁드리고자 하는 겁니다."

탁월한 정치 감각과 노련함을 고루 갖춘 그가 든든한 버팀목이 되어 준다면 어떠한 역경도 헤쳐 갈 수 있을 것 같았다. 세자는 진심을 내보였지만, 좌상은 냉담하기만 했다.

"실로 조언이 필요하시옵니까, 아니면 제가 부릴 수 있는 능력을 빌리고자 하시옵니까?"

"그 능력에 관해서라면 이미 선택권을 드렸습니다. 지평에게 들으신 그대로 저는 그것에 관해 함구하겠습니다. 제게 오지 않으신다고 해도 원망하지 않을 겁니다. 하나 제게 오시겠다면 그 마음도 같이 주셔야 합니다. 지금의 제안은 경이 후자를 택한다는 전제하에 드리는 겁니다."

좌상은 두 눈이 살짝 가늘어졌으나 일말의 침묵 후 다시 감정 없는 어조로 질문했다.

"더 하실 말씀이 있으시옵니까?"

"오늘은 여기까지만 하겠습니다."

"그럼 이만 물러가겠나이다."

좌상은 조금의 틈도 두지 않고 자리에서 일어섰다.

그가 물러가자 혼자 남은 세자는 그제야 초조한 기색을 드러냈다. 아무것도 확신할 수 없는 막막한 상황이 답답하게 느껴졌다. 국본이란 이름이 무색할 만큼 스스로의 처지가 초라하고 미약해 입안이 온통 씁쓸하기만 했다.

"저하, 소상히 답하여 주십시오. 정녕 공주 자가를 고의로 폐위시키셨사옵니까?"

좌상이 떠나간 빈방, 국화주를 벗 삼아 세자가 홀로 상념에 젖어 있는데 느닷없이 문이 열리고 정한군이 후다닥 뛰어들었다. 그는 죄를 지은 사람처럼 세자 곁에 찰싹 달라붙었고, 뒤이어 꼬장꼬장한 기세의 서율이 나타났다. 그는 좌상이 머물렀던 자리에 앉아 세자를 직시했다.

그 버릇없는 태도에 세자는 저놈이 왜 저러나 싶었는데 이유는 그럴듯했다. 이 방에서 밀담이 오가는 사이 다른 방에서 정한군이 서율과 술잔을 기울이다 취기가 올라 말실수를 하였단다.

'에이, 형님과 나는 처음부터 다 알고 있었지. 자네 그거 아나? 우리 보영당 누이의 강론 말일세. 그거 저하께서 일부러 자네를 콕 집어서 맡기신 거였네.'

안 그래도 공주의 문제를 의심하던 서율이 이때다 싶어 말꼬리를 잡고 늘어졌다. 뒤늦게 실수했음을 깨달은 정한군은 홀로 수습하지 못하고 냅다 뛰어와 세자에게 도움을 청했다. 세자는 고새 사고를 친 아우에게 눈총을 보내곤 혐의를 단칼에 부인했다.

"분명히 말하지만, 공주를 고의로 폐위시킨다는 건 있을 수도 없는 일일세. 자네도 알다시피 당시에는 그것이 최선이었네. 물론 고집을 부렸다면 폐위와 유배는 막을 수도 있었겠지. 대신 은명이를 제외한 모두가 다쳤을 것이야."

"하면 처음부터 제게 일부러 강론을 맡기신 건 사실입니까? 대체 언제부터 자가와 저의 일에 개입하셨습니까?"

"개입이라니? 나는 그저 조용히 지켜보았을 뿐이네. 강론 또한 보령에서 둘이 알고 지낸 사이였다 하니 생판 모르는 남보다 나을 것 같아 부탁했던 것이고."

서율의 다그침에 세자는 지지 않고 반박했다.

그 옛날, 김서율이 제 어린 누이를 버리고 도망쳤다는 소식에 어찌나 화가 나고 괘씸하던지. 도성에 올라와 그가 처음으로 인사를 오던 날 세자는 속으로 단단히 별렀다. 대련이라도 핑계 삼아 톡톡히 혼내 주려 했는데 막상 그의 얼굴을 마주하자 아무런 말도 할 수 없었다.

소중한 무언가를 잃어버린 듯 조금은 넋이 나가 그늘진 얼굴이었다. 집으로 돌아온 기쁨과 안정감 따위는 조금도 찾아볼 수 없었다. 그에게서 번져 나오는 아련한 공허감이 제 누이에게서 비롯된 것이 아닐까, 세자는 어렴풋이 추측했다.

그렇게 6년이란 시간이 흐르고, 중신들과 화원정으로 향하던 그때, 멀리서 누이를 발견하곤 순간적으로 호기심이 일었다. 뒤에 쫓아오는 서율과 누이가 서로를 보게 되면 어떤 반응을 보일까?

시간이 제법 흘렀으니 어릴 적 풋감정은 정리되었으리라고 짐작하면서도 솟구치는 장난기를 억제하지 못했다. 해서 중신들을 이끌고 충동적으로 공주에게 다가가 말을 붙였다.

이윽고 두 사람의 시선이 마주쳤을 때 세자는 똑똑히 목격했다. 딱딱하게 굳어버린 김서율의 얼굴과 떨고 있는 누이의 두 어깨를. 마침 공주의 스승을 물색 중이었던 세자는 그 순간 결심했다. 공주의 강론을 서율에게 맡겨 보자고.

"정말로 그것이 전부였사옵니까?"

물론, 두 사람의 과거를 간략히 귀띔해 주며 정한군에게 공주의 마음을 떠보라고 시키기도 하였다. 한데 정한군은 이미 누이와 차를 마시며 이상한 대화를 나누고 난 이후였다. 농이라고 넘어가기엔 누이의 감정이 너무도 생생했다. 세자와 정한군이 자연스레 두 사람을 예의 주시하게 된 이유였다.

경위는 그러하나 모든 것을 미주알고주알 떠들어댈 필요는 없는 일. 세자는 깔끔히 부정했다.

"다른 게 또 무에 있을까. 내가 그리 한가한 사람이더냐?"

"내가 뭐라 그랬는가, 저하와 나는 뒤에서 조용히 지켜본 것이 전부였단 말일세."

세자의 지원에 이유 없이 기세등등해진 정한군이 콧대를 세우며 끼어들었다.

"후에 공주께서 힘들어 하시기에 내가 지나는 말로 조언을 조금 해드리긴 하였네. 자네 알고는 있나? 자네의 청혼을 받고 공주께서 화경궁에 숨어 계셨을 때, 쫓아가서 부추기고 용기를 드린 사람이 바로 나였다네. 후에 혼례를 올리게 되면 이 사람의 공을 잊지나 마시게."

"혼례는 무슨!"

정한군의 말에 세자가 정색하였다. 갑작스러운 호통에 서율과 정한군이 흠칫 놀라 그를 보았다.

"좌상께서 내 누이를 반대하고 계신다지? 문중에서 쫓아내려면 쫓아내시라, 부친께 반항하고 있다는 자네의 근황을 내 익히 들어 알고 있네. 보기보다 참 유치한 위인일세."

"저하, 그것은……."

"말이 나온 김에 이것만은 명확히 해 두지."

추궁하던 서율과 해명하던 세자는 순식간에 그 역할이 바뀌었다.

"나는 내 누이를 족보에서 지워진 근본 없는 놈에게 절대로 시집보내지 않을 것이네. 찾아보면 훤칠하고 총명한 명문가의 자제는 얼마든지 널려 있거든."

"저하!"

"내 누이를 지어미로 맞이하고 싶은가? 그렇다면 반드시 부친의 허락을 받아내게. 좌상과 정경부인께서 쌍수 들고 환영하지 않는 이상 나는 자네를 절대로 인정하지 않을 것이네."

그 말을 끝으로 세자는 단호히 고개를 돌렸고, 정한군은 옆에서 얄밉게 키득키득 웃었다. 어느 것 하나 쉬운 일이 없는 요즘, 서율에게서 긴긴 한숨이 터져 나왔다.

밤이 이슥해진 대궐 안, 금상의 기수가 배설된 장소는 대전에서 가장 깊숙하고도 규모가 작은 내실이었다. 대외적으론 날이 쌀쌀해지는 관계로 성상의 옥체를 따뜻하게 유지하기 위해 며칠간 이 방에 머무는 것으로 되어 있었다. 하나 속내는 따로 있었으니, 바로 눈앞의 저 아이, 대궐 출입이 금지된 딸아이와 이렇게나마 은밀히 마주하기 위함이었다.

아비를 보아 주기로 한 것이냐?

움푹 꺼져 짓무른 눈에 파리하게 마른 용안, 죽음의 그림자가 깊게 드리워진 왕은 설레는 마음을 감추지 못하고 딸아이와 눈을 맞췄다. 어려서부터 내내 시선을 피하던 아이, 아비를 타인처럼 무심하게 바라보던 딸아이가 오늘만큼은 자신을 오롯이 보아 주고 있었다. 이렇게 마주하고 있으니 더 바랄 게 없을 정도로 기쁘고 행복했다.

목울대가 뜨거워진 왕은 눈앞이 뿌예지는 것을 느끼며 한쪽 손을 앞으로 내밀었다.

손을 달라 하시는 것일까?

부왕을 지켜보던 은명은 주춤거리며 다가가 생애 처음으로 왕의 손을 잡아 보았다. 굉장히 곱고 부드러운 손이었다. 어색하기도 하고 이상하기도 했지만 나쁘지는 않았다. 아니, 따뜻하고 다정해 눈물이 울컥 올랐다. 이 손을 잡고 산책하던 옹주를 많이도 부러워했다. 그 어렸던 마음이 아리고 또 서러운 나날이었다.

쓰라린 과거의 기억에 조금은 동요하는데 손을 잡고 있던 부왕께서 무언가를 은명의 손바닥에 조심스레 쥐여 주었다.

무엇일까?

천천히 제 주먹을 펴 보던 은명은 놀라움에 숨을 살짝 들이마셨다. 어머니가 외조모로부터 물려받으셨다는, 김 상궁이 가져왔던 함에서 유일하게 찾을 수 없었던 그 가락지였다.

"이건……."

"네 어미가 떠나던 날, 손가락에 끼고 있던 것을 내가 가져온 것이다. 그거라도 있어야 견딜 수 있을 것 같더구나. 조금만 가지고 있다 돌려주려 하였거늘 이제야 임자를 찾게 되었다."

은명은 목이 콱 메어 아무런 말도 할 수 없었다.

"아비가 많이 서운하였느냐?"

부왕께 많이 서운했다. 화도 났었다. 너무나 속상해 수풀에 들어가 혼자 울어버린 적도 많았다. 왜 나를 미워하실까, 왜 나를 싫어하실까. 하지만 이제는 어렴풋이 알 것도 같다. 그것이 딴에는 부왕께서 자신을 귀애하는 방법이었음을. 그럴 수밖에 없었던 안타까운 사정이 있었음을.

"아가……."

은명의 두 눈에 물기가 어리자 금상은 떨리는 음성을 가다듬으며 여식을 불렀다. 감정이 격해진 것인지, 기운이 쇠해진 탓인지. 목소리에서 느껴지는 떨림이 민망할 지경이었다. 그래도 임금은 악착같이 다음 말을 이어 갔다. 지금이 아니면 다시는 속마음을 털어놓을 기회가 없을 것 같았다.

"너를 볼 때마다 나는 울고 싶었다."

고통스러운 밤이었다. 싸늘하게 식어 있는 그 사람을 보며 숨을 쉬는 자신이 끔찍스럽게 느껴졌다. 하지만 그는 중전을 안고 오열하는 대신 가락지 하나만 챙겨 들고 아무렇지 않은 얼굴로 환궁할 수밖에 없었다.

이 숨이 다하는 날까지 세자와 공주를 지켜주겠노라, 그 사람과 했던 약조를 끝까지 이행하고 싶었다. 조금이라도 마음이 약해진다면 중전과의 마지막 약조조차 제대로 완수할 수 없을 것 같았다. 이제 와 지난날을 돌이켜 보니 참으로 어리석은 판단이었다.

"아비는 후회하느니라. 차라리 그때, 어린 너라도 안고 한번 울었다면 지금쯤 어찌되었을까?"

"……."

"아비로서, 왕으로서 위신은 상했어도 너를 곁에 두고, 네가 커가는 모습을 가까이서 지켜볼 수 있었을 텐데 말이다."

"전하……."

자식에게 듣는 '전하'라는 호칭이 그에게는 여전히 낯설기만 하였다. 살면서 단 한 번, 왕이 되고자 한 적이 없었다. 비록 왕실에서 태어나긴 했어도 세자가 아닌 대군인 걸 그나마 감사히 여기며 한갓진 곳에서 가족과 유유자적 평화로워지고 싶었다. 한 여인의 지아비이자 두 아이의 아버지로만 살고 싶었다.

그런데도 그는 권력의 정점으로 끌려 나와 수많은 암투에 몸을 맡긴 채, 상처를 받고 또 상처를 주었다. 내 자식도 마음대로 안아 보지 못하는 이 자리가 그는 버겁고 싫기만 하였다.

떠오르는 딸아이의 기억이라곤 고개를 숙이고 다소곳이 앉아 있는 모습이 전부였다. 웃는 모습도, 어리광을 피우는 모습도 알지 못한다. 보지 못한 모습이 셀 수도 없이 많거늘,

"언제 이리 커버렸을꼬······."

지나간 세월이 한스럽고 안타까워 꾹꾹 눌러 두었던 눈물이 봇물 터지듯 흘러나왔다. 이제 와 이러는 게 무슨 소용 있을까마는 마지막 숨을 내쉬기 전에 딸아이에게 제 마음을 보여 주고 싶었다. 실은 이 아비가 너를 많이 어여뻐하였노라고.

금상도, 은명도 눈가가 벌겋게 달아올라 있는데 밖에서 내관의 헛기침이 들렸다. 그가 오고 있다는 신호였다. 딸아이가 모든 것을 알고 있다 하였다. 제 어미가 어떻게 떠나갔는지, 제 외조부가 어떠한 멍에를 지고 있는지.

얽히고설켜 수없이 꼬여버린 복잡한 고리들, 더 늦기 전에 성상은 엉망으로 엉킨 그 실타래를 풀고 자식들의 고통을 조금이나마 덜어 주고 싶었다. 그것이 죽기 전 그가 해야 할 마지막 역할인 것 같았다.

"아가, 잠시 저 옆방으로 들어가 있거라."

"옆방이라 하셨사옵니까?"

"그래. 잠시면 된다."

왕께서 자리한 내실은 양옆으로 작은 곁방이 각각 하나씩 연결되어 있었다. 여름에는 양쪽을 활짝 열어 넓고 시원하게 사

용했지만, 날씨가 추워지면 문을 닫고 한동안 비워 두는 곳이었다.

그중 부왕이 가리키는 곳으로 들어가 보니 어둠 속에 방석 하나가 놓여 있었다. 미리 준비해 놓은 듯 문 가까이 놓여 있는 그곳에 은명은 다소곳이 자리를 잡았다.

무슨 일일까?

불안한 마음으로 깜깜한 암흑 속에 앉아 있는데 곧이어 내관의 침착한 목소리가 그곳까지 울렸다.

"전하, 좌의정 드셨사옵니다."

은명은 가슴이 덜컥 떨어졌다. 숨을 죽이고 문가로 더 바짝 다가가 앉았다. 급작스러운 좌상의 등장에 가슴이 심하게 요동쳤다.

상궁도, 내관도 모두가 자리를 비운 금상의 내실. 임금과 신하가 단둘이 마주하고 있는 이 자리는 분명 독대라 할 수 있었다. 뜻밖의 상황에 놀랄 만도 할 텐데 좌상은 흔들림이 없었다.

"갑자기 보자 하였는데 응해 주어 고맙소."

"망극하옵니다."

"그대는 참…… 한결같은 사람이오. 늘 침착하고 이성적이지. 그대의 그런 점이 과인은 부럽기도 하였다오."

빈정거림도, 날카로운 가시도 들어 있지 않은 순수한 상찬이었다. 좌상은 살짝 고개 숙여 겸손을 표했다.

"과찬이시옵니다."

"그런데 한 가지, 경이 성급한 게 있었소."

"소신이 놓친 게 있었사옵니까?"

"그 사람."

일순 좌상의 얼굴에 그나마 남아 있던 표정이 싹 사라졌다. 자신이 칭한 '그 사람'이란 말이 승하한 중전을 뜻한다는 걸 그도 알고 있다는 의미였다.

모르긴 몰라도, 방금 좌상은 진정 놀랐을 것이다. 이제껏 한 번도 그 사람에 관해 좌상과 말을 나눈 적이 없었다. 두 사람의 과거사를 자신이 알고 있다는 것 또한 그는 몰랐을 것이다. 기력이 쇠한 왕은 말을 돌리지 않았다.

"오래전 그 사람은 경이 살아 있었다는 걸 전혀 모르고 있었소."

좌상의 얼굴에서 핏기가 가시자 성상은 피식, 쓴웃음을 지었다.

"역시 그대는 몰랐구려. 그 사람이 변명도 하지 않았나 보군. 그래…… 바로 그런 사람이었지."

쓴웃음이 지나간 자리에 아련하고도 꿈을 꾸는 듯 그리운 미소가 다시금 피어났다.

"그 옛날, 매화나무 아래에 서 있던 왕후를 보고 첫눈에 연모하게 되었소. 그 사람의 주변을 수도 없이 맴돌곤 했지. 결국은 용기를 내어 다가갔고, 또 혼인도 청했으나 보기 좋게 거절당하고 말았다오. 곧 정혼할 것이다, 딱 잘라 거절하더군."

당시 대군이었던 그는 오랫동안 방황하며 가끔 멀리서 윤영 낭자를 훔쳐볼 수밖에 없었다. 괴로운 마음을 이기지 못하고 유람도 떠났다. 지방 곳곳을 떠돌며 마음을 정리하려 노력했는데 도중에 부왕의 부름을 받았다. 부랴부랴 도성에 도착해 궐에 들었던 그는 놀라운 사실을 알게 되었다. 그토록 사모하는 여인과의 길례가 진행되고 있었다.

어찌된 일인지 알아보니 윤영 낭자의 정인은 그 당시 역적으로 몰린 우상의 아들로, 얼마 전 벼랑 밑으로 떨어져 추락사하였다. 사연을 듣자마자 그는 곧바로 윤영 낭자가 머물고 있다는 암자로 쫓아갔다.

김대원이 추락사한 것으로 알려진 그 벼랑에서 멀지 않은 곳. 그곳에 자리한 암자에서 낭자는 스스로 상복을 차려입고 김대원의 영생을 빌며 삼천 배를 올리고 있었다. 금방이라도 쓰러질 듯 온몸을 떨면서도 밤새도록 멈추지 않는 그 모습이 처연하고도 안타까웠다.

동이 틀 무렵, 삼천 배를 마치고 법당을 나온 낭자는 비칠거리는 걸음으로 방이 아닌 숲속의 그 벼랑으로 향했다. 보기만 해도 오싹한 끝자락이 펼쳐져 있는데 낭자는 멈추지 않고 앞으로, 앞으로 나아가기만 했다.

조금만 더 가면 까마득한 낭떠러지의 가장자리였다. 성상은 그제야 낭자의 의도를 알아채 경악하였다. 정신없이 쫓아가 마지막 순간 간신히 허리를 낚아챘다. 놓아 달라고, 제 아비가 저지른 일이니 아비의 죄를 이렇게라도 씻을 수 있게 도와 달라고. 불쌍한 그 사람, 혼자서는 차마 보낼 수가 없다며 울부짖는 낭자를 왕은 두 팔에 힘을 주고 끝끝내 놓아주지 않았다.

"왕실에서 주관하는 일이니만큼 길례는 예정대로 준비되었지만, 그 사람은 그날로 병석에 드러눕고 말았소. 그렇지만 나도 포기하지 않았지. 집으로 쫓아가 고집을 부렸소. 정인을 위해 이미 한 번 버린 목숨이니 남아 있는 생은 당신을 살린 나에게 달라고."

옛일을 떠올리는 왕의 눈가에 쓸쓸한 기색이 번졌다.

"얼마 뒤 경이 살아서 돌아온 걸 알게 되었으나 나도 부원군도 그 사람에게는 말해 주지 않았소. 길례가 코앞이라 차라리 모르는 게 낫다고 판단하였거든. 훗날 경이 형님을 모시고 대군저로 왔을 때, 그 사람은 비로소 그대가 살아 있었다는 걸 알게 된 것이오."

바르쥔 주먹이 하얗게 변할 정도로 좌상은 몸에 힘을 주고 있었다. 애써 평정을 유지하려 하지만 온몸에서 비명이 퍼져 나가고 있는 듯 보였다.

"부원군을 원망하지 마시오."

"……."

"그분에겐 사적인 욕심이 조금도 없었소. 그저 왕실에 대한 충성심이 미련하게 강했을 뿐이오."

왕의 목소리엔 점점 더 떨림이 강해졌다. 좌상의 눈빛도 고통에 젖어 이제 그만하시라, 외치고 있었다. 그래도 고집을 꺾지 않았다. 왕은 진실을 털어놓기로 했고, 좌상은 무조건 들을 수밖에 없었다.

신권이 강해지는 게 두려웠던 부왕은 죽음을 목전에 두고도 형님이었던 유약한 세자 걱정에 하루도 편할 날이 없었다. 시름시름 앓던 그가 떠올린 사람은 충성심이 강한 서 대감이었다.

 어느 이슥한 밤, 부왕은 그를 불러 왕명과도 같은 청을 내렸다. 우상을 비롯해 왕권을 위협하는 여러 가문을 숙청하고, 그의 여식을 왕실의 며느리로 내어 달라는 요구였다. 뛰어난 무장이었던 그가 왕실의 사돈이 된다면 세자에게 힘이 되어 주리라, 생각했던 것이다.

 우직한 충신이었던 그는 묵묵히 어명을 수행한 후 스스로 조정을 떠나 칩거했다. 왕명이라 하나 제자들을 제 손으로 그리 만들었으니 견디기 힘들었을 터였다.

 그렇게 칩거했던 그를 세상으로 다시 불러낸 사람은 다름 아닌 성상의 모후였다. 큰아들의 사후 작은아들이 무사히 보위에 오르도록 반란군을 진압한 부원군에게 조정으로 돌아와 달라 간곡히 애원했다.

 그리고 1년 뒤, 과거의 일을 낱낱이 알고 있던 대비는 선대왕께서 하셨던 부탁을 또다시 사돈에게 건넸다.

 '부원군, 저들의 세력이 계속 불어나고 있습니다. 이대로 내버려두었다간 종묘와 사직이 저들 손에 놀아나고 말 것입니다. 부디 선대왕의 유훈을 받들어 주십시오!'

 왕은 이 모든 진실을 옥에 갇힌 부원군을 은밀히 만나러 갔다가 처음으로 알게 되었다. 모진 고신으로 처참히 망가진 장인이 간신히 숨을 몰아쉬고 있는 곳, 그 옥사 앞에 모후께서 울음을 삼키며 앉아 있었다.

'미안합니다, 사돈. 내 어떻게든 그대를 살릴 것이니, 부디 정신을 놓지 마십시오.'

'아무것도…… 하지 마시옵소서. 마마께서는…… 아무것도 모르셔야 하옵니다. 그래야 모두가 살 수 있습니다. 마마께서도…… 전하께서도…… 중전마마와 세자 저하께서도…….'

'이 일을 어찌하나, 흐흑……. 이 늙은이를 용서하지 마십시오.'

'신이…… 부족한 탓이옵니다. 명을 제대로 받들지 못한 죄…… 죽어 마땅하옵니다.'

과거의 기억을 떠올리며 왕의 짓무른 눈가가 또다시 붉게 충혈되었다.

"아시겠소? 화경궁은 마음의 죄를 씻을 수 없었던 모후께서 조금이라도 그 빚을 갚고자 지은 것이오."

화경궁이란 궁호도 대비께서 직접 지은 것이었다. 어느 아침, 문후를 올리러 갔을 때 지필묵을 대령하라 하시더니 그림처럼 단아하게 세 글자를 쓰시고 눈물을 글썽였다.

'주상, 내 그곳을 화경궁이라 할 것이오. 그림처럼 경치가 맑고 수려한 곳. 중전이 그곳을 좋아해 줄까요? 아름다운 경치라도 보며 그 속을 조금이나마 달랠 수 있으면 좋으련만…….'

대부호의 무남독녀로 태어나 좋은 것만 보고 좋은 소리만 들으며 자랐던 모후는 마음이 여린 분이었다. 자신으로 인해 모든 것을 홀로 짊어지고 죽은 사돈의 처참한 잔상을 끝까지 떨쳐내지 못했다. 숨을 거두는 마지막 순간까지도 그를 향한 죄스러움에 괴로워했다.

'주상, 화경궁은 중전의 것이오. 내가 가진 모든 것, 나로 인해 전부 잃은 그 아이에게 주고 싶소. 그런 것이 무슨 위로가 될까마는 내가 줄 수 있는 게 그것밖에는 없다오. ……무슨 일이 있어도 중전과 세자, 그리고 공주를 지켜주시오. 내 그래야 저승에 가서 그 어른을 뵐 수 있을 것이오.'

미처 알지 못했던 과거의 끊어진 조각들을 이어 맞추며 좌상은 어떠한 감정도 내비치지 않았다.

"부원군도, 그 사람도 그대에게 변명 한마디 하지 않았다니, 참으로 미련한 부녀가 아니오?"

하지만 왕은 놓치지 않았다. 그의 눈동자에 돋아난 붉은 실핏줄과 간헐적으로 경련이 이는 굳은 어깨, 끊이지 않고 요동치는 목울대까지. 왕은 그런 그의 반응에 미약한 희망이나마 걸어 보고자 했다.

"부원군은 아무런 잘못이 없소. 모든 것은 왕실의 기반이 미약한 탓이었소. 부왕과 모후를 대신해 과인이 그대에게 사과하리다. 미안하오, 미안하오, 좌상. 그대와 그대의 가족에게 내 끝없이 사죄하고 또 사죄할 것이오."

"이미 지나간 일이옵니다."

"나는 이제 얼마 남지 않았소. 이리 숨을 쉬고 있는 게 신기할 뿐이지. ……해서 과인도 그대에게 부탁을 하나 하려 하오."

"……."

"정한군과 옹주는 혜빈이 있으니 내 안심할 수 있소. 하나 우리 세자와 공주, 아니 이제 평범한 아이가 된 내 딸아이. 아비도, 어미도, 지켜줄 외가도 없는 그 아이들을 어찌하면 좋겠소? ……좌상, 그대가 지켜주시오."

왕의 두 눈에 뜨거운 열기가 솟구쳐 올랐다. 간절히 애원하는 부탁엔 애가 타는 절박함이 묻어 있었다.

"우리 세자, 다행히도 왕가의 유약함보단 외가의 씩씩한 기상과 영명함을 이어받았다오. 세자는 지레 겁을 먹고 상대를 무조건 처단하는 우를 범하지 않을 것이오. 그 아이가 다스릴 세상은 모두가 공존하며 건강한 경쟁을 벌이고, 그리하여 백성들이 웃으면서 살 수 있는 나라. ……나 대신, 그대가 보아 주시오. 그대가 보필해 주시오."

좌상이라면 아이들을 지켜줄 수 있을 것이다. 그가 아이들의 힘이 되어 준다면 왕은 지금이라도 안심하고 눈을 감을 수 있을 것 같았다. 어쩌면 이 부탁을 남기지 못해 지금까지 죽지 못하고 살아 있었던 것일지도.

"그리고 우리 은명이……. 그 아이는 외모뿐 아니라, 성정까지 제 어미를 쏙 빼닮았다오. 아비의 정도 모르고 자란 그 어린 것을 그대가 여식처럼 품어 주면 아니 되겠소? 부디 서운한 감정은 모두 과인에게 쏟아버리고 두 아이를 그대의 자식처럼 생각해 주시오. 내가 이렇게 부탁하겠소, 좌상."

부왕께서도, 모후께서도 바로 이러한 심정으로 그 어른께 부탁하였던 것이리라. 왕의 눈에서 뜨거운 눈물이 흘러내렸다.

곁방에서 모든 이야기를 듣고 있던 은명도 숨죽여 오열하고 있었다.

───────

"독대를 하였답니다, 독대를!"

노용식을 비롯해 세자에 반하는 조정의 인사들이 도원군의 사저에 대거 소집되었다. 이들이 모여 있는 이유는 이틀 전 늦은 밤, 전하께서 좌상을 은밀히 불러들여 독대하였다는 소식이 전해졌기 때문이다. 이를 두고 의견은 분분하게 갈렸다.

"진정하십시오. 평소 전하와 좌상의 관계를 돌이켜 본다면 그리 걱정할 일만은 아닐 겁니다. 전하께서 무슨 말씀을 하셨는지 알 수 없으나 좌상이 그리 호락호락한 인물은 아니지 않습니까."

"그렇기는 하나 김서율이 세자의 사람입니다. 자식 이기는 부모 없다고 결국은 아들의 뜻에 따를 수도 있는 일입니다."

"아니지요. 좌상이라면 아들을 내칠지언정 본인의 소신을 꺾을 사람이 절대 아닙니다."

떨어지는 낙엽조차 신경 쓰일 만큼 민감한 시기에 일어난 일이었다. 금군별장과 병조참판 등 군부의 유력인사가 저희 편이라지만 좌상이 움직인다면 판세는 얼마든지 바뀔 수 있다. 병판이 그의 처남이었고, 병부를 쥐고 흔들 만큼 군부의 절대적 충성을 받는 존재가 바로 좌의정이었으니.

불안해진 도원군은 느긋하게 침묵 중인 노용식에게 조심히 그의 의견을 물었다.

"우참찬, 그대의 생각은 어떻습니까?"

"크게 걱정할 일은 아니옵니다. 하나 그냥 넘어갈 수도 없는 일이겠지요."

"그게 무슨 말씀입니까?"

설왕설래하던 자들이 일제히 노용식을 주시했다.

"독대 이후 좌상은 사저에서 칩거 중이고, 세자와 김서율은 여전히 감을 잡지 못하고 헤매고 있습니다. 그냥 흘려버리기에는 아까운 시기라는 말이지요."

"그렇다면……."

"승하하신 대비마마의 탄신일이 닷새 뒤가 아닙니까. 손주이신 세자와 정한군이 틀림없이 대비의 능을 찾을 겁니다. 제향일을 기리기 위한 선대왕의 능행에 비한다면 그 규모가 소박할 것이니 차라리 잘되었습니다."

일리 있는 말이었다. 닷새 뒤면 지금부터 좌상이 눈치채고 움직인다 가정해도 대응하기에는 벅찬 시간이었다. 어차피 사병들도 도성 밖에 전부 집결해 있으니 차라리 급습해 신속하게 매듭짓는 것도 나쁘지는 않았다.

"금군장께서는 세자가 도성을 벗어나는 즉시 궐문을 잠그고 궐 안을 장악하도록 하십시오. 특히 전하께서 계시는 대전을 완전히 손에 넣어야 합니다."

"맡겨 주십시오."

"세자와 정한군을 처단한 후 곧바로 궐로 들어가 성상에게 선위를 받아낼 겁니다. 선위 교지가 떨어지는 즉시 좌상과 그 측근들을 모두 추포해 옥에 가두고, 그다음 날로 즉위식을 거행하면 모든 게 끝나는 겁니다."

"좌상과 그 측근이 쉽게 추포가 되겠습니까?"

도원군이 마지막까지 가슴을 졸이며 묻자 노용식은 능글맞게 웃으며 대답했다.

"훈련된 무사들을 이미 붙여 놓았습니다. 명이 떨어지면 곧바로 잡아들일 겁니다."

상쾌한 가을의 오후, 은명은 정경부인이 외출한 틈을 타 좌상의 사저를 찾았다. 왕과의 독대 후 그는 병가를 내고 집에서 며칠째 두문불출이었다. 서율에게 확인한바, 사랑채에 틀어박혀 꼼짝하지 않는다고 들었다. 그리하여 어느 정도 예상하였지만, 이 지경일 줄은 몰랐다.

모든 창과 문에 발을 내려 대낮인데도 사랑채의 내실은 어둑어둑했다. 좌상은 그곳에서 아무것도 하지 않고 굳어버린 바위처럼 앉아 있었다. 감정이라는 것이 아예 고갈되기라도 한 듯 은명을 바라보는 강마른 눈빛은 금방이라도 갈라질 것 같았다.

"저하의 손을 잡아 달라, 설득하러 오셨습니까?"

"아닙니다."

"하면 김씨 문중의 며느리가 되고 싶어 오신 겁니까?"

"대감의 며느리가 되고 싶습니다. 하지만 그것이 지금 제가 이 자리에 있는 이유는 아닙니다."

"그렇다면 무엇 때문에 이 자리에 계시는 겁니까?"

좌상의 냉랭한 어조에도 그를 보는 은명의 눈길은 더없이 따뜻했다. 아마도 머릿속에 또렷이 각인된 서찰의 마지막 구절 때문일 것이다.

당신에게선 향기가 납니다. 당신만의 그윽한 향기가 피어오릅니다. 아십니까, 당신의 향기가 언제나 저를 아프게 하였습니다. 아니, 행복하게 해 주었습니다.

좌상은 어머니를 행복하게 해 주신 분이었다. 겉으로 드러나는 저 차가움과 무뚝뚝함은 가슴속에 응어리가 쌓여 만들어진 방어막일 것이다. 이제 보니 자신을 향한 김서율의 우직한 연정은 전부 제 부친을 닮았음이었다.

답은 않고 살갑게 바라만 보는 은명이 어색했는지 좌상은 한쪽 눈썹을 꿈틀하더니 이전보다 더욱 퉁명스럽게 굴었다.

"대체 무슨 일 때문에 오셨습니까?"

"서찰을 하나 가지고 있습니다."

어머니에게 보여 주었을 그의 다사로운 본모습을 언젠가는 자신도 볼 수 있기를 바라며 은명은 요점을 말했다.

"누구를 위한 것인지 알 수 없어 그동안은 제가 보관하고 있었습니다. 이제 그 주인을 찾았으니 전해 드리고자 온 것입니다."

은명은 어머니의 서찰을 꺼내 얌전히 서안에 내어놓았다.

둔하고 어리석어 한때나마 그리 가신 어머니를 오해하고 원망한 적이 있었다. 하지만 이제는 그리하신 이유를 어렴풋이 알 것도 같다. 어머니께서는 혹시라도 이어질 지독한 악연의 풍파에서 그렇게나마 어린 자식들을 보호하고 싶으셨던 것이다.

아마도 이 서찰이 그러한 역할을 해 주지 않을까. 부디 이 서찰을 끝으로 어머니와 좌상 대감, 그에 얽힌 모든 이들이 평안해지기를 은명은 간절히 바랐다.

"두 해 전, 처음으로 이 서찰을 발견하고 많이 힘들었습니다. 대감께서는 그러지 않으셨으면 좋겠습니다. ……조금만 아파하십시오."

은명은 마지막으로 좌상의 건조한 두 눈을 똑똑히 응시했다. 좌상 역시 그런 은명을 묵묵히 마주 보는데 어느 순간 미간에 짙은 주름이 잡혔다.

이렇게 공주를 보고 있자니 이제는 늙고 목석이 된 그의 앞에 맑고 빛나는 모습을 간직한 그분이 찾아온 듯 괴이한 착각이 일었다. 가슴이 철렁 내려앉아 눈을 살짝 깜박이면 앞에 앉은 사람은 그분이 아닌, 그분이 남기고 간 또 다른 분신이었다.

얌전하게 물러가는 공주를 바라보다 조용히 문이 닫히자 시선은 서안 위의 서찰로 내려갔다. 매화 꽃물을 엷게 먹인 설화지, 이것을 사용하던 사람을 알고 있다. 그의 눈가에 물기가 쓸쓸히 괴어 올랐다. 더는 버거웠다. 진실을 마주하는 것이 그는 이제 무섭기까지 하였다.

그런 것이 아니다, 나는 아무것도 몰랐다. 이 말 한마디가 그리도 어려웠을까? 그 사람의 변명이라면 그는 어떠한 말이라도 곧이곧대로 믿어 주었을 것이다. 어이하여 그토록 잔인한 분풀이를 고스란히 받고만 있었던 것인지.

그래도 읽어는 보아야겠지요. 제가 당신께 또 무슨 짓을 했는지 똑똑히 마주하겠습니다.

두려움이 전신으로 퍼져 오슬오슬 몸이 심하게 떨렸지만, 좌상은 손을 뻗어 천천히 서찰을 펼쳐 보았다. 눈시울이, 가슴이 뜨겁게 격동하고 있었다.

"좌상이 정경부인과 현법사로 향했다?"

석칠이 가져온 소식에 장부를 들여다보던 노용식은 반색하였다.

"예. 오래 있을 예정인지 수행하는 무사와 짐이 상당하였습니다."

"내친김에 거기서 제 아들 장례까지 치르면 되겠구먼."

노용식은 비릿한 웃음을 날리며 흡족해 했다.

"모레, 세자와 정한군의 목숨이 끊어지는 즉시 김서율의 목을 쳐야 할 것이다. 다른 이에게 맡기지 말고 네가 직접 처리하도록 하여라."

"예, 어르신. 보영당은 어찌할까요?"

"세자가 죽으면 거기도 끈 떨어진 신세이니 그때 가서 처리하면 되겠건만……. 그래도 안빈께서 저토록 원하시니 실력 좋은 자들을 넉넉히 뽑아 배치해 두어라."

준비는 수월히 진행되고 있었다. 이번 거사만 성사되면 노용식은 과거 자신을 비참하게 했던 모든 것을 눈앞에서 치우고 새로이 시작할 터이다.

이제 이틀 남았는가. 지금껏 숨죽이고 살아온 지질한 인생, 고작 두 밤만 지나면 삽시에 권력을 움켜쥐고 이 세상 꼭대기에 서게 될 것이다. 사지에서 돌아와 이리저리 치이며 서러웠던 그가 드디어 임금의 머리 위에 앉아 천하를 호령하게 생겼으니…… 이 숨이 다하는 날까지 그 권력을 단단히 틀어쥐고 마음껏 휘두르다 갈 것이다.

행복한 상상으로 노용식의 얼굴에 뿌듯한 설렘이 한가득 떠올랐다.

막 해가 오른 세상은 신선한 공기와 환한 빛이 가득했다. 한들한들 나뭇잎이 바람에 실려 너풀거리는 풍경이 정겹기도 하였다. 이른 아침, 은명은 보영당의 후원에 나와 맑고 서늘한 아침 공기를 쐬고 있었다. 몸도 마음도 정화되는 느낌인데 기척도 없이 반가운 손님이 찾아왔다.

"기분이 좋으십니까?"

김서율이다. 푸른색 관복 대신 쪽빛과 희푸른 색이 어우러진 평복을 입고 사헌부의 표식이 달린 갓을 쓰고 있었다. 날렵하게 차려입은 외관이 훤칠하고도 수려해 은명은 수줍게 웃으며 그를 반겼다.

"아침 일찍부터 어인 일이십니까?"

"보고 싶었습니다."

그가 진지한 얼굴로 저런 말을 할 때면 은명은 날아갈 듯 기분이 좋으면서도 조금은 부끄러웠다.

"능행이 있는 날 세자 저하를 보필해야 하실 분이 정인에게 정신이 팔려 이리 쫓아오시다니요."

"아침에 눈을 뜨니 찬바람이 불지 뭐겠습니까."

짐짓 놀리는 듯한 은명의 어조에 그가 잔잔한 미소를 지으며 말했다.

"예?"

"모르십니까, 저는 바람만 불어도 당신이 걱정됩니다. 당신이 아픈 것도 싫고, 당신이 슬픈 것도 싫습니다."

뜬금없는 소리에 은명이 피식 웃는데 그가 가까이 다가와 양손을 따뜻하게 맞잡았다.

"아버님을 뵈셨다고요?"

"아아, 그래서 오셨군요?"

"오늘 아침에야 박 서방에게 전해 듣고 많이 놀랐습니다. 어찌하여 제게 언질조차 주지 않으셨습니까? 무슨 일이 있었던 겁니까?"

"별일 아닙니다. 대감께 전해 드릴 것이 있어 잠시 찾아뵀을 뿐입니다."

"전해 드릴 것이라니요? 그게 무엇이었습니까?"

"일전에 그런 말씀을 하셨지요? 대감께서도 저를 좋아하지 않고는 못 배기실 거라고요. 정말 그리될지도 모르겠습니다."

은명은 자신만만하게 말했다. 사저로 찾아갔던 그날, 다감한 저의 시선에 당황하며 눈동자가 흔들리던 좌상의 모습이 아직도 선연했다. 서율의 그런 눈빛을 이미 경험한 적 있기에 그 흔들림이 주는 이면의 의미를, 그러니까 자신을 향한 대감의 심경에 긍정적인 변화가 일어나고 있음을 은명은 확신했다.

정경부인 쪽도 다르지 않았다. 그분에게 잘 보이고 싶어 외명부 여인들과의 다과모임에 부지런히 참석했다. 비록 대화 한마디 없이 서로 고개 숙여 맞절한 것이 전부였지만 내내 꼼꼼히 자신을 뜯어보는 그분의 눈길을 느낄 수 있었다.

그 시선을 받으며 은명은 최대한 싹싹하게 행동했다. 그럴수록 정경부인 역시 흐뭇해 했으니, 스스로가 여우같다고 생각하면서도 끝까지 최선을 다했다. 은명은 이제 본격적으로 좌상과 정경부인께 다가가기로 했다.

무슨 일이 어떻게 돌아가고 있는지 아무것도 알 리 없는 서율은 그저 어리둥절하였다.

"그게 무슨 말씀입니까?"

"앞으로는 아무 걱정 마십시오. 이제는 웃을 일만 남았습니다. 나리와 저, 그리고 우리 모두는 다 같이 행복해질 겁니다."

여전히 잘 모르겠다는 얼굴을 하면서도 서율은 환히 웃었다. 이렇게 당신의 평안한 모습을 보았으니 그것으로 되었다는 듯 은명을 보드랍게 감싸안았다. 은명도 그를 마주 안으며 따뜻한 가슴에 머리를 기댔다.

"바람이 차갑습니다. 무리하지 마시고 조심히 다녀오십시오. 저희 두 오라버니도 잘 부탁드립니다."

"예, 다녀오겠습니다. 금방 다녀올 겁니다."

다녀오겠다, 속삭이면서도 그는 품에 안은 은명을 한참이나 놓아주지 못했다. 아늑하고 따스한 정인의 온기가 포근한 순간이었다.

보슬비가 내리던 어느 날

온순하고 인자한 낯빛의 안빈이 대전에 들었다. 내관과 궁녀들을 모두 물리고 깊은 잠에 빠진 임금의 머리맡에 좌정했다. 안 첨정이 탕약에 손을 썼으니 왕은 내일 아침쯤에야 눈을 뜰 것이다. 모든 것이 다 끝난 후에야 말이다. 짜릿함과 애처로움이 교차해 안빈은 기이한 눈빛을 발하며 왕을 내려다보았다.
 "오늘 오전, 대비마마의 능으로 향하는 세자를 배웅하였사옵니다. 불쌍한 세자, 오늘이 제 제삿날인 줄도 모르고 전하의 병구완을 하는 신첩에게 어찌나 감사하다는 말을 하던지……."
 안빈은 실소를 머금었다. 오늘은 그동안 공들여 훈련시킨 사병을 총동원해 세자와 정한군, 그리고 그들의 측근까지 모조리 처단하는 날이었다. 부친이 세자와 정한군을 죽이고 도원군을 허수아비로 내세우는 사이 안빈은 화경궁을 처리하기로 했다.

화경궁을 쑥대밭으로 만들고, 공주를 쥐 잡듯 몰아쳐 자비 없이 처단할 계획이다. 효경왕후를 떠올리게 하는 화경궁에 불을 지르라고도 하명했다. 고도로 훈련된 자들은 이미 화경궁을 둘러싸고 해가 지기만을 기다리고 있었다.

어느덧 신시, 세자의 명줄이 끊어질 시각이 되었다. 도원군이 보위에 오르면 모든 권력은 부친에게로 집중될 터. 그녀는 화경궁 반대편에 작은 궁을 지어 상왕이 된 성상과 그곳에서 조용히 여생을 마감할 것이다. 안빈이 원하는 건 단 하나, 혈혈단신이 된 그의 곁에 최후의 한 사람이 되어 마지막 안식처가 되어 주는 것이니까.

"전하, 다디단 수면을 취하시고 개운하게 깨어나시옵소서. 하루가 지나고 아침이 오면 신첩이 직접 그 끔찍한 소식을 고해 올리겠나이다. 가슴이 갈가리 찢어지실 것이나 심려치 마오소서. 신첩이 곁에서 위로가 되어 드릴 겁니다."

왕을 들여다보는 안빈의 입가에 애잔하면서도 냉담한 미소가 떠올랐다.

차가운 보슬비가 부슬부슬 내리며 가을로 뒤덮인 전역을 적셨다. 능에서 제례를 마친 행렬은 장대비가 내리치지 않는 데 안도하며 서둘러 남양의 행궁으로 향했다.

세자의 연과 정한군의 교자 뒤를 소수의 관원과 궁인이 따랐고, 금군이 행렬의 최전방과 후방을 지켰다. 말을 탄 서율과 익위사의 관원들은 연과 교자의 양옆으로 넓게 포진해 행렬을 전

체적으로 호위했다.

제법 요건을 갖췄으나 일반적인 능행에 비하면 소박한 규모였다. 조금만 더 지나면 해가 떨어질 시각, 비가 조금씩 거세지는 느낌에 동궁전의 내관이 우중충한 하늘을 올려다보았다. 그 잠깐의 찰나 바람을 가르는 날카로운 소리가 울리며 화살 하나가 쏜살같이 날아들었다.

"헉!"

"아아악!"

그것은 불행히도 한 사내를 맞혔고, 현장은 순식간에 아수라장이 되었다.

"저하!"

세자가 가슴 부위를 움켜쥐고 쓰러졌다. 모두가 우왕좌왕, 세자에게 집중하는 사이 또 다른 화살이 날아와 정한군의 등을 꿰뚫었다. 뒤이어 저 멀리서 소름 끼치는 외침이 울려 퍼졌다.

"세자가 화살에 맞았다! 모두를 죽여야 한다!"

"와아아아!"

엄청난 함성과 함께 수풀이 우거진 언덕 너머에서 검을 든 사병이 벌떼같이 몰려들었다. 그들을 지휘하는 석칠은 언덕의 정점에 서서 세자와 정한군을 공격한 화살로 김서율의 목을 정조준하였다.

보는 이마다 찬탄할 만큼 백발백중의 실력이었다. 석칠은 목표물을 노리며 활을 힘껏 당기는데, 단단한 돌덩이 같았던 그가 움찔하였다. 혹여 잘못 본 건가 싶어 눈을 가늘게 뜨고 다시 정면을 주시했다.

　모든 것이 엉망진창으로 뒤집어진 지금, 김서율은 평온하고도 매서운 눈빛으로 그를 정확히 쏘아보고 있었다. 마치 그가 이 자리에 나타날 걸 처음부터 알고 있었던 양. 석칠은 모골이 송연해지는데 세자를 따르던 금군들 사이에서 싸움이 일었다.

　금군 사이에 싸움이 붙었다? 계획대로라면 행렬을 따르던 금군은 자신들을 도와 세자의 익위사를 공격해야 한다. 한데 싸움이 붙었다는 건……?

　불안한 마음에 시선을 돌려본 석칠은 대번에 얼굴이 푸르게 질렸다. 피를 흘리며 쓰러져 있어야 할 세자와 정한군이 몸을 일으켜 제 손으로 화살을 뽑아내고 있었다. 속에 갑옷을 입고 있었던 듯 그들은 괴로워하는 몸짓 한 번 없이 연과 교자에서 뛰쳐나가 눈 깜짝할 새 익위사 관원들에게 둘러싸였다. 그리고 보니 곳곳에선 병조의 관군들도 한꺼번에 쏟아져 나오고 있었다. 그렇다면…….

　좌상이 움직였다!

　뒤늦게 사태를 파악한 석칠이 아연해지는데 허공을 가르며 벼락같이 날아드는 물체가 있었다.

　"으윽!"

　미처 방향을 알아차리기도 전에 팔뚝에 격렬한 통증이 일었다. 어느새 관군의 궁수가 그를 정확히 겨냥 중이었다. 빠르게 몸을 낮춘 그는 상처 부위를 천으로 동여맨 뒤 활을 버리고 검을 들었다. 지금과 같은 때엔 차라리 적군과 뒤섞인 곳으로 뛰어드는 게 나았다.

 석칠은 궁수들의 시선을 교묘히 피해 관군과 사병이 뒤엉켜 피가 흩뿌려지기 시작한 수풀 길을 달렸다. 저 앞으로 검을 휘두르며 혈전을 벌이는 목표물이 있었다. 석칠은 검을 앞세워 달려들었고, 김서율은 기다렸다는 듯 그와 시선을 마주쳤다.

 냉혹한 미소를 지었던 안빈은 귀신이라도 본 듯 삽시에 안색이 급변했다. 깊이 잠들어 있어야 할 왕께서 또렷이 눈을 뜨고 자신을 쏘아보고 있는 게 믿어지지 않았다. 너무 놀라 손가락 하나 까닥하지 못하는데 싸늘한 옥음이 안빈의 목을 옥죄었다.
 "사실이었군. 우참찬은 그렇다 해도 그대는 아닐 거라 믿었는데."
 "저, 전하……."
 "끌고 가라."
 "예!"
 임금의 조용한 명령에 방 안 어디선가 겸사복 둘이 기척도 없이 나타나 대답했다. 그림자처럼 고요히 등장한 그들의 존재에 안빈은 경악했다. 악 소리도 내지 못하고 대전에서 짐짝처럼 끌려 나갔다. 버선발 차림으로 양팔을 붙들려 내쳐지는데 대전은 이미 병조의 관군들에게 몇 겹으로 둘러싸여 엄호받고 있었다.
 계획대로라면 지금은 금군이 궐 안을 완전히 장악하고 있어야 했다. 안빈은 넋이 나가 얼굴이 흙빛으로 물드는 와중에 저 멀리, 금군장과 그의 측근이 굴비처럼 줄줄이 포박되어 잡혀가는 모습을 목도했다. 그제야 정신이 들어 주변을 둘러보니 안빈전의 궁녀들은 코빼기조차 보이지 않았다.

……알고 있었어. 처음부터 다 알고 있었던 거야!

처소로 끌려가는 안빈의 입에서 헛웃음이 비어져 나왔다. 백단향의 내음이 은은하던 안빈전은 관군이 겹겹으로 에워싼 살벌한 곳으로 변해 있었다.

끝이구나, 하는 생각이 머릿속을 스치는 순간 안빈은 적막하고도 어둑어둑한 내실에 버려지듯 던져졌다. 볼품없이 쓰러져 홀로 남겨진 그곳에서, 안빈은 우들우들 떨면서도 실성한 여인처럼 기괴한 웃음을 터트렸다. 눈물까지 머금고 한참을 킥킥거리더니 일시에 웃음을 지우고 부들거렸다.

"예, 전하, 열심히 세자를 지키시옵소서. 신첩은 화경궁에라도 한풀이를 해야겠사옵니다. 어차피 죽을 목숨, 저승길에 공주라도 동행할 것입니다!"

내쳐진 대로 방바닥에 엎어져 있던 안빈은 표독스러운 눈빛으로 무장하고 상체를 일으켰다. 동시에 머리에서 무언가가 툭 떨어져 내렸다. 영롱한 금강석이 화려하게 박혀 있는 아름다운 금비녀. 중전이 전하께 버림받았다 확신했던 그날, 안빈은 그 비녀를 꺼내 머리에 꽂고 당당하게 햇살 아래로 나아갔었다.

지난 6월, 현법사.

"자가께서 밤낮으로 애쓰고 계시다는 말은 들었사옵니다. 저하께서도 매우 감사해 하십니다."

"해야 할 일을 하고 있는 것이지요. 그럼."

안빈이 살짝 고개를 숙이자 서율도 얼른 예를 갖추었다. 후사 하나 없이 낭군인 성상만을 바라보고 계시니 그 속내가 오죽이나 불안하실까. 안쓰러운 마음에 서율은 그 자리에 머물며 멀어지는 안빈의 뒷모습을 물끄러미 지켜보았다. 그런데…….

저건!

마른하늘에서 날벼락이 떨어진 듯 서율은 순간적으로 세상의 움직임이 정지된 것과 같은 충격을 받았다. 안빈의 쪽 찐 머리를 아름다운 모양으로 잡아 주고 있는 것은 노란빛의 금강석이 화려하게 반짝이는 금비녀. 아무리 살펴봐도 두 해 전 상아 연적과 황모필을 엿값으로 만드는 물건이라며 제륜이 보여 줬던 바로 그것이었다.

내내 종적을 감췄다 불시에 나타난 비녀의 등장에 서율은 머리가 어지러울 정도로 빠르게 핑핑 돌아갔다. 안빈의 부친은 우참찬 노용식이었다. 튀지 않는 성정으로 묻힌 듯 살았으나 전前 병마절도사의 북평사로 수완을 발휘해 우참찬까지 오른 인물이었다. 그럼에도 그에 대한 부친의 평가는 매우 야박했다.

'대단한 수완가인 것은 분명하지만, 그 속이 음흉하고 알 길이 없어 가까이하기에는 지나치게 위험한 인물이다.'

음흉하고 위험하다는 그 말이 가슴에 꽂히며 내내 고민에 휩

싸이게 했던 '伐'라는 글자가 머릿속을 맴돌았다. 이어서 막혔던 둑이 단번에 터지듯 무언가 번뜩하고 머릿속을 관통했다.

양병수는 글을 깨우치긴 했지만, 경서에 관한 지식이 깊지 않은 장사치였다. 대단한 뜻을 두고 표기한 글자가 아닐 수도 있다는 생각이 들었다. ……우참찬의 사저가 있는 곳은 벌리伐里. 양병수는 그 글자 중 단순하게 '伐'라는 부수만을 따와 노용식을 지칭하는 문자로 사용했을 수도 있다.

아무런 논리도, 의미도 없이 단순히 가져다 쓴 글자를 그동안 이치에 맞게 풀어 보려 머리를 굴리고 있었으니……. 이제껏 실마리를 찾을 수 없었던 진짜 이유에 실소하면서도 서율은 심장이 거칠게 고동쳤다. 꽉 막혀 있던 부분이 단숨에 뚫린 형국이었다.

지난 7월, 자선당.

"익위사의 관원 중 믿을 만한 자를 다섯만 내어주십시오. 셋은 위쪽으로 보내고 나머지 둘은 제가 직접 데리고 아래 지방을 뒤져 보겠사옵니다. 그사이 이상한 조짐이 보이면 바로 연락을 주십시오. 아무 일이 없다 해도 두 달 이상 좌상께서 저를 지방으로 돌린다면 저하께서 공문을 내려 주셔야 하옵니다."

사건의 실마리를 잡고 기뻐했던 것도 잠시, 세자와 서율은 또 다른 역경에 부딪혔다. 우참찬은 생각보다 훨씬 치밀하고 주도면밀하여 아무리 눈에 불을 켜고 감시해도 쉽게 허점을 드러내지 않았다. 답답한 마음에 서율이 나서서 도성 근처의 산을 뒤지고 며칠씩 밤을 새우며 잠복을 해 봐도 소용없었다.

설상가상 서율은 부친의 명에 따라 갑작스럽게 지방으로 내려가야 할 판이다. 그렇다고 두 손 놓고 마냥 지켜볼 수만도 없어 지방으로 향하는 길에 양병수와 접점이 닿았던 곳을 추려 샅샅이 뒤져 볼 요량이었다. 필시 그중 어딘가에 사병의 근거지가 마련되어 있을 것이다.

"저하, 듣고 계시옵니까? ……저하!"

서율의 재촉에 세자는 별다른 반응이 없었다. 며칠 전부터 계속 저런 상태셨는데, 대화를 하다가도 혼자만의 상념에 빠져들곤 하셨다. 노용식의 거미줄 같은 인맥과 군자금으로 숨겨 놓았을 추정자산, 그리고 그간의 행적을 꼼꼼히 확인한 이후부터였을 것이다. 특히 오늘은 침묵을 더 길게 고수하시더니 뜻밖의 말씀을 하셨다.

"오늘 귀가하면 좌상께 현재의 상황을 전부 말씀드리게."

"저하, 재고하여 주십시오. 황공하오나 아직은 발설할 단계가 아니옵니다."

서율은 강력히 반대했다. 부친이 세력을 움직여 노용식을 조사한다면 보다 빠르게 그들을 쳐낼 만한 증거를 잡아낼 수 있을지도 모른다. 하지만 그렇다 해도 그것을 곧이곧대로 세자에게 가져다줄지 혹은 다른 용도로 사용할지 그 의중은 장담키 어려웠다.

그러한 현실을 세자가 모를 리 없었다.

"모르겠는가, 나는 자네 부친에게 선택권을 주려는 것이네."

"저하, 그 무슨 당치 않은 말씀이시옵니까!"

"자네도 알지 않은가. 어차피 지금으로써는 승산이 없어. 저들은 오랜 세월을 거치며 이미 비대해졌고, 병조뿐 아니라 금군조차도 믿을 수가 없네. 여기서 섣불리 움직였다간 도리어 역습을 당하겠지. 내가 가진 거라곤 익위사의 관원 수십이 전부란 말일세."

말을 하는 순간까지도 세자는 참담했다. 적을 빤히 알면서도 대처할 수 없는 처지가 비참해 며칠간 잠도 이루지 못했다. 그 동안 어느 정도로 미약한 기반 위에서 아슬아슬하게 왕세자의 자리를 유지하고 있었는지 실감할 수 있었다.

코앞에 닥친 위기를 타개할 방법이 뭐가 있을까? 서고에 처박혀 무수히 고심을 해 봐도 그 끝에는 언제나 단 하나의 결론밖에 남아 있지 않았다. ……가만히 앉아서 당하느니 조금이나마 존재하는 가능성에 희망을 걸어 본다.

"좌상이라면 무슨 수를 쓰든 그들의 약점을 손에 쥘 것이네."

여기서 최상의 패는 좌상이 그 약점을 쥐고 세자에게 오는 것이었다. 그러나 싸움이 끝날 때까지 기다렸다가 쥐고 있는 약점을 그의 구미에 맞게 이용한다면 최악의 상황이 벌어질 수도 있다.

설사 그렇게 전개된다고 해도 억울할 게 무엇인가. 마지막엔 비열한 노용식이 아닌, 합리적인 좌상이 최후의 승자가 되는 것이니 그나마 다행이라고 여기면 그만이었다.

"그렇다고 내가 자포자기하는 건 아니네. 이 자리를 지키기 위해 죽을힘을 다해 노력할 것이니 다른 걱정은 말게."

세자는 입가에 씁쓰름한 미소를 머금었다.

이틀 전, 보영당의 사랑채.

"싫습니다. 저도 이번 능행에 동참하겠습니다!"

"시끄럽다. 목소리를 낮추어라."

무턱대고 질러대는 정한군의 생떼를 세자가 엄격히 꾸짖었다.

각고의 노력 끝에 저들의 거사일을 알아냈다. 세자는 서율과 부수찬, 그리고 좌익위와 우익위를 소집해 대책 마련에 들어갔다. 여러 가지 의견을 나누던 중 세자는 능행에서 다른 이를 정한군으로 위장하라 명했는데 바로 그때 어이없는 일이 벌어졌다. 말이 떨어지자마자 당사자가 병풍 뒤에서 불쑥 튀어나와 길길이 날뛰기 시작한 것이다.

정한군은 분하고 억울해 참을 수가 없었다. 사실 오늘, 저하께서 보영당에 친우들과 함께 술자리를 마련했다는 소식에 굉장히 서운했다. 왜 나에게는 함께하자, 말씀 한마디 없으셨을까. 배신감과 장난기가 동시에 솟았다.

그는 일찌감치 주인도 없는 보영당을 찾아 아무도 모르게 사랑채의 병풍 뒤에 몸을 숨겼다. 동궁전의 내관과 궁녀, 익위사의 관원이 나타나 경계태세를 갖추기 전에 감쪽같이 벌인 일이었다. 분위기가 한창 무르익는 순간 시끌벅적 뛰쳐나가 마구 심술을 부려야지, 이를 갈며 거의 반나절을 병풍 뒤에 숨어 있었다.

이윽고 세자를 주축으로 아는 이들이 줄줄이 나타났다. 그런데 분위기는 예상과 달리 심각했고, 은밀히 오가는 대화는 그 내용이 어마어마하였다.

역모라니. 역모가 진행되고 있었다니!

너무 놀라 이러지도 저러지도 못하던 정한군은 다른 이를 자신으로 위장하겠다는 대목에서 왈칵 성을 내며 뛰쳐나왔다.

"어찌하여 지금까지 함구하신 겁니까? 저를 배제하면 달라집니까? 그런다고 간악한 무리가 저를 살려 두겠습니까? 저 또한 그들의 구미에 맞는 왕자는 아닐 터, 이대로 살려 둘 리 만무하지요."

"목소리를 낮추라 하였다. 너는 좌상께서 보호해 주실 것이다."

"저하! ……차라리 일정을 취소하십시오. 알면서도 왜 굳이 가려고 하십니까!"

"숨는다고 해결될 일이 아니다. 저들은 범궐이 가능할 정도로 힘을 키워 놓았다. 금군조차 아군과 적군을 구분할 수 없는 상황이야. 만에 하나 그런 사태가 벌어지면 나 하나로 끝나지는 않을 것이다."

세자는 이번 행차에서 기필코 충돌을 일으켜 저들의 정체가 드러나도록 할 작정이었다. 그렇게만 되면 최악의 경우, 자신의 목숨을 지킬 순 없어도 좌상이 그들의 약점을 쥐고 정한군을 보위에 올릴 수는 있을 것이다. 정한군이라면 전하도, 누이도, 빈궁과 아이들까지도 보호해 줄 것이니 세자는 어떻게든 그를 살릴 생각이었다.

"노용식이 권력을 잡으면 너뿐 아니라 우리는 아무도 살아남을 수 없다. 전하와 혜빈, 옹주는 물론이요, 은명이와 빈궁, 원손과 아이들까지 목숨을 부지하지 못할 것이다. 그러니 너는 살아라. 내가 죽으면 다음 보위는 무슨 수를 쓰든 네가 이어야 한다!"

들으면 들을수록 왕실의 기반이 너무도 약했다. 그 비참한 현실에 정한군은 눈이 불그스름 달아올라 서율에게 울분을 터트렸다.

"자네 부친은 뭐 하는 사람이야? 신하면 신하답게 굴 것이지, 어디서 뒷짐 지고 앉아 구경만 하고 있어! 병조가 제 사병이라도 되는 줄 아는가? 그럴 거면 좌상 짓은 때려치우고 스스로 보위에 오르라고 해!"

"정한군, 그 무슨 무엄한 말이더냐!"

"제 말이 틀렸습니까? 노용식과 김대원이 다를 게 무에 있겠습니까? 왕실을 농락하는 건 그놈이나 이놈이나 똑같지요!"

세자의 저지에도 정한군은 펄펄 뛰었고, 서율은 유구무언이었다.

"무슨 말씀을 하셔도 저는 능행에 참여하겠습니다. 병권을 틀어쥐고 전하와 저하를 농락하는 놈은 저도 필요치 않습니다. 살아서 그런 놈의 꼭두각시가 되느니 소신껏 살다가 죽겠다는 말입니다!"

"어허, 뉘 앞에서 그런 망발을 하느냐!"

세자와 정한군이 팽팽하게 대립하는데 문이 벌컥 열렸다.
"저하!"
내관이 급하게 안으로 뛰어들었다.
"무엇이냐? 은명이가 벌써 돌아왔느냐?"
"그런 것이 아니오라……."
동궁전의 내관은 곤란한 표정으로 말끝을 흐리며 열려 있는 문 사이를 흘끔 돌아보았다. 모두의 시선이 그쪽으로 쏠리는데 무복을 차려입은 건장한 중년의 사내가 두 명의 무사를 대동하고 방으로 들어섰다. 그자의 얼굴을 확인하는 순간 방 안의 모든 이는 놀라움을 금치 못해 동공이 팽창되었다.
"병판!"

병판과 그의 수하들까지 가세하자 널찍하여 텅 비어 보이던 보영당의 사랑채가 제법 채워진 느낌이었다. 뜻밖의 상황에 잠시 정적이 흐르는 가운데 날이 서 있던 정한군이 아니꼬운 마음을 확실하게 내비쳤다.
"이제 보니 참으로 파렴치한 분입니다."
"정한군."
"예, 저하. 한마디만 더 하고 그만두겠습니다. ……대감, 나라의 녹을 먹는 관리로서 부끄럽지 않으십니까? 대감께서는 특정 세력, 특정 인물이 아닌 이 나라와 군왕을 위해 존재하는 신하입니다. 자신의 본분을 망각하지 마시길 바랍니다!"
정한군의 여과 없는 비판에 병판은 세자에게 정중히 사죄부터 올렸다.

"진즉에 찾아뵈었어야 했는데 이리 지연되어 송구하옵니다. 이쪽의 움직임을 저들이 눈치챌까 저어되었고, 병조와 금군에 섞여 있는 저들의 무리를 선별하다 보니 시간이 지체되었습니다."

"미행이 따라붙어 변복하신 겁니까?"

"그러하옵니다."

세자는 담담히 고개를 끄덕였다. 병판이 나타났을 때 조금 놀라기는 했어도 안도하거나 흥분하지 않았다. 세자는 홀로 술잔을 홀짝이곤 오직 이성만을 앞세워 입을 열었다.

"좌상과는 미리 이야기가 오갔겠지요?"

"좌의정의 사저에서 오는 길이옵니다."

"일전에 좌상께 분명히 말씀을 드렸습니다. 이 사람에게 오신다면 그 마음도 같이 주셔야 한다고요. 하여 제가 돌려드릴 수 있는 건 이 마음밖에는 없습니다. 어떠한 정치적 거래나 대가도 응하지 않을 겁니다."

"저하, 저는 거래를 하거나 대가를 받기 위해 이 자리에 있는 것이 아니옵니다. 제가 아는 한 좌상 대감 역시 마음 없이 움직이는 분은 절대 아니옵니다."

세자는 그제야 안도했다. 이 얼마나 기다려온 소식인가. 마지막 순간 뜻하지 않게 찾아온 기다림의 보람은 세자로 하여금 온몸이 타오를 듯한 희열을 느끼게 했다. 그러나 어떠한 경우에도 체통 없이 굴 수는 없는 법. 세자는 감정을 드러내지 않고 하명했다.

"그렇다면 지금까지의 진척상황에 대해 보고해 보십시오."

"거사일이 앞당겨졌습니다."

"무슨 뜻이오? 선대왕마마의 능행 날이 아니란 말입니까?"

"심어 놓은 세작에 따르면 이틀 뒤 대비마마의 능행 날로 거사일을 변경했다 하옵니다."

세자와 서율, 그리고 그 측근의 얼굴에 당황한 기색이 역력했다.

"좌상을 뵈어야겠습니다. 지금 사저에 계십니까?"

"조금 전, 현법사로 향하셨을 겁니다."

"이 마당에 절에 가셨단 말입니까?"

정한군은 대번에 발끈했지만, 병판은 여유로움을 잃지 않았다.

"하여 저들은 더욱 안심하고 있겠지요. 심려치 마시옵소서, 저하. 대책은 모두 마련되어 있사옵니다."

"모반의 싹을 한꺼번에 뿌리째 뽑을 수 있어야 합니다."

세자는 마지막까지 긴장을 늦추지 않았다.

"예. 하여 역공을 하고자 하옵니다."

───

노용식이 키운 사병의 규모는 실로 거대했다. 보통이 아니라는 건 이미 짐작하고 있었지만 실제로는 그 예상치를 훌쩍 벗어나 상대하기 버거울 정도였다. 막판에 좌상이 대거 군사 이

동을 단행하지 않았다면 무구한 희생자가 속출할 뻔하였다.

"저하!"

어둑어둑 저물어가는 노을빛 아래 역적들은 거의 전멸되고 있었다. 따로 소탕 작전을 펼쳤던 병판은 뒤늦게 합류해 세자에게 달려왔다.

"산채는 어찌되었습니까?"

"전부 소탕하였습니다. 도원군과 우참찬을 비롯해 이번 일에 가담한 자들도 모두 추포되었다 하옵니다."

이렇게 한고비를 무사히 넘기는가. 목에 걸린 마지막 돌덩이를 뱉어내듯 세자가 크게 날숨을 내쉬었다.

"수고하셨습니다, 병판."

고도로 훈련된 사병이라 하나 겹겹이 에워싼 관군의 포위망을 뚫고 도망치는 건 불가능하였다. 더구나 동료의 삼분지 이 정도가 쓰러지자 나머지 사병도 의욕을 잃고 항복을 해 오고 있었다.

서율이 움직임을 멈추고 쓰러져 있는 석칠에게 다가간 것도 그즈음이었다. 실력이 굉장해 그가 팔뚝에 화살을 맞지 않았다면 쉽게 쓰러트리지 못하였을 것이다. 부러 목숨을 끊지 않았기에 석칠은 현재 혼절하였을 뿐 호흡만은 안정되게 이어 가고 있었다.

"그자가 석칠이란 자더냐?"

어느새 가까이 다가온 세자가 얼굴에 난 석칠의 흉터를 자세히 확인했다.

"예, 모든 사건에 이자가 관련되어 있을 것이옵니다."
"수고했다, 지평."

세자가 노고를 치하하자 관군은 의식 없는 석칠을 포박했다. 물건을 나르듯 관군 여럿이 그의 사지를 번쩍 들어 옮기는데, 세자를 따르던 서율이 불현듯 그들을 불러세웠다.

"잠깐."

관군은 이동을 멈췄고 세자와 정한군, 병판은 무슨 일이냐는 듯 그를 보았다. 긴가민가하던 서율의 낯빛이 석칠에게 가까워지며 확신으로 굳어졌다. 그의 시선은 석칠의 가슴팍에 살짝 삐져나온 새하얀 물체로 향해 있었다.

서찰인가?

단숨에 다가가 그의 옷자락을 들춰 보니 역시나 서찰 하나가 들어 있었다. 증좌는 이미 차고 넘쳤으나 마지막까지 경계를 늦추지 않고 서율은 내용을 꼼꼼히 확인했다.

안빈이 보낸 서찰이라.

내용을 쭉 읽어 가던 그는 어느 순간부터 두 손이 덜덜 떨렸다. 눈앞이 아득히 멀어지고 온몸에 오한이 일었다.

"이보게, 자네 괜찮은가?"

심상치 않은 분위기에 정한군이 다가왔을 때 서율은 서찰을 공중에 날리고 말을 향해 힘껏 내달렸다. 뒤에 남은 세자의 부름에도 돌아보지 않았다.

관군의 수를 평소보다 대폭 보강해 놓긴 했지만, 서찰의 내용에 따르면 안빈은 보영당을 주 표적으로 삼고 있었다. 그렇다면 저들은 지키는 숫자를 파악해 그들을 압도할 만한 자객을 준비시켜 놓았을 것이다. 설마 그 정도로 공을 들여 보영당을 습격하리라고는 예상치 못했다.

제발 무사하시길.

제발 늦지 않았길.

제발, 제발……!

가슴이 화염에 타들어 가는 듯 강한 조바심을 느끼며 서율은 전속력을 다해 말을 힘차게 몰았다. 해는 뉘엿뉘엿 저 너머 서산을 넘어가는데 그가 있는 이곳은 도성에서 까마득히 멀기만 하였다.

가을비가 추적추적 내리는 밤이다. 안채에 자리한 은명은 분합문을 한 칸 열어 놓고 등불에 비치는 빗줄기를 감상했다.

"날이 차갑습니다."

곁에서 바느질하던 최 상궁은 비 오는 날의 운치를 즐기기보다 상전의 건강을 먼저 염려했다.

"비가 그치면 더 추워지겠지?"

"그러다 감환 걸리셔요."

"그래도 속은 시원해."

은명은 창을 그대로 열어 두는 대신 보모에게 다가가 무릎을 베고 몸을 편히 뉘었다. 어머니는 아니지만, 어머니와도 같은 사람이라 그 감촉이 따뜻하고 포근했다.

"잠시만 계십시오. 소인이 창을 닫고 오겠습니다."

"그냥 둬. 비 오는 소리가 듣기 좋잖아."

보모는 바느질감을 내려놓고, 제 무릎을 베고 누운 은명의 머리를 가만가만 쓰다듬어 주었다.

"우리 아기씨, 무엇이 그리 답답하십니까?"

"그냥……."

어머니와 전하. 좌상 대감과 외조부님. 생각나는 모든 사람이 은명은 가엾고 불쌍했다. 주룩주룩 쏟아지는 빗소리가 애잔해 더 그렇게 느껴지는 것일 수도 있었다.

은명의 두 눈에 슬픔이 어리자 보모는 자세한 이유를 캐묻는 대신 따뜻한 손길로 등이며 머리를 다정히 쓸어 주었다.

"그럼 조금만 있다가 창을 닫는 겁니다."

"……응."

아늑한 보모의 손길에 절로 긴장이 풀어졌다. 은명은 눈꺼풀이 무거워 스르르 눈을 감는데,

우당탕.

날벼락이 떨어지듯 문짝 부서지는 소리가 요란했다. 화들짝 놀라 몸을 일으킨 은명은 눈앞에 펼쳐진 광경에 기겁하였다. 하나로 뒤엉킨 사내 둘이 방 안을 뒹굴고 있었다. 그중 한 명은 의식을 잃고 너부러졌고, 다른 하나는 검을 들고 몸을 일으켰다.

경악한 은명이 쓰러진 자를 확인하니 보영당을 지키던 호위 무사였다.

그렇다면 저자는……?

행궁에서의 악몽이 되살아나 은명은 사지가 뻣뻣하게 경직되었다. 보모는 그런 은명을 얼른 제 뒤로 감추고 호통을 쳤다.

"네 이놈! 여기가 어디라고 쳐들어온 것이냐!"

아무리 바락바락 소리를 질러도 괴한은 단번에 검을 높이 치켜들고 달려들었다. 순간 어디서 그런 용기가 났는지 보모가 몸을 날려 검을 쥔 그의 팔을 양손으로 힘껏 붙들었다.

"피하십시오, 자가! 어서요!"

"최 상궁!"

"윽!"

죽을힘을 다해 붙들었지만, 최 상궁은 괴한의 주먹에 저 멀리 나가떨어졌다. 인정사정없이 주먹을 휘두른 자객이 다시 고개를 돌렸을 때, 은명은 문갑 위에 있던 화병을 들어 그의 머리를 세차게 가격했다. 괴한이 의식을 잃고 쓰러지자 벌벌 떨리는 몸을 이끌고 화급히 보모에게 달려갔다.

"최 상궁, 괜찮은가?"

"피하셔야 합니다."

최 상궁은 지체 없이 은명의 손을 잡고 밖으로 이끌었다. 누군가 등불을 꺼트려 사방이 어두운 가운데 보영당 여기저기서 검과 검이 부딪히는 급박한 쇳소리가 퍼졌다.

누가 저들을 보냈을까?

단 한 가지 경우를 제외하고 보영당에 괴한이 쳐들어오는 건 있을 수도 없는 일이었다. 은명은 그 최악의 상황을 애써 부정하며 최 상궁이 이끄는 대로 후문을 향해 내달렸다.

하지만 후원이 시작되는 길목에서 검은 인영 여러 개가 기척도 없이 나타나 눈 깜짝할 새 사방을 포위했다. 그들 중 하나는 잠깐의 틈도 없이 은명에게 돌진해 사정없이 검을 휘둘렀다.

"으헉!"

은명은 차라리 눈을 감았는데 귓가에 최 상궁의 신음이 흘렀다. 소스라치게 놀라 눈을 번쩍 떠보니 보모가 은명을 대신해 등에 검을 맞고 맥없이 무너졌다. 어머니처럼 믿고 의지했던 보모가 쓰러지자 은명도 같이 무너져 내렸다.

"최 상궁!"

"얼른, 얼른 도망가셔요······. 우리 공주 자가······ 다치면 아니 되십니다······."

검을 든 괴한에게 사방을 포위당한 지금 어디로, 어떻게 도망을 간단 말인가. 설사 사방이 뚫려 길이 나 있다 한들 저를 키워 주고, 저를 돌봐 주다, 저 대신 검을 맞은 최 상궁을 버려 두고 어찌 홀로 가버릴 수 있단 말인가.

은명은 등에 자상을 입고 몸을 덜덜 떨고 있는 보모를 품 안에 꽉 끌어안았다. 끈적끈적 뜨거운 피가 느껴지자 목구멍이, 눈동자가, 온몸이 화끈화끈 데어 올라 고함을 질렀다.

"의원을 부르라! 의원을 불러 줘!"

그 처절한 애원을 무시하고 최 상궁을 베었던 자가 또다시 검을 치켜들었다. 은명은 고개를 빳빳이 들고 그자를 똑바로 쏘아보는데, 어둠 속에서 울리는 음산한 목소리가 괴한을 저지했다.

"잠깐."

귀신같이 새까만 인영을 가르며 그들의 상전으로 보이는 자가 모습을 드러냈다.

"지금 끝내야 합니다."

"끝낼 것이다. 내 빚을 다 갚아 준 후에 말이다."

"이놈들!"

찰박찰박, 물기를 머금은 풀잎을 밟으며 사내가 은명에게 다가서자 최 상궁이 기를 쓰고 소리를 질렀다. 악착같이 몸을 일으켜 바들바들 떨리는 팔로 은명을 제 가슴에 단단히 감싸안았다.

"여기가 어딘 줄 알고 이런 무도한 짓을 벌이는 것이냐! 천벌을 받을 놈들 같으니, 나를 죽여라! 나를 죽이지 않고는 절대로 이분을 건드릴 수 없을 것이다!"

검붉은 피를 뒤집어쓰고서도 최 상궁은 서슬이 퍼렇게 올라 외치지만 살생을 즐기는 사내에겐 어떠한 위협도 되지 않았다. 사내는 길가에 구르는 돌멩이를 다루듯 잔인한 발길질 한 번으로 최 상궁을 멀찌감치 떼어냈다. 그러곤 은명의 한쪽 팔을 거칠게 잡아채 어딘가로 질질 끌고 갔다.

"살려 줘, 보모를 살려다오! 의원을 불러 줘! 제발 자비를 베풀어다오!"

짐짝이라도 되는 양 땅바닥을 전부 쓸며 끌려가면서도 은명은 보모를 살려 달라 큰 소리로 외쳤다. 거의 초주검이 된 최 상궁도 기를 쓰고 어린 상전을 지키고자 몸부림쳤다.

"안 된다, 이놈들! 차라리 나를 죽여라, 나를 죽이란 말이다! 자가! 공주 자가……."

멀어지는 공주를 향해 손을 뻗치다 서서히 의식을 잃었다. 그녀의 주변은 빗물과 뒤섞인 검붉은 핏물이 점점 더 넓게 번지고 있었다.

끌려가느라 온몸이 아프고 기운이 빠졌다.

괴한은 후원의 어느 후미진 곳에 이르자 은명의 멱살을 틀어쥐고 몸을 일으켰다. 그 잠깐의 사이 은명은 사내에게서 풍겨 오는 비릿한 가죽의 냄새를 맡았다.

동시에 귓가의 솜털이 부스스 일어섰다. 이는 분명 행궁에서 변이 일어났을 때 제 목을 조르던 자에게서 맡았던 그 역겨운 냄새였다. 괴한의 정체를 알아챈 순간 그가 은명을 우악스럽게 내던졌다.

"아악! ……허억."

힘에 떠밀린 은명은 커다란 정원석에 부딪힌 후 그대로 땅바닥에 처박혔다. 숨이 쉬어지지 않았다. 상체가 바위로 떨어지며 어디가 잘못되었는지 옆구리와 가슴에 엄청난 통증이 밀려와 숨 쉬는 게 괴로웠다.

굵은 눈물이 흘러내렸다. 이들이 여기서 마음껏 검을 휘두른다는 건 보영당을 지키던 무사가 모두 전멸했음을 의미했다. 제륜 오라버니는 타지에 계시고, 김서율 역시 오라버니를 호위해 도성 밖을 나선 지 오래였다. 더는 희망이 없었다.

"네년 덕분에 내가 고생을 좀 했지."

괴한은 어기적어기적 걸어오며 이를 바드득 갈았다.

"죽을 뻔하였고, 병신이 될 뻔하였고, 그 와중에 이리저리 떠밀리며 문책을 당하느라 곤욕을 치렀다. 내 그때의 일만 생각하면……."

"……."

"살고 싶으냐? 그럼 빌어 보아라. 왕의 딸이 내 발밑에 무릎을 꿇고 설설 긴다면 내 마음이 조금은 바뀔지도 모르지."

은명은 괴한의 빈정거림에 가슴이 쪼개질 것 같은 통증을 참으며 상체를 일으켰다. 흘러나오는 신음을 가까스로 삼키고 사내를 안차게 노려보았다.

"부끄러운 줄 알아라."

"뭐야?"

"검도 쓰지 못하는 여인을 죽이자고 무리 지어 쳐들어와 죄 없는 이들의 목숨을 함부로 취하다니! 그리고도 부끄러운 줄은 모르고 승자라도 되는 양 우쭐대는 꼴이 아주 가관이구나!"

"허, 이것 봐라?"

"천박한 것들. 이곳은 너희 같은 무뢰배가 짓밟을 수 있는 곳이 아니다!"

눈물이 멈추지 않았다. 말할 때마다 가슴에 무시무시한 통증도 일었다. 하지만 이것이 마지막이라면 더는 비굴하지 않고 당당하게 가고 싶었다.

"자존심도, 자존감도 없는 것들 같으니. 죽여라. 내 죽는 것은 두렵지 않으나 너희 같은 잡배에게 거두어지는 것이 안타까울 따름이다!"

"이, 이, 정신 나간 것 같으니……."

하늘이 무서운 줄 모르고 괴한은 분에 못 이겨 은명의 몸체에 마구 발길질을 해댔다. 잔인한 말 또한 서슴지 않았다.

"우리가 누군 줄 알고! 우리는 다음 왕을 모실 호위대이니라. ……네 오라비도, 네 이복오라비도, 너와 죽고 못 살던 좌상의 아들놈도 이미 모두 귀신이 되었다. 너는 이제 공주도 아니고, 보영당의 주인도 아닌 관비에 불과한 것이다!"

은명은 몸이 식을 대로 식어 축 늘어졌다. 어떠한 생각도 떠오르지 않았고, 어떠한 아픔도 느껴지지 않았다. 설마 하였건만 세상이 정말 뒤집혔단 말인가. 모두가 그렇게 가버렸단 말인가.

……아니야!

김서율이, 오라버니가 그렇게 가버릴 분들이 아니었다. 이 모든 건 이대로 자신을 굴복시키기 위한 저들의 속임수일 뿐. 분노가 치솟은 은명은 자신이 할 수 있는 최후의 발악을 하였다. 발길질을 하던 사내에게 달려들어 그의 다리를 힘껏 깨물었다. 젖 먹던 힘까지 전부 빼내어.

"아악!"

사내의 고통스러운 비명이 어둠을 갈랐다. 그의 주먹이 마구잡이로 날아들었으나 은명은 끝까지 버티며 그에게 고통을 가했다. 잠시 후, 무언가 번쩍하고 눈에서 불이 들어와 은명은 힘없이 흙바닥에 내쳐졌다.

정신이 가물가물 혼미해진 가운데 등으로 땅바닥의 냉기가 스멀스멀 전해져 올랐다. 어렴풋이 정신을 차려 보니 사내는 제 다리를 부여잡고 땅바닥에서 이리저리 뒹구는 중이다. 어디선가 나타난 그의 동료 중 하나가 사내를 대신해 검을 앞세워 은명에게 저벅저벅 다가왔다.

이것으로 되었다. 힘이 빠져 손가락 하나도 까딱할 수 없었다. 얼굴로 빗물이 부슬부슬 떨어져 눈물과 함께 흘러내렸다. 아니라고 믿고 싶지만 세상이 뒤집히지 않고서야 저들이 저렇게 활개를 칠 순 없었다. 모두가 그렇게 가버렸다면 은명도 더는 살고 싶지 않았다. 저들의 손에 목숨을 맡기지도 않을 것이다.

은명은 감각이 사라진 손으로 옷고름에 차고 있던 패도佩刀를 빼 들었다. 마지막으로 떠오르는 사람은 황량한 대궐에 홀로 누워 계신,

아버지…….

그러고 보니 아직 한 번도 아버지라 불러드린 적이 없었다. 보고 싶었다. 한 번만 더 용안을 뵙고 따뜻했던 그 손을 잡아보고 싶었다. 은명은 울음을 삼키며 어릴 적부터 교육받아 온 대로 패도의 날을 목의 급소에 가져다 대었다. 그리고 힘을 가하려는 찰나, 익숙하면서도 중후한 목소리가 긴박하게 울렸다.

"자가!"

어둠 속에서 살벌한 비명과 날카로운 금속성이 퍼지며 누군가 달려와 손에서 패도를 빼앗았다. 그는 은명의 상체를 일으

켜 품 안에 얼싸안았다.

"으윽……."

"어디를 다치신 겁니까? 불을 가져오너라, 불을!"

치열했던 쇠붙이 소리가 수그러들고, 웅성웅성 사람들의 말소리가 사방에서 들렸다. 곧이어 환한 불빛이 시야에 쏟아지며 경악스러운 빛을 띤 좌상이 흐릿하게 눈에 들어왔다. 그는 뭐라고 소리치고 있었으나 정신이 감감해져 아무것도 들리지가 않았다.

모두가 무사하냐고, 최 상궁을 살려 달라고. 은명은 목소리도 나오지 않는 입술만 달싹거리다 그대로 의식을 잃었다.

좌상 댁 안채에 좌상과 정경부인, 그리고 이 댁의 큰며느리가 걱정스러운 낯으로 어의의 손놀림을 지켜보고 있었다.

"어떠하신가?"

"늑골이 골절되었을 뿐 아니라 팔과 다리의 골도 상하셨고, 온몸에 어혈이 퍼져 한동안 고통스러우실 것입니다."

좌상은 말을 잇지 못하고 입을 다물었다. 가슴에서 느껴지는 이 아릿함, 실로 오랜만에 느껴 보는 감정이었다.

병판에게 보고를 받고 현법사로 향하면서 공주의 맑은 눈망울이 아른거렸다. 그분과 너무도 닮아 첫 만남 이후로 떠올리는 것조차 거부해 왔던 얼굴. 그 말간 얼굴이 지워지지 않아 마지막 순간, 오늘 밤이 지날 때까지 보영당에 사람을 붙여 놓으라고 지시했다.

그렇게 모든 방비를 끝내고 현법사에 도착했을 때 알 수 없는 불안이 가슴을 짓눌렀다. 아무리 노력해도 이겨낼 수 없는 그 막연한 감정에 좌상은 끝내 안정을 찾지 못하고 애초의 계획보다 하루 빨리 돌아왔다. 평교자에서 막 내리는데 보영당을 지키던 무사로부터 급한 전갈이 당도했다.

제발 무사하시기를, 털끝 하나도 상하지 않으셨기를 좌상은 간절히 바랐다. 그런데 보영당에 도착하고 보니 사태는 심각했다. 도처에 쓰러져 자상을 입고 신음하는 무사들의 모습에 가슴이 철렁 내려앉았다. 오랜만에 스스로 검을 잡았을 만큼 다급한 순간이었다. 지켜주고 싶었다. 그분의 분신을, 아들의 심장을.

조금만 더 늦었더라면……

달빛에 반짝이던 은장도와 자결하려던 공주의 모습이 떠올라 좌상은 두 눈을 질끈 감았다. 내외가 엄격한 이 나라, 누구보다 예를 중시하는 까다로운 그였지만 이 자리를 뜰 생각은 추호도 없었다. 적어도 아들과 세자가 도착하기 전까지는 자리를 뜨지 않을 작정이었다. 더 나아가 공주께서 건강을 회복하시는 날까지 사저에서 모시며 돌봐 드리는 것도 괜찮다고 생각했다.

까마득한 시간이 흐르고 밖에서 다급한 발소리가 울렸다. 서너 명이 헐레벌떡 뛰어오는 소리였다. 좌상은 마음이 더욱 무거웠다. 생기 있는 모습은 온데간데없이 사라지고 어느 곳 하나 성한 곳 없이 울긋불긋 처참한 몰골이었다. 저리 누워 있는 공주를 보면 아들도 세자도 어떠한 심정일지 가늠조차 되지 않았다.

잠시 후 문이 벌컥 열리고 아들이 먼저 방에 들어섰다. 정신을 잃고 끊어질 듯 여린 숨을 몰아쉬는 공주의 상태에 서율은 주저앉듯 무릎이 꺾였다. 자책과 괴로움이 범벅된, 또다시 무너지는 아들의 모습은 예상했던 것보다 훨씬 보기 괴로웠다.

가을이 막바지에 다다랐다. 서릿바람이 불어오는 느지막한 오전, 죄인 한 무리가 의금부의 옥사에서 끌려 나왔다. 피딱지가 지독하게 내려앉은 얼굴에 산발이 된 머리, 모진 고문의 여파로 그들은 걷는 것조차 힘겨워 보였다.

한때나마 부귀영화를 손에 쥐고 천하까지 가지겠다, 분에 넘치는 꿈을 꾸다 몰락한 이들이다. 허황된 꿈은 덧없이 스러지고 이제 그들은 오라에 묶여 형장으로 끌려가는 신세였다. 잘못된 욕심에 모든 것을 잃고 화려했던 삶을 가장 비참한 몰골로 마감하게 될 장소.

살아날 방법도, 빠져나갈 구멍도 없어 그들의 눈가엔 체념과 두려움의 빛만 교차했다. 단 한 사람, 노용식을 제외하고는.

내가 왜, 왜 이렇게 죽어야 한단 말이냐!

멍들고 부어오른 그의 얼굴엔 체념하지 못한 분노와 노여움이 들끓었다. 죄 없는 사람을 죽음으로 몰아넣은 것들은 잘살고 있는데, 원래의 것을 되찾아오겠다는 자신은 왜 이런 취급을 받아야 하는지 억울했다. 이대로 패배자가 되었다는 것을, 안빈께서 이미 사사되었다는 것을 그는 믿을 수가 없었다. 빌어먹을 세상. 하늘이 원망스러울 뿐이다.

억울함에 숨을 할딱이며 잡아끄는 대로 가던 그에게 허허거리는 대신들의 웃음소리가 들렸다. 벌게진 눈으로 힘겹게 고개를 들어 보니 모퉁이를 돌던 몇몇 대신이 그들을 발견하고 멈칫하여 웃음을 지웠다.

파렴치한 것들……. 내 조부님의 재산을 쥐새끼처럼 야금야금 빼먹고 호의호식해 온 주제에 나에게 경멸의 시선을 보내고 있구나.

몰염치한 저들의 작태에 구역질이 솟았다. 살의를 느꼈다. 이번 거사를 성공시켜 저들에게 이 수치를 고대로 돌려 주었어야 했는데!

이루어내지 못한 꿈이 안타까워 숨이 턱 멎을 것만 같았다. 그때, 아득해지던 그의 정신을 바짝 조여 주는 자가 있었다. 여전히 감흥 없는 얼굴로 건재함을 과시하고 있는 좌상 김대원, 그가 시야에 들어왔다. 제 가문을 파국으로 이끈 자의 아들이자 불행의 시작점. 그럼에도 마지막까지 그 무엇에도 흔들리지 않았던 위인.

죄인을 향한 무덤덤한 시선을 거두고 그가 다시 가던 길을 걷자 노용식은 두 눈에 파르라니 화염을 태웠다. 거리가 가까워질수록 좌상을 뒤흔들 마지막 무기를 가슴에 품고 독기를 바짝 세웠다. 그리고 마침내 좌상이 그의 옆을 스쳐 지나는 순간 태연하게 말문을 열었다.

"평안도에서의 나날은 어떠하였느냐."

힘을 주고 자리에 버티고 서서 칼칼하면서도 고스러진 목소리로 주의를 잡아챘다. 뜬금없는 소리에 좌상은 발을 멈추고 그를 흘끗 보았다. 뒤를 따르던 대신과 죄인을 압송하던 금부의 나졸도 오싹한 눈이 되어 노용식이 하는 양을 지켜보았다.

실성한 것인가?

좌상은 그런 얼굴을 하며 더 볼 것도 없다는 듯 걸음을 떼었다. 그러나 채 한 걸음을 나가기도 전에 노용식이 비실 웃으며 그의 급소를 찔렀다.

"혹 최고급 명주를 구하기 위해 발을 동동거리고 있는 것은 아닌지······."

나중에 들은 이야기였다. 숙청이 일어나기 전 평안도로 일을 보러 갔던 김대원은 최고급 명주를 구하기 위해 애를 먹은 적이 있다고 했다. 정혼을 앞둔 윤영 낭자에게 평안도 최고의 물건을 사다 줄 것이다, 호언장담한 뒤 수소문 끝에 간신히 물건을 구입한 것이다. 종내 사달이 일어나 어렵게 구한 물건을 전해 주지 못한 그 사연에 노용식은 무릎을 치며 박장대소했다.

싸늘히 경직된 좌상이 천천히 그를 돌아보았다. 노용식은 기력이 쇠해 바들바들 떨면서도 김대원에게 다가가 귀에 대고 소곤거렸다.

"진실로 그러하다면, 혹은 그렇지 않다고 해도 이 서찰을 읽는 즉시 의주 부윤을 찾거라. 그가 너에게 청나라까지 인도해 줄 자를 소개할 것이니 그길로 압록강을 건너도록 하여라. 실로 여러 가지가 궁금하고 걱정될 것이나 지금은 오직 이 스승만을 믿고 따라 주길 바란다. 이곳의 일이 정리되는 대로 나 또한 네가 있는 곳으로 건너갈 것이다."

김대원의 눈빛이 흔들렸다. 꽉 그러쥔 두 주먹에서 떨림마저 느껴졌다. 그런 반응에 힘입어 노용식은 마지막 한 글자까지 토씨 하나 잊지 않고 또박또박 알려주었다. 오래전 그날, 그가 가로챈 달성부원군의 서찰 내용을.

"대원아, 넓은 세상이 보고 싶지 않으냐. 너와 함께라면 내 이번 생에서 용기를 내어 볼 생각이다. 서역과 이양인의 나라를 돌아보고 서학에 소개된 놀라운 문물과 풍속도 너와 함께 경험해 보았으면 한다. 윤영이도 데려갈 것이니 낯선 하늘 아래 우리 셋…… 진짜 가족이 되어 살아 보자꾸나. 나는…… 네게 스승이 아닌 아버지가 되어 줄 것이다."

좌상은 발그스름 충혈된 눈으로 움직임 없이 노용식을 직시했다. 뒤흔들린 마음을 어떻게든 진정시키고 있는 것일 테다. 하지만 노용식은 그를 기다려 주고픈 마음이 눈곱만큼도 없었다.

"스승님의 그 서찰, 호기심에 가로채 제가 한번 열어 보았습니다. 너무 늦게 전달해 드린 것은 아닌지, 크큭……."

창백하게 굳어 입도 벙긋 못 하는 저 꼬락서니를 보라지.

피식거리던 노용식은 드디어 완전히 미친 사람처럼 큰 소리로 깔깔거렸다. 나장에게 양팔을 붙들려 질질 끌려가면서도 눈을 시뻘겋게 뜨고 웃음을 그치지 않았다.

그도 알고 있었다. 겨우 이런 걸 가지고 이제 와 김대원을 흔들 수 없다는 것을. 하지만 적어도 문득문득 떠오르는 오늘의 기억에 그는 눈을 감는 그날까지 남몰래 아파하고 괴로워할 것이다. 돌이킬 수 없는 과거에 평생을 안타까워하고 애통해 했던 이 마음을, 그렇게라도 누군가는 알아주기를 바란다.

휘이이이.

싸늘한 바람이 불어와 그의 머리칼을 이리저리 흐트러트리고 감각이 무뎌진 전신을 훑고 지났다. 한가로이 바람을 느끼고 청명한 하늘을 올려다본 게 도대체 언제였던가. 노용식의 붉은 두 눈에 굵은 눈물방울이 맺혀 올랐다.

마지막으로 느껴 보는 바람.

마지막으로 올려다보는 하늘.

마지막으로 들어 보는 생동감 넘치는 사람들의 소리.

저들 중 무엇 하나 제대로 누리지 못하고 무엇을 위해 그렇게 아등바등 살아왔는지. 높은 하늘을 올려다보는 노용식의 게슴츠레한 눈에서 비통함의 눈물이 흘러내렸다.

흐드러진 봄날, 꽃비를 맞으며

탕약을 마시고 자다 깨기를 수없이 반복했다. 시간이 어떻게 흐르는지, 며칠이나 흘렀는지 짐작조차 못 했다. 은명이 아는 건 모두가 살아 있고 무사하다는 것, 자신이 좌상 댁 안방을 차지하고 누워 있다는 것, 그뿐이었다.

때와 상관없이 그저 눈을 감았다 뜨기를 거듭하는데 어느 밤, 주위에 두런두런 말소리가 들렸다. 몽롱한 정신의 은명은 무거운 눈꺼풀을 꿈틀거렸다. 누군가 이마와 뺨을 조심스레 어루만지고 다정하게 머리도 쓸어 주었다. 매우 부드러운 손이었다.

나리?

마지막으로 눈을 떴을 때 눈자위가 붉어진 서율이 곁에 있었다. 그러고 보니 누군가의 다리를 베고 있는 듯도 하였다. 그 온기가 포근해 이대로 계속 머물고만 싶었다. 은명은 스르르 잠이 들려 하는데 익숙한 음성이 귀에 쏙 들어왔다.

"온몸이 불덩어리 같구나. 어린것이 얼마나 아프고 놀랐을꼬."

아버지?

뜻밖의 목소리에 잠이 확 달아났다. 어렴풋이 눈을 뜨자 창백한 안색의 전하께서 미복 차림을 하시고 내려다보고 계셨다.

"정신이 드느냐?"

"……아버지."

은명의 중얼거림에 왕은 속에서 뜨거운 멍울이 울컥 올라왔다. 딸아이에게 처음으로 듣는 아버지란 호칭이 감격스러웠다. 중전에게는 언제나 '어머니'라 불렀지만, 자신에게는 한 치의 틈도 없이 '전하'라고 불렀던 아이. 한 번쯤은 '아버지'라 불러 주었으면, 혼자서 상상해 왔던 그 일이 이렇듯 현실이 되어 기쁘기 한량없다.

"오냐. 아버지다, 아가야. 미안하다. 이 아비가 전부 미안하구나."

따지고 보면 안빈이 딸아이를 공격한 건 모두 제 탓이었다. 지켜주려 했는데 도리어 상처만 주고 위험에 내몰았으니 이 죄를 다 어찌한단 말인가. 원망을 들어도 할 말이 없으나 기특한 딸아이는 아비를 탓하기는커녕 오히려 걱정의 말을 해 준다.

"여기까지 어찌 오셨사옵니까? 용안이 편치 않으시옵니다."

"아비는 괜찮다."

돌이킬 수 없을 만큼 병색이 완연했지만 어쩐지 고통에서 벗어난 듯 왕은 모든 게 편안하기만 했다. 몸도 마음도 수십 년간 얽혀 있던 사슬에서 완전히 해방된 기분이었다.

그 홀가분한 마음을 왕은 담백한 미소로 표현하는데 딸아이는 뭐가 그리 서글픈지 오만 가지 감정을 담아 아비를 살폈다. 왕은 괜찮다며 은명의 뺨을 쓸어 주었고 맞은편에 앉아 있는 지평의 이름도 친히 불러 보았다.

"서율아."

사위도 자식이라고 하였으니 한 번쯤은 이렇게 불러 보고 싶었다. 딸아이의 짝이 저 녀석이 될 거라는 소식을 들었을 때 왕은 진심으로 기쁘고 안심되었다.

"예, 전하."

"이 아이를 많이 아껴 주어야 한다. 마음으로 아끼고 따뜻하게 보듬어 주어야 하느니라."

"성심을 다할 것이옵니다. 심려치 마시옵소서."

"그래. 내 너만 믿을 것이다."

성상은 기쁨의 웃음을 지었다. 이럴 때 같이 웃어 주면 좋으련만 딸아이는 얼굴 가득 안타까움을 담고 눈물을 주체하지 못했다. 왕은 손수 눈물을 닦아 주며 농을 하듯 말했다.

"우리 딸내미는 어인 눈물이 이리도 많을꼬."

"부디 오래오래 소녀 곁에 계셔 주십시오. 착하고 다정한 여식이 되겠습니다."

진심 어린 그 말에 왕의 눈에서도 주르륵 옥루가 흘러내렸다. 상왕으로 물러나 이 아이와 딱 1년만 함께 산다면 얼마나 좋을까. 손을 잡고 산책하고, 다정히 마주 앉아 바둑도 두고, 맛있는 반찬도 밥술에 올려 주고 싶었다. 간절히 원하고 꿈꾸는 삶이지만 다음 생에서 그럴 수 있기를……. 왕은 훗날을 기약했다.

"언제나 착하고 다정한 여식이었다. 내게 아버지란 말을 꼭 듣고 싶었는데 이리 선뜻 불러 주지 않았느냐. 앞으로는 아프지도 슬퍼하지도 말거라. 매일매일 웃으며 행복해야 하느니라."

"아버지……."

"한숨 자고 일어나면 평온해질 것이다. 이 아비가 재워 줄 것이야."

화경궁에서 공주가 태어났다는 전언을 들었을 때 곧장 달려가 보지 못했던 왕은 매일 밤 혼자서 꿈을 꾸었다. 작고 소중한 딸아이에게 아비가 직접 자장가를 들려주는 꿈.

언젠가 꼭 자장가를 불러 줄 것이다, 벼르고 별렀던 성상은 그로부터 열여덟 해가 지나고 드디어 그 간절했던 꿈을 이룰 수 있게 되었다. 부드러운 어수로 딸아이의 머리를 어루만지고, 토닥토닥 손등을 쓰다듬으며, 오랫동안 연습만 해 왔던 아비의 자장가를 왕은 작은 소리로 읊조려 주었다.

솔솔바람 불어오니 풀잎들이 살랑살랑
다사로운 햇살 받아 자늑자늑 달빛 받아
우리 아기 고운 아기 이불가에 놓아주면
잘랑잘랑 미소 띠고 어여쁘게 자는구나.
자장자장 잘도 잔다, 고운 아가, 우리 아가…….

귀뚜라미 선율이 청아하게 울리는 가을밤, 처음이자 마지막으로 아버지가 딸에게 불러 준 감미로운 자장가였다.

달포 후 어느 달 밝은 겨울밤, 상복을 갖춰 입은 은명이 추운 날씨에도 밖으로 나와 밤하늘에 소담스레 떠 있는 달을 올려다보았다. 지난 20여 년간 보위를 지켜 온 선왕께서 승하하시어 지금은 나라 전체가 국상 중이었다.

선왕은 붕어하기 전 어의의 만류에도 불구하고 병석에서 일어나 일련의 불미스러운 사건을 직접 처리했다. 곧 보위에 오를 아들의 손에 피를 묻히지 않게 하겠다, 강한 의지를 실천했다.

안빈은 사약을, 우찬찬과 도원군, 그리고 역모에 가담한 금군과 병조의 인사들은 극형을 선고받았다. 우찬찬의 재산은 모두 국고로 회수되었는데 그 규모가 엄청나 모두가 입을 다물지 못할 정도라 하였다.

처음부터 그 재산을 전부 찾아냈던 것은 아니다. 삼분지 일도 회수하지 못했는데, 노용식의 집사가 목숨을 구걸하며 비밀 장소를 자백해 뒤늦게야 그가 착복해 온 재산을 빠짐없이 몰수할 수 있었다.

모든 일을 끝내고 몸져누웠던 선왕이 또다시 힘을 낸 건 딸아이를 보고 싶다는 소망 때문이었다. 회광반조回光返照. 죽음을 맞이하기 직전 딸을 향한 간절한 마음이 마지막으로 그를 일어나게 해, 좌상의 사저로 걸음했다.

은명에게 자장가를 불러 주었던 그다음 날 새벽, 선왕은 기나긴 여정을 마친 듯 편안한 용안으로 생을 마감했다. 선왕의 고명대신이 되어 그 곁을 지켰던 좌상은 신속하게 세자를 보위에 올리고 새로운 임금, 새로운 시대를 선포했다.

 은명은 눈을 감고 차가운 공기를 깊이 들이마셨다. 정신이 번쩍 들 만큼 공기는 맑고 차가웠다. 그 선명한 상태로 여전히 귓가에 맴도는 그리운 목소리를 떠올려 보았다. 아버지께서 마지막으로 들려주셨던 그 잊지 못할 자장가를.

 달님…….

 은명은 두 손을 모으고 속으로 간절히 기원했다.

 다음 생에 다시 한 번 인연이 닿아 범부로 환생한 아버지의 여식으로 태어나길 빌겠습니다. 둘도 없이 가까운 부녀가 되어 아버지의 곁을 지키는 다정한 여식이 되게 하여 주시옵소서.

 흐르는 눈물을 훔치고 살포시 눈을 뜨니 밤하늘의 달빛이 유난히도 은명에게 집중되어 쏟아지고 있었다. 소원을 들어주겠노라, 달님이 화답해 주시는 것 같았다.

 그 이듬해 봄이 지나고, 또 한 번의 봄이 찾아왔다.

 도성 안 사람들은 가던 길을 멈추고 행렬 하나를 보내고 있었다. 볼품없이 느껴질 만큼 작은 규모였으나 공식적으론 엄연한 왕실 최고의 어른, 대비마마의 행차였다. 그럼에도 백성들은 관심이 없었다. 어쩔 수 없이 부복은 하고 있으되 연에 앉은 사람이 누구이고 어떻게 생겼는지 전혀 궁금해 하지 않았다.

내 신세야…….

연을 따르는 나인 하나가 그 꼴을 눈에 담으며 한숨을 쉬었다. 대비전에 배정되었을 때부터 언젠가 이런 날이 오지 않을까 매번 상상했다. 하지만 막상 그것이 현실이 되어 눈앞에서 펼쳐지니 속이 답답했다.

벌써 이렇게 막막한데 그 심심하고 좁아터진 별궁에서 앞으로 어떻게 견뎌야 하는지. 명목상 도성 외곽의 별궁으로 피접을 나가는 것이지만 알 만한 사람은 다 알고 있었다. 대궐에서 지내는 게 버거워진 대비가 피접을 핑계로 도망치고 있다는 것을.

공주를 옭아매려다 척을 지게 된 왕과 자신보다 네 살이나 많은 중전. 비록 자주 마주칠 일은 없지만 그분들과 같은 울타리에 있는 게 부담스러워 대비 스스로 선택한 길이었다. 그런데 오늘 보니 백성들 사이에서도 이미 빠르게 잊힌 모양이었다.

왕실 최고의 어른이란 말이 무색할 정도로 권위가 바닥을 친 모습에 어린 궁녀는 한숨을 푹푹 쉬었다. 뭐가 어찌되었든 대비께서 제발 별궁 같은 곳에서 평생을 보내지는 말아 주었으면. 창창한 제 앞날이 걱정된 어린 궁녀는 갓 빠져나온 도성문을 돌아보며 미련을 버리지 못했다.

떠나는 사람이 있으면 돌아오는 사람도 있는 법. 행렬이 지나고 약 한 시진 후, 두 달하고도 보름 만에 도성에 들어선 서율은 감개가 무량해 눈물이 핑 돌 지경이었다.

지난해, 좌상에서 영상으로 승차하신 부친께서는 지방 곳곳을 살펴보신다며 서율을 정신없이 밖으로 내돌렸다. 스무날, 달포, 석 달. 아래 지방 곳곳을 연달아 쉬지 않고 돌아다닌 후 겨울이 되어 간신히 돌아와 보니 이번에는 왕명이 기다리고 있었다.

평안도와 황해도 지방을 두루 살펴보고 오라냐? 너무나 기가 막혀 하사받은 봉서를 손에 쥐고 서율은 감히 성상께 직접 쫓아갔다.

'감찰어사는 아무나 하는 줄 아느냐? 군왕의 어여쁨을 받으면 감사하다 넙죽 절을 한 뒤 떠나갈 것이지 예가 어디라고 쫓아온 것이야!'

'충청도에서 돌아온 지 사흘밖에 되지 않았사옵니다.'

'나라의 녹을 먹는 관리가 사흘이나 쉬었으면 이제 밥값을 해야지. ……박 내관, 이 인사 옆으로 새지 않게 도성 밖까지 확실히 데려다주고 오도록 하게.'

정인의 얼굴이 아른거려 잠도 이루지 못했던 서율은 그렇게 공주 얼굴 한 번 보지도 못하고 쫓기듯 도성을 나서야 했다. 충청도에서 돌아와 보니 공주가 모친과 혜빈을 동행해 온천으로 유람을 떠난 뒤였기 때문이다.

"드디어 도착입니다. 어떻습니까, 도련님. 국밥 한 그릇 하셔야지요."

"되었네. 내 안 먹겠다 하지 않았는가."

뚱한 표정의 상전을 보며 치경은 피식 웃음이 터졌다. 재작년, 주막에 들렀다 한술 뜨지도 못하고 숟가락을 놓아버린 상전은 그런 말을 했었다.

'내 혼인하지 않는 이상 절대로 국밥을 먹으러 오지 않을 것이네!'

그날 이후 혼사가 성사되지 않은 지금까지 상전은 본인이 한 말을 충실히 지키고 있었다. 좋게 말하면 뱉은 말을 실천하는 것이지만 솔직히 말하자면 길고 긴 뒤끝이었다. 하긴, 재작년에 있었던 일명 남득평 폭행 사건은 그 뒤끝의 정점을 보여 주는 좋은 예였다.

행궁과 보영당에서 공주께 위해를 가하고 동료를 버린 채 홀로 도주했던 괴한 남득평. 상전은 끈질기다 못해 집요한 추적 끝에 그가 숨어 있는 곳을 찾아내 관아에 연통을 넣었다. 이때, 계산을 통해 관졸들이 한 식경쯤 늦게 도착하도록 시각을 조작했다.

나중에 알고 보니 그 시간 동안 득평이에게 미끼를 던졌다는 것이다. 한 식경 동안 맨주먹으로 싸워 이기면 도주를 도와주겠노라고. 미련한 그놈은 선뜻 동의했고, 결국 죽기 직전까지 온몸을 처참히 얻어터진 후에야 항복하고 말았다.

그 일로 전하와 영상께 번갈아 불려가 꾸중을 들은 것은 당연했다. 그런데도 상전은 죄인으로 추포한 후에는 그놈에게 최상의 처우를 제공하였다며 끝까지 고개를 빳빳이 들고 있었다는 후문이다.

얼른 장가를 보내 드리든지 해야지, 원…….

치경이 고개를 설레설레 가로젓는데 상전은 삐딱해진 눈초리로 어딘가를 쏘아보고 있었다. 시선을 따라가 보니 벗들과 조잘대며 어딘가로 바삐 걸어가고 있는 송익현이 보였다. 그는 익정의 아우로, 어린 시절부터 꽤 가깝게 지내 온 사이였지만 상전은 작년부터 그를 매우 못마땅해 하고 있었다.

"글쎄 그게 바로 나라니까! 내가 저번에 월류지에 갔다가 보영당 아씨를 뵈었으이. 나를 어찌나 반기시던지 한참을 서서 안부를 주고받았다네."

"그 뒤통수가 자네였다고? 시기적으로 너무 늦는데. 훨씬 이전에 어떤 사내랑 굉장히 가까워 보이셨다는 소문이거든."

"그 무슨 당치도 않은 소리인가. 자네들도 알지? 우리 형님이랑 보영당의 규수께서 늘 다정하신 거. 그 소문의 사내는 나 아니면, 우리 형님일세. 혹 누가 물어보거든 우리 형제 중 하나를 대도록 하게. 알겠는가?"

또다시 들려오는 저놈의 헛소리에 서율은 주먹을 불끈 쥐었다.

송익현. 저 녀석은 언제부터인가 제 정인을 형수님 감으로 점찍고 있었다. 딱 들어도 그 뒤통수는 바로 자신이거늘, 어찌하여 저런 망발을 서슴지 않는지. 하도 기가 막혀 장승처럼 굳어진 서율은 크게 한숨을 내쉬며 하늘을 올려다보았다.

내가 저런 꼴까지 보아야 하는가.

평소 같으면 먼저 다가가 인사를 건넸겠지만, 서율은 가차 없이 등을 돌렸다. 부친께서 보영당을 밥 먹듯이 들락거리고 있는데 어이하여 사람들은 자신과 공주의 사이를 의심조차 하지 않는지 매우 답답했다. 눈치 없는 도성 안 사람들의 행태에 서율은 천불이 올랐다.

눈치가 없어도 어느 정도껏이어야지!

조만간 그 사람과 손깍지를 끼고 월류지로 놀러 가 누군가와 정면으로 마주칠 때까지 걷고 또 걷고야 말리라. 서율은 씩씩 거리며 빠르게 걸음을 옮겼다. 선왕께서 승하하신 지 1년이 넘었으니 이대로 부친께 달려가 납채를 보내 달라, 조를 작정이었다.

아니지, 그 사람을 보지 못한 지 벌써 넉 달이 되어 가는데…… 보영당에 먼저 들러 볼까?

갑자기 우뚝 선 서율은 제자리에 서서 심각한 고민에 빠지는데 저 앞에 익숙한 얼굴이 대거 나타났다. 저희 집 종복과 부친의 호위무사들이 운종가를 돌며 두리번거리고 있었다. 그 말인즉 부친께서 불시에 보영당에 들렀는데 주인이 집을 비우고 운종가를 나돌아 다니는 상황임을 의미했다.

치경은 이미 고개를 이리저리 돌리며 다른 쪽 골목을 살피고 있었다. 그 풍경에 편두통이 돋아난 서율은 손으로 한쪽 머리를 짚으며 의천상단 쪽으로 급히 방향을 돌렸다. 납채고 뭐고, 정인을 빨리 찾아내 부친 앞에 데려다 놓아야 할 판이었다.

───

가마에서 뛰어내린 은명은 난이의 도움을 받아 옷매무새를 가다듬었다. 오늘은 정말 오랜만에 운종가를 실컷 쏘다니다가 제륜 오라버니를 찾아갔다. 간 김에 아정이까지 불러내 신나게 수다 삼매경에 빠져 있는데 영수가 헐레벌떡 상단으로 뛰어들었다.

'아씨, 저자에 영상 대감 댁 사람들이 쫙 깔렸습니다!'
'뭐라? 오늘은 분명히 우상 댁에 가신다고 하였는데! ……오라버니, 가지고 있는 것 중 가장 귀한 차 하나만 내어주십시오.'

그러고는 냅다 가마를 타고 보영당으로 달려왔다. 죽어라 달려온 건 가마꾼들이지만 긴장한 나머지 은명도 이마에 식은땀이 송골송골 맺혀 있었다. 때마침 보모가 급하게 찻상을 내왔다.

매무새를 가다듬은 은명은 제륜에게서 빼앗아 온 귀한 차를 손에 쥐고 무시무시한 기운이 뻗어 나오는 사랑채로 향했다. 아무 일도 없었다는 듯 나긋나긋, 정숙한 몸가짐도 잊지 않았다.

아, 더워라…….

재작년 가을부터 작년 봄에 이르기까지, 은명은 영상 댁에 머물며 그곳 사람들의 마음을 모조리 사로잡았다. 정경부인과 서율의 형수를 시작으로 그 댁의 노비들을 죄다 홀린 뒤, 급기야 서율의 형님까지도 휘어잡았다. 정이 얼마나 담뿍 들었는지 은명이 보영당으로 돌아오던 날에는 모두가 쫓아 나와 눈물바람이었다.

그러한 와중에 영상은 유독 힘이 들었다. 당시에는 제일 먼저 마음을 잡았노라 자신했으나 어디까지나 어리석은 착각에 지나지 않았다. 그날 이후 현재에 이르기까지, 영상만은 잡힐

듯 잡히지 않아 어지간히 애를 태웠다.

그래도 꽤 긍정적이기는 하였다. 보영당으로 돌아왔을 때 제일 먼저 무사들을 배치해 주셨고, 초대를 하면 무뚝뚝하긴 했지만, 꼬박꼬박 응해 주셨다. 언제부터인가는 근처를 지나다 한 번씩 들르시기도 하셨다. 차를 청하며 안부를 묻곤 하셨는데, 요즘엔 은명이 까닭 없이 보영당을 비우면 사람을 내보내 찾기까지 하셨다. 그리하여 은명은 제멋대로 믿고 있었다.

……속으로는 분명 예뻐하고 계실 거야.

우려낸 차를 찻잔에 따라 영상께 먼저 대접했다. 긴장이 되었는지 손이 살짝 떨렸다. 여전히 무뚝뚝한 분이긴 하지만 이제는 딱히 어렵지 않았다. 다만, 오늘같이 잘못하다 걸린 날에는 심히 눈치가 보였다. 그래도 지난 시간, 은명은 이러한 위기에 대처할 수 있는 나름의 타개책을 터득해 왔다. 일단은…… 웃어야 한다.

"오래 기다리셨습니까?"

"그렇게 당하시고도 무서운 줄 모르고 어디를 돌아다니십니까?"

생글생글 웃으며 살갑게 건넨 말에 영상은 엄격한 얼굴로 응수했다.

"의천상단에 귀한 차가 들어왔다 하여 가보았습니다. 대감께서 오시면 대접해 드리고 싶어서요. ……들어 보십시오, 흑차입니다."

영상은 깐깐한 기세로 차를 시음하더니 마음에 들었는지 입매가 금방 부드럽게 풀렸다. 알고 보면 마음도 약하고, 감수성도 풍부한 분이다.

"어떠십니까?"

"독특한 풍미와 부드러운 맛이 과히 나쁘지는 않습니다."

"그렇지요?"

여기서 자연스레 다음 단계로 넘어가야 한다.

"다음번에는 저 멀리 교지국과 섬라곡국에서 차와 향신료를 들여온다 합니다. 혹 그곳이 어떤 곳인지 아십니까? 듣기로는 일 년 내내 따뜻한 곳이라 하였습니다."

"더운 나라이기는 합니다. 하나 교지국 같은 경우, 북쪽 지방은 우리나라처럼 사계절이 있지요. 그래도 눈이 내리거나 얼음이 얼지는 않는다 합니다. 그곳에 관해 기록된 서책을 살펴보면……."

멀고도 낯선 나라의 이야기를 들으며 혼날까 봐 조마조마했던 마음은 어느덧 희미하게 흩어졌다. 은명은 진실로 감탄하며 영상의 이야기에 흠뻑 심취했다. 영상과 은명이 죽이 맞아 은근히 즐기기까지 하는 이 시간. 한창 이야기꽃을 피우다 보면 시간이 어떻게 흘렀는지 모를 정도로 무아지경에 빠져들었다.

최근 들어 영상은 눈매와 입매를 곱게 접으며 간간이 미소를 지었다. 마음속 응어리가 조금씩 풀어지고 있는 것처럼 느껴져 은명은 내심 그 미소가 애잔했다. 작년부터는 손수 한시를 지어 정경부인께 종종 보낸다고도 들었다. 오랜 세월, 조용히 곁을 지켜준 내자에게 영상은 그런 식으로 감사의 마음을 표했다.

　더없이 멋지고 또 현명하신 분.

　영상을 바라보는 은명의 얼굴엔 언제나 흐뭇한 미소가 가시질 않았다.

　혜빈이 댁에 오셨다는 전갈에 영상이 서둘러 보영당을 나섰다. 은명은 대문까지 쫓아 나가 대감을 배웅했다. 마지막까지 조신하게 행동하고 있지만 조금 전 은밀히 전해진 보모의 전언에 심장이 팔딱팔딱 뛰어올라 꿈을 꾸는 기분이었다.

　'나리께서 오셨습니다. 매화원에서 기다리고 계십니다.'

　자그마치 넉 달 만이다. 은명은 그리웠던 님 생각에 넋이 빠져 있는데 중저음의 목소리가 정신이 번쩍 들 만한 소식을 알려주었다.

　"곧 납채를 보내겠습니다."

　"예?"

　"뭘 그리 놀라십니까. 아들놈을 저리 계속 늙히실 겁니까?"

　"……아니요! 아닙니다, 대감. 그럴 수는 없지요!"

　갑자기 전해진 소식에 놀랍고도 흥분돼 은명의 목소리가 저절로 높아졌다. 올해로 스물, 여기서 더 기다려야 하나 안 그래도 불안해 하던 참이었다.

　"혼사 준비는 혜빈께서 알아서 해 주신다고 했으니 따로 신경 쓸 일은 없을 겁니다. 그러니 더는 저자를 나다니지 마십시오. 따로 필요한 게 있으면 사람들을 보영당으로 부르시면 될 일입니다."

엄하게 주의를 준 영상은 그대로 가버릴 듯하다가 퉁명스레 한마디를 덧붙였다.

"부인에게는 전부터 어머니라 부르시더니, 이 사람은 아직까지도 대감입니까?"

뜻밖의 투덜거림에 잠시 얼이 빠진 은명은 곧이어 세상을 전부 얻은 듯 환희에 휩싸였다. 온몸이 짜릿해질 만큼 오감을 뒤흔드는 성취감을 느꼈다. 어느새 평교자에 올라 출발하려는 영상에게 달려가 씩씩하게 외쳤다.

"저잣거리를 나다니지 않겠습니다. 살펴 가십시오, 아버님!"

서슴없이 흘러나온 '아버님'이란 호칭에 영상은 티 나지 않게 흠칫하였다. 평소 '대감'이란 호칭이 거슬리긴 했어도 이렇듯 신속히 '아버님' 소리를 들으니 무슨 반응을 보여야 할지 모르겠다. 평교자에 앉아 슬쩍 내려다보니 공주는 감격에 젖은 얼굴로 밝게 웃고 있었다.

영상은 특별한 반응 없이 헛기침만 하고는 평교자를 출발시켰다. 그러나 등 뒤로 들려오는 공주의 해맑은 목소리에 결국은 속웃음 짓지 않을 수 없었다.

"조만간 또 들러 주십시오, 아버님!"

큰며느리는 점잖고 신중해 믿음이 간다면, 공주는 여식을 하나 얻은 것 같다. 하도 사고를 쳐대 신경이 쓰이고 손이 가지만 절대로 미워할 수 없는 막내딸. 가만 되돌아보면 그분도 젊었을 적 저런 모습이었다.

완연한 봄. 4월의 풋풋한 바람에 그윽한 매화향이 불어왔다. 이제는 바람이 얼굴을 스칠 때마다 생각나는 한 사람.

……아마도 저 아이들의 인연이 더 강했나 보옵니다. 하여 우리가 그리 어긋날 수밖에는 없었던 것이지요. 누구의 탓도 아니었던 겁니다.

영상은 바람을 향해 몇 번이고 말하고 싶었다. 정말 바람이 되셨느냐고. 그리 가시게 해 드려 송구하다고. 당신의 아드님도, 당신의 따님도 이 숨이 다하는 날까지 지켜드릴 것이니 부디 그곳에서만큼은 스승님과 함께 평안하라고.

뭉쳐 있던 응어리가 풀리고 남아 있던 살얼음마저 녹아버린 지금, 영상의 가슴에 따사로운 봄바람이 불어오고 있었다.

보영당의 매화원에 매화가 만개했다. 한눈에 담을 수도 없을 만큼 옅은 분홍빛의 매화가 넘실거렸다. 유유한 바람이 불 때마다 꽃잎은 우아한 춤사위를 그리며 허공에 휘날렸다.

그 꽃보라를 맞으며 시원시원하고 수려한 외모의 젊은 선비가 고아한 자태로 정인을 기다리고 있었다. 너른 어깨와 정갈한 차림새, 거기에 더해 반듯한 자세가 너무도 늠름했다. 은명은 두방망이질 치는 가슴을 주체 못 해 듬직한 그를 향해 두 다리를 힘껏 움직였다.

"나리!"

오랜만의 재회로 눈가가 촉촉해져 그에게로 와락 안겨들었다.

공주의 등장에 마음이 붕 떠오른 서율은 팔을 크게 벌리고 그대로 정인을 품속에 감싸안았다. 훅 전해지는 제 여인의 향기에 가슴이 욱신거렸다. 줄곧 시달려 온 그리움이란 갈증이 조금은 해갈되는 순간이었다. 고개를 숙여 입술을 훔치고 공주의 정신을 쏙 빼놓을 만큼 몰아치다가 다시 품에 안으며 성급히 물었다.

"잘 지내셨습니까?"

"예, 잘 지냈습니다."

그리움에 지쳐 그가 심술이 난 줄도 모르고 은명은 곧이곧대로 답해 주었다.

"정말이십니까? 사실대로 말씀하셔도 괜찮습니다."

서율은 공주의 대답을 부정하고 싶었다. 팔도를 돌아다니느라 떨어져 지낸 시간이 장장 넉 달이나 되었다. 자신처럼 밤잠을 못 이루는 정도까지는 바라지도 않았다. 그래도 그대를 보지 못해 적적했다는 한마디는 듣고 싶었다. 사내의 그런 속도 모르고 고개를 번쩍 든 공주는 오늘도 어김없이 씩씩하였다.

"아니요, 정말 잘 지냈습니다. 어머님이랑 유람도 다녀오고, 아버님이랑 차도 마시고. 정한 오라버니랑 꽃놀이도 다녀왔습니다."

"예. ……그러셨군요."

표정을 보아하니 진심이었다. 그와는 다르게 너무나 밝고 혈색 좋은 얼굴이 오늘따라 씁쓸하게 느껴졌다. 서율은 가슴 한

구석이 휑해지는 것 같았다.

"어찌하여 사랑채로 들지 않으셨습니까? 아버님이랑 한창 재미있었습니다."

"즐거워 보이시기에 방해가 될까 기다렸습니다."

지나치게 즐거워 보여 내심 서운했다는 말은 절대로 할 수 없었다. 티 없이 밝은 공주를 보는 것이 기쁘면서도 한편으론 섭섭했다. 안으로 들지 않고 매화원으로 향하면서도 스스로 쪼잔하다는 자책이 들기도 했다. 하지만 공주에 관한 한 길어지는 뒤끝과 좁아지는 이 아량이 도저히 통제되지 않았다. 아마도 너무 오랫동안 떨어져 지낸 탓에 애간장이 달았기 때문이리라.

게다가 익현이 그 녀석!

불현듯 거슬리는 존재가 떠올라 서율은 미간에 주름을 잡았다. 무슨 수를 쓰든 이달 안에 납채를 성사시켜야 했다. 서두르려면 백 마디 말보다 한 자락의 빠른 소문이 더 효과적일 터. 그렇다면 방법은 하나, 조금 아까 떠올렸던 모종의 비책을 조만간이 아닌 지금 당장 실천에 옮겨야 한다. 서율은 서둘러 공주의 손을 잡더니 단단히 손깍지를 끼었다.

"바람이 따뜻합니다. 월류지로 산책이나 하러 가시지요."

"산책이요?"

뜬금없는 제안에 은명이 의아해 했다.

"이렇게 갑자기 말입니까? 막 올라오셔서 피곤하실 텐데요."

"아니요."

공주가 걱정스러워하자 서율은 즉각 부인했다.

"피곤하지 않습니다. 봄을 맞이한 월류지의 풍경이 그리울 뿐입니다."

비록 수척해진 뺨과 거뭇거뭇한 눈 밑이 안쓰러울 지경이나 서율은 깍지 낀 손에 힘을 가하며 강한 의지를 내보였다. 은명이 망설임을 띠고 바라봤을 때는 일부러 싱긋 웃으며 여독 같은 건 쌓이지 않은 척했다.

결국 은명이 고개를 끄덕였다.

"예. 그럼 잠시만입니다. 마침 저도 기쁜 소식을 들어 말씀드리고 싶었습니다."

서율은 그러시냐고 답하면서도 평소와 다르게 그 기쁜 소식이 무엇인지 되묻지 않았다.

이 상태로 아무나 셋 아니, 다섯 명만 눈을 맞추고 돌아오는 것이다. 되도록 수다스러운 이들과 마주쳐야 하는데…….

쓸데없는 생각으로 엉뚱한 의지를 활활 불태우고 있었기 때문이다.

"가시지요."

꽃비가 난분분하게 흩어지는 매화원 사이로 두 사람은 나란히 걸었다. 깍지 낀 손을 살짝살짝 흔들며 눈을 맞추고 미소도 지었다.

"참, 나리!"

그러다 은명은 무언가 깜박 잊고 있었다는 듯 서율을 불렀다.

"예."

"아시지요?"

"무엇을요?"

"많이 보고 싶었습니다. 내내 그리웠습니다."

갑작스러운 고백에 서율은 그제야 입꼬리가 호선을 그리며 올라갔다. 서운했던 감정이 감쪽같이 사라지고 몸과 마음이 단번에 가볍고 산뜻해졌다. 다른 무엇도 아닌 바로 저 소리가 듣고 싶었다. 한마디의 말로도 이 마음을 행복하게 해 주는 사람, 그와 평생을 함께할 단 하나의 소중한 인연이었다.

"그러고 보니 이제는 대감이 아니라 아버님이라고 부르십니다."

"아버님께서 내심 바라고 계셨던 모양입니다. 제게 신호를 주시지 뭐겠습니까."

"하여 곧바로 아버님이라고 불러드리신 겁니까?"

"물론이지요. 조금 놀라시기에 빨리 적응하시라고 한 번 더 크게 불러드렸습니다."

은명의 진지한 대답에 서율의 유쾌한 웃음이 화경궁의 매화원을 울렸다.

매화꽃이 흐드러지게 아름다운 따스한 봄날, 함께하는 두 사람을 에워싸며 산들산들 포근한 바람이 불었다.

– 본편 완결 –

외전 1

첫
번
째
아
침

화창한 초가을의 어느 밤, 서율은 보영당의 담벼락 밑에서 초췌한 몰골로 서성이고 있었다. 고된 업무로 몸이 노곤했지만, 집으로 돌아갈 생각은 않고 벌써 한 식경째 담벼락에 붙어 이러고 있는 중이다.
　마지막으로 그 사람을 본 게 언제였던가. 혼례는 아직 열흘이나 남았는데 인내심이 한계에 이르렀다. 지방을 돌 때는 거리상 어쩔 수 없으니 저 하늘의 달을 보며 그런대로 마음을 달랠 수 있었다. 그러나 지금은 지척에 있음에도 만날 수가 없으니 이건 거의 죽을 맛이었다.
　"도련님, 정말 담을 넘으실 겁니까? 대감마님의 무사들이 어디선가 지켜보고 있을 겁니다."
　"해서 자네한테 망을 봐 달라고 부탁하는 것이 아닌가."

치경은 삐져나오는 헛웃음을 간신히 참았다.

상전은 처음 이곳에 도착했을 때와 다르게 풀이 팍 죽은 목소리였다. 말씀은 저리하시지만, 걱정이 되어 차마 넘지는 못하고 담벼락 주변을 배회하고 있는 것일 게다.

저리도 좋으실까?

치경은 상전의 넘치는 애정이 신기했다.

"혼례식 전에 신부의 얼굴을 보면 아니 된다니? 대체 그건 어디에서 기인된 악습이란 말이냐······."

통탄할 노릇이라며 서율은 쓸쓸히 밤하늘을 올려다보았다. 치경은 기가 막혀 말문이 막혔다. 대대로 이어 오던 아름다운 우리의 풍속이 언제부터 악습이 되었단 말인가.

"후우."

마지막으로 한숨을 크게 내리쉰 서율은 축 처진 어깨를 하고서 걸음을 떼었다.

"그냥 가시는 겁니까? 댁으로 가시는 길은 저쪽입니다!"

"나는 관청으로 가볼 것이니 자네는 이만 돌아가 쉬도록 하게."

"예에? 그러지 말고 오늘은 집에 가서 쉬십시오. 그동안 너무 무리하셨습니다."

지난 몇 달, 미친 듯이 일에만 매달려 온 상전이었다. 얼굴에 피로감이 잔뜩 묻어 있는데 이 밤에 또 일하러 가시겠다니, 그건 아니지 싶었다.

"도련님, 그러다가 혼사 앞두고 크게 앓으십니다!"

서율은 묵묵히 제 갈 길을 걸었다. 자리에 누워도 해사한 정인의 얼굴이 떠올라 잠을 설칠 것은 불 보듯 뻔했다. 차라리 업무에 파묻히는 게 백번 천번 옳은 선택일 것이다.

 끊임없이 따라붙는 치경의 잔소리를 서율은 귓등으로 흘려보냈다. 정확히 열흘 뒤 오늘의 이 선택을 뼈저리게 후회하게 될 줄은 꿈에도 알지 못했다.

 아직은 간지러운 바람이 불어오는 열매달 초입, 푸르른 하늘이 높고도 선명했다. 오늘은 오랫동안 비어 있던 보영당의 사랑채에 새로운 주인이 들어오는 날이었다. 안채와 사랑채가 조화롭게 채워지니 머지않아 아기씨의 반가운 울음소리도 들려올 터였다.

 하하 호호, 대례를 준비하는 보영당의 식구들과 하객들의 얼굴에는 웃음꽃이 만개했다. 보영당의 안채에서는 야릇한 소리도 새어 나오고 있었다.

 "어머나, 세상에……."

 연지 곤지 찍고 화려한 혼례복을 갖춰 입은 은명이 보모와 난이의 시중을 받으면서도 정신은 온통 다른 곳에 꽂혀 있었다. 얼마 전 보모가 직접 구해다 준 춘화첩에 시선을 몽땅 빼앗긴 것이다.

 은명은 눈을 초롱초롱 뜨고 화첩을 꼼꼼히 살피기에 바쁜데 기묘한 탄성은 어째 옆자리의 난이에게서 마구 터져 나왔다. 흘끔 돌아보니 난이는 어느새 손놀림까지 멈추고 춘화첩을 뚫어지게 응시하고 있었다. 두 뺨은 화끈화끈, 온몸에 열이 오르는 듯 침을 꼴깍 삼키기까지. 그 모습에 은명과 보모는 풋, 웃음을 흘렸다.

"어쩜 그리 태연하십니까? 소인은 민망하여 몸 둘 바를 모르겠습니다. 아가씨는 무섭지도 않으십니까?"

웃음소리에 정신이 든 난이가 새빨개진 얼굴로 투덜거렸다. 그도 그럴 것이 처음에는 은근하여 해학적이기까지 했던 춘화가 어찌된 일인지 뒤로 갈수록 지독히도 노골적이었다. 은명은 별것 아니라며 여유롭게 웃어넘겼다.

"민망할 게 무어냐? 이건 시선을 끌기 위해 부러 과장되게 표현한 것이다. 실제로 이렇게까지 하지는 않을 것이야. 그렇지, 보모?"

순간 방 안에 정적이 흘렀다. 은명과 난이의 시선이 보모에게 쏠렸으나 정작 본인은 묵묵부답이었다. 생각시로 궐에 들어가 재작년에 궐을 나왔는데 그 내밀한 사연을 보모가 어찌 알 수 있을까.

퇴기를 불러 단단히 교육시켜 드렸건만…….

"아직 부족하신가 보옵니다. 예식을 마치는 대로 옹주 자가께서 살짝 더 귀띔해 드릴 겁니다. 자, 시각이 되었습니다."

"벌써?"

은명은 그제야 긴장감을 드리웠다.

"화관을 얹겠습니다."

자르르 윤기가 흐르는 새까만 머리에 화려한 보석으로 장식된 칠보화관이 내려앉았다. 몸을 일으켜 입고 있는 혼례복을 곱게 펴 보니 붉은 비단 위, 반짝반짝 금박의 꽃무늬가 눈이 부셨다. 그 사이사이 흐드러지게 수놓인 모란은 나풋나풋, 신부에게 천계의 맑은 향기를 전하는 듯하였다.

오늘은 귀하디귀한 우리 공주 아기씨께서 시집가시는 날. 든직한 낭군 얻으셨으니 하루하루 복되고, 행복하시길……. 수모로 분한 보모의 눈가에 어느새 기쁨의 이슬이 괴어올랐다.

문이 활짝 열리고, 보모와 난이의 도움을 받아 은명이 한 발 한 발 밖으로 나아가니 부서지는 햇살 아래 자신을 반기는 그리운 분들이 보였다. 생그레 미소 짓는 고운 자태의 어머니와 감격의 눈물을 흘리시는 아버지. 두 분의 가호를 받아 앞으로, 앞으로 걸음을 떼었더니 저 멀리 사모관대 차려입은 훤칠한 낭군이 계시다.

잘랑잘랑.

님을 향해 한 발씩 앞으로 내디딜 때마다 오색영롱한 보석이 머리 위에서 청아한 소리를 흩뿌려 주었다. 하늘에서 들려주는 축복의 화음인 것 같았다.

열두 폭 매화 병풍이 사방에 쳐지고, 원앙금침과 소박한 술상이 놓여 있는 이곳은 신랑, 신부의 꽃잠을 위한 신방이었다.

조요한 불을 밝히는 동방화촉이 막 혼례를 올린 부부처럼 수

줍었으나 은명은 죽을 맛이었다. 처음에는 아무렇지 않았던 머리 위의 화관이 시간이 갈수록 천근만근 무겁게 느껴졌다. 게다가 수없이 절을 올린 탓인지 다리부터 시작해 온몸이 욱신욱신 비명을 질렀다.

합방이고 뭐고, 비단금침에 누워 하루만 푹 쉬었으면······.

그 간절했던 바람은 서율이 침방으로 들어서는 순간 깡그리 지워졌다. 긴장감에 입술이 바짝 타올랐고, 두 뺨은 불에 덴 듯 화끈거렸다. 적나라한 춘화첩을 볼 때도 아무렇지 않았는데 갑자기 왜 이리도 가슴이 쿵쾅거리는지 모를 일이었다.

"합환주이옵니다."

보모가 건네는 합환주를 마시며 서율 또한 애가 달아 미칠 지경이었다. 오랫동안 학수고대하던 순간이라 저가 후다닥 해치우고 단둘이 있고 싶은데 보모의 깐깐함을 익히 알기에 꾹꾹 참았다.

한데 너무 참은 탓이었을까. 머리가 지끈지끈거리고 온몸이 불덩이처럼 열이 올랐다. 떨어지는 이 식은땀은 무엇이며, 목구멍은 왜 또 이리 따끔대는 것인지. 신방에 들어오기 직전 정한군이 따라 주는 술을 마시곤 눈앞이 깜깜해지기도 하였다. 정인이 그리운 마음에 병이 생긴 것이리라. 조급증이 일어난 서율은 끝내 마른침을 삼키며 안달을 내었다.

"보모, 이제 내가 알아서 하겠네."

"안 그래도 막 나가려던 참이었습니다. 편안한 밤 되십시오."

무안한 마음에 서율이 머쓱해 하는 사이 보모가 태연히 인사를 올리고 신방을 나갔다. 사방에 병풍도 둘렀겠다 방 안에는 저희 둘뿐이니 서율은 가슴이 부풀어 은명을 냉큼 껴안았다.

"보고 싶었습니다. 이게 얼마 만인지……. 왜 그러십니까?"

이렇게 안으면 살포시 안겨들 줄 알았는데 신부의 반응이 영 시원치 않았다. 수줍게 웃으며 몸을 기대기는커녕 곤혹스러운 듯 신음을 흘리니 그가 얼른 몸을 떼고 신부를 살폈다.

"머리가 무겁습니다. 뒷목이 뻣뻣합니다."

은명의 하소연에 그의 시선이 금은보화가 주렁주렁 달린 화관으로 향했다. 보기에는 화려하나 무겁고 불편했을 것이다. 서율은 얼른 화관부터 벗겨 주었다.

"하아…… 이제야 살 것 같습니다."

고생을 많이 한 듯 한숨 돌리는 공주가 안타까웠다.

"힘드셨지요?"

"참을 만하였습니다."

"우선 예복이라도 덜어 드리겠습니다."

그의 손에서 거추장스러운 혼례복과 커다란 봉황잠이 떨어져 나가자 숨통이 트이는지 공주가 홀가분한 숨을 내쉬었다. 그러자 서율도 사모관대를 대충 벗어 놓고 가뿐한 차림으로 은명을 끌어안았다.

"수고하셨습니다. 이제 다 끝났습니다."

"아까는 정말 죽는 줄 알았습니다. 그런데 괜찮으십니까? 몸이 왜 이렇게 뜨거우신지……. 나리?"

안도감에 젖어 잠시 신부의 어깨에 얼굴을 묻었던 서율은 이상하게 그 이후로 고개가 들리지 않았다. 묵직한 바위가 목덜미를 꾹 내리누르는 양 머리가 비정상적으로 무거웠다. 오랜만에 정인의 얼굴도 자세히 들여다보아야 하고, 오순도순 담소도 나누어야 하건만. 무엇보다, 오늘은 기다리고 기다려 온 첫 합방일이었다.

"⋯⋯리, ⋯⋯나리?"

자신을 부르는 소리가 어렴풋이 들려오는데 눈앞의 화촉이 둘, 셋으로 번져 보였다. 정신을 차려야지, 억지로 고개를 들어 보니 신부의 얼굴이 뿌옇게 흐려지다가 시커먼 암흑이 훅 밀려들었다.

"나리!"

그의 머리가 어딘가로 툭 떨어져 내렸다.

"아⋯⋯."

보영당의 사랑채에 가느다란 신음이 울려 퍼졌다. 이틀 만에 정신을 차린 서율이 허망한 얼굴로 천장을 멍하니 올려다보았다.

신부의 옷고름도 풀어 보지 못하고 신방에서 쓰러졌다는 사실이 믿어지지 않았다. 정한군에게 지난 이틀간의 이야기를 들으면 들을수록 앓는 소리가 절로 흘러나왔다. 그토록 고대하던 신부와의 첫 합방일이었는데⋯⋯.

"쯧쯧, 목이 다 쉬었으이. 그러게 무리하지 말라니까 꼴이 그게 무엇인가. 그래도 며칠 푹 쉬면 나아진다고 하니 그나마 다행일세. 어의 말에 따르면 과로에 심한 감모가 겹쳐서 그렇다는구먼."

"어의께서 다녀가셨습니까?"

"전하께서 진노하셨네. 하나뿐인 동복누이, 혼례 첫날 청상이 되시는 줄 알고 가슴을 쓸어내리신 모양일세."

혼례식 날 신부의 혼주는 옹주의 시조부가 되시는 전前 대사헌이 맡아 주셨다. 공식적으로 왕실의 그 누구도 나서지 못하게 되었으니 대신 빈자리를 채워 주셨던 것이다.

혜빈과 정한군은 하객으로 참석해 자리를 빛낼 수 있었지만, 성상과 중전은 그마저도 할 수 없었다. 그런 줄로만 알고 있었다. 혼례식 도중 저 멀리 하객들 사이로 우연히 그 용안을 마주하기 전까지는. 미복 차림에 접선으로 용안을 거의 가리고는 있었지만 아련한 눈길로 신부를 바라보고 있는 이는 분명 전하였다.

"오실 줄은 몰랐습니다."

"자네도 보았는가? 소리도 없이 오셔서 식이 끝나기 전에 조용히 돌아가셨다네. 안 오신다고 해 놓고는……. 혼례복 입은 누이의 모습이 꼭 보고 싶으셨던 게지."

서율의 입가에 희미한 미소가 떠올랐다. 그러고는 또다시 가물가물 수마 속으로 빠져들었다. 그가 다시 눈을 뜬 건 해거름의 느지막한 오후, 하얗고 가녀린 손이 뜨거운 이마에 와 닿을 때였다.

잠에서 깬 서율이 힘겹게 눈꺼풀을 들어 올리자 먹빛의 맑고 투명한 눈동자가 걱정스럽게 자신을 내려다보고 있었다. 열에 달뜬 몰골을 하고서도 서율은 제 내자를 향해 환한 미소를 지었다.

"괜찮으십니까?"

공주는 지아비의 웃음이 못 미더운 듯 여전히 걱정스러운 얼굴이었다.

"예, 괜찮습니다."

"웃음이 나오십니까? 얼마나 놀랐는지 모릅니다."

"머리를 올린 모습이 참으로 잘 어울리십니다."

말간 얼굴에 뒤로 매화잠을 꽂은 모습이 신선하고도 보기에 좋았다. 이제 정말 나의 안사람이 되었구나, 실감되었다. 이왕 앓아누웠으니 자리에서 죽도 받아먹어 보고, 저 따뜻한 무릎을 베고 엄살도 떨어대면 금방 나을 것 같았다. 내친김에 그토록 불러 보고 싶었던 호칭도 냉큼 소리 내어 불러 보았다.

"부인."

처음 듣는 호칭에 공주의 귓가가 빨갛게 달아올랐다. 이제 평생 들을 소리인데 뭘 저렇게 부끄러워하는지. 한껏 들뜬 서율은 공주가 불러 주는 호칭도 들어 보고 싶었다.

"어찌 듣고만 계십니까? 저도 한 번 불러 주십시오."

"……나중에 하겠습니다."

"그게 미룰 일입니까? 더는 나리란 호칭을 듣지 않겠습니다. 어서 서방님이라고 불러 보십시오. 부인에게 그 말을 꼭 들어 보고 싶습니다."

서율은 공주의 소매를 흔들며 코맹맹이 소리로 채근하는데, 산통을 깨는 익숙한 목소리가 들렸다.

"한 번 불러 주십시오. 그게 뭐 그리 어려운 일이라고 뜸을 들이십니까."

놀란 서율이 흔들리는 머리를 부여잡고 뒤늦게 공주의 어깨 너머를 살펴보았다. 히죽히죽 웃고 있는 정한군의 얼굴이 한눈에 들어왔다.

"자가! 아직 안 가셨습니까?"

"매제가 아픈데 내가 어디를 가겠나."

"나도 왔네."

"서원위가 아니십니까!"

거기다 옹주의 부군까지. 공주가 민망해 했던 이유를 이제야 확실히 알 것 같았다.

"내가 불렀으이. 이제 우리는 한 가족이 아닌가. 걱정하지 마시게, 자네가 다 나을 때까지 우리가 옆에서 병구완을 해 줄 것이네."

정한군은 이어서 배가 고프다며 칭얼거렸고, 공주는 식사를 올리겠다며 후다닥 사랑채를 나섰다. 서율이 듣고 싶었던 그 호칭을 끝내 불러 주지도 않고서.

"이 오라비와 형부는 자고 갈 것이니 건넛방에 수침도 준비해 주십시오!"

방 안에 울리는 정한군의 해맑은 목소리를 들으며 서율은 머리가 더욱 깨지는 것 같았다. 열흘 전 치경의 충언을 들었어야 했던 것이다.

━━━━━━━━━━

 깊은 밤, 은명이 정방淨房에서 목욕을 마치고 안채로 돌아와 보니 서율이 금침에 누워 뒹굴뒹굴하고 있었다. 병석에 누운 지 오늘로 여드레, 야윈 얼굴의 그는 은명이 방으로 들어서자 냉큼 일어나 앉았다. 그도 사랑채에 딸린 정방에서 목욕을 하고 왔는지 은은한 난 향기가 코끝을 간질였다.
 "어찌 여기에 계십니까?"
 "이제 중문 하나만 건너면 언제든 이렇게 마주할 수 있다는 게 신기합니다. 그렇게 못 만나게 하던 보모마저 순순히 길을 터주지 뭐겠습니까."
 어쩐지 오늘따라 보모가 유난하게 서둘러 이상하다 하던 참이었다. 은명은 보모의 뜬금없는 재촉을 뒤늦게 이해하며 방 안을 훑었다. 신방에서 보았던 원앙금침이 떡하니 마련되어 있었다. 얼굴이 화끈 달아올랐지만 은명은 그 의미를 모르는 척 다른 소리를 했다.
 "시각이 많이 지체되었습니다. 오늘은 이만 돌아가서 쉬십시오."
 은명의 매정한 대답에 그의 한쪽 눈썹이 심하게 꿈틀거렸다. 그게 무슨 말도 안 되는 소리냐는 듯 깔고 앉은 원앙금침을 보란 듯이 손으로 쓱 쓸었다.

"부인, 이제 저는 다 나았습니다."

"많이 좋아지기는 하였으나 아직은 일어나면 아니 되십니다. 이만 돌아가셔서……."

은명의 말이 채 끝나지도 않았는데 서율은 슬그머니 원앙금침 안으로 기어 들어가 베개를 하나 차지했다. 은명은 터져 나오는 웃음을 꾹 참으며 나무라듯 말했다.

"거기는 왜 들어가십니까?"

"앞으로의 일에 관해 긴히 상의드릴 것이 있습니다. 얘기가 길어질 듯하니 이왕이면 편히 누워서 하겠습니다."

"상의라니요. 무슨 상의를 하시겠다는 겁니까?"

"이를테면, 부인께서 언제쯤 서방님이라고 불러 주실지, 아이는 몇이나 낳는 게 좋을지, 그런 것들 말입니다. 자, 일단 안으로 들어오십시오."

서율은 천연덕스럽게 이불을 활짝 들치더니 고새를 못 참고 은명을 홱 잡아끌었다. 눈 깜짝할 새 그의 품에 안긴 은명은 기가 막혔다. 처음부터 새신랑을 돌려보낼 마음은 추호도 없었다. 다만 건강관리를 제대로 못 한 그에게 벌을 주고 싶었다. 그런 속마음도 모르고 서율은 애가 타서 시종일관 뻔뻔하게 굴었다.

"놀라지 마십시오. 이렇게 안고서 얘기만 하다 가겠습니다."

"어? 한데 불은 왜 끄십니까?"

"달빛이 좋아서 그렇습니다. 담소만 나눌 것인데 불은 켜두어 무얼 하겠습니까. 그러지 마시고 달빛도 은근한데 서방님이라고 한 번만 불러 보십시오."

 그토록 무서운 영상 대감도 대번에 아버님이라고 부른 은명이었다. 연모하는 이를 부르는 서방님 소리가 뭐 그리 어려울까. 하나 애달아 하는 그의 모습이 재미있어 은명은 계속해서 딴소리만 연속했다. 실컷 약을 올리다가 내일쯤 서방님이라고 불러 줄 요량으로.

 "입에 붙지가 않습니다."

 "그 무슨 섭섭한 말씀이십니까, 부인께서 마음만 먹으면 못 하시는 게 무엇이 있다고요."

 부인, 하고 부르며 그의 입술이 은명의 이마로 살포시 내려왔다.

 "부인."

 콧등으로도.

 "부인."

 그리고 말캉한 입술로도 그의 숨결이 내려앉았다. 이미 여러 번 입맞춤을 경험하였음에도 어둑한 방, 금침 위에서 나누는 접촉은 또 다른 설렘을 가져다주었다. 가슴으로 그의 가슴이 겹쳐지고, 난향과 매화향이 오묘하게 어우러져 이것이 꿈인지 생시인지. 잠시 후 살짝 입술을 떼어낸 서율이 감미롭게 속삭였다.

 "부탁입니다."

 그러곤 또다시 은명의 입술을 삼켰다. 첫 번째 입맞춤이 푸른달의 봄처럼 풋풋했다면 두 번째 입맞춤은 타오름달의 한여름처럼 미치도록 뜨겁고 격정적이었다. 입안 곳곳에서 강하게 느껴지는 그의 움직임에 은명은 심장이 터질 듯 두근거렸다.

그러다 다음 순간 살짝 입술을 뗀 그가 떨리는 목소리로 간청했다.

"오늘 밤은 함께 있고 싶습니다. 허하여 주시겠습니까?"

은명은 대답 대신 그의 목을 끌어안았고, 서율은 뽀얗고 보들보들한 아내의 목에 얼굴을 묻었다. 서로의 살 내음이 하나로 뒤엉켜 머릿속이 아찔하게 깜박거렸다.

눈앞이 혼몽해진 서율은 손에 잡힌 아내의 옷고름을 다급히 당겼다. 옷섶을 벌리고, 치마를 걷어내고, 속적삼과 속치마를 정신없이 헤치다 마음이 급해져 속곳 안으로 손을 깊이 밀어 넣었다. 매끄러운 피부를 타고 커다란 손이 곳곳을 유영하자 무방비한 여체가 발갛게 달아올라 달싹거렸다.

어느덧 헐렁해진 가슴싸개가 금침 위로 힘없이 흘러내렸다. 아내의 소담한 가슴을 온전히 차지한 서율에게서 희미한 신음이 흘러나왔다. 달콤한 살결에 그가 한 송이씩 점점이 붉은 꽃을 피우는 동안 은명은 전신에서 느껴지는 묵직한 무게감에 지아비의 벗은 등을 정처 없이 쓰다듬었다.

열에 달뜬 두 사람은 뜨거운 숨을 쉴 틈 없이 하나로 뒤얽혔다. 과감하고 유혹적인 서로의 손짓에 이성은 잘게 부서져 가루처럼 흩어졌다. 깜깜하고 깊은 밤, 쏟아지는 달빛 아래 두 사람만의 은근하고 비밀스러운 운우지정은 이제 막 시작되고 있었다.

여명이 밝아오는 시각, 은명은 안채의 화단 앞에 서서 신선한 공기를 들이마셨다. 아직은 나른하고 몸도 살짝 불편했지만, 가슴은 여전히 두근두근 뛰었다. 꽃잠에서 깨어난 새색시답게 두 뺨엔 발그스름 홍조도 피어 있었다. 얼굴이 자꾸 화끈거려 두 손을 뺨에 가져다 대는데, 어젯밤 수도 없이 들었던 그의 고백이 귓가에 아스라이 살아났다.

'은애합니다.'

가슴이 두근거렸다. 부드럽게 입을 맞추고 정성스레 안고 또 안으며, 심지어 수마에 서서히 굴복하면서도 그는 적극적으로 마음을 고백했다.

"은애합니다."

바로…… 지금처럼.

허리에 포근하게 감겨드는 기다란 두 팔과 등 뒤에서 스며드는 우아한 난 향기. 귓가와 목덜미에 차례로 내려앉는 간지러운 남실바람에 은명의 두 뺨은 잘 익은 능금처럼 짙은 붉은빛을 띠었다.

"깨셨습니까? 더 주무시지 않고요."

"꼭 들어야 할 말도 있고, 찾아야 할 분도 있어 쫓아왔습니다."

목덜미에서 울리는 그의 대답에 은명은 가슴 깊숙한 곳까지 충만히 채워지는 기분이었다. 어린 시절, 어머니와 행복했던 이곳으로 김서율과 함께 돌아오는 꿈을 꾼 적이 있었다. 시린 가슴을 녹여 줄 그의 다정한 미소를 가까이서 오래도록 지켜보고 싶었다.

그리고 지금, 서율은 든든한 낭군이 되어 화경궁에서 자신을 당당히 끌어안고 있다. 믿기지 않을 만큼 행복한 현실이 감격스러웠다. 하지만 은명은 이것으로 꿈을 이루었다, 만족하지 않았다. 진짜로 바라고 원하는 꿈은 이제부터 이곳에서 차차 이루어 나갈 테니까.

어머니가 되고, 친정어머니가 되고, 할머니가 되어 가는 평범하고도 아름다운 삶. 머리 위로 새하얀 서리가 내려 하늘의 부르심을 받는 그날까지, 은명은 그 무엇도 포기하지 않고 자신만의 향기를 피워 나갈 것이다. 평생의 짝, 김서율과 함께.

그가 몸을 떼어 은명을 돌아보게 하였다. 마주 보는 서로의 시선이 사뭇 수줍었다. 하룻밤 새, 그도 은명도 어제보다 어쩐지 성숙해진 모습이었다.

커다란 손으로 은명의 두 손을 감싼 그는 다정하게 아침 인사를 건넸다. 특히 은명을 부르는 호칭에 힘을 주었다.

"간밤엔 평안하셨습니까, 부인?"

"평안하였습니다. 불편한 곳은 없으셨는지요? ……서방님."

두 사람의 입가에 고운 미소가 어렸다. 설레고, 행복하고, 감동적이었다. 어느덧 푸른 기운을 걷어낸 태양이 동천에 올라 황금빛 햇살을 온 세상에, 두 사람의 머리 위에 솔솔 흩뿌리고 있었다.

아침이 밝았다. 앞으로 두 사람이 수도 없이 함께 맞이하게 될, 그 첫 번째 아침이었다.

외전 2

스며들다

무성한 녹음 사이로 매미의 선율이 시원하게 울리는 한여름, 어느 격조 높은 대가 댁에 작은 소동이 일었다. 더없이 귀한 손님이 기별도 없이 들이닥쳐 위에서부터 아래까지 모두가 혼비백산하였다.

가장 먼저 평정을 찾은 건 이 댁의 안주인이었다. 맑고 투명한 피부에 새까만 먹빛의 눈동자가 유난히도 아름다운 그녀. 여인은 모두를 진정시키고 숙수에게 따로 할 일을 알려주었다. 그런 다음 시탁에 앵두화채를 올려 바쁘게 사랑채로 움직였다. 두 발을 움직일 때마다 풍성한 하늘빛 치마가 사각거렸다.

얼음을 동동 띄운 발간 앵두가 햇살을 받아 상큼하고도 다채로운 빛을 발했다. 달아오른 더위를 순식간에 잡아 줄 여름철의 별미. 화채의 선명한 빛깔이 뿌듯해 여인의 입가에 잔잔한 미소가 어렸다. 저 앞으로 중문을 지나 마당을 하나 가로지르면 사랑채가 나온다. 여인은 조심스레 문턱을 넘어 고개를 바로 세우다가 정신이 까마득히 멀어졌다.

와장창!

손에서 힘이 빠져 정성스레 들고 오던 시탁을 그대로 떨어트렸다. 사기그릇이 산산이 부서지며 흙바닥이 앵두화채로 좌악 뒤덮였다. 그런데도 여인은 귀신을 본 듯 얼이 빠져 미동조차 없었다.

그녀는, 세상은, 멈추어 있었다.

하늘 아래 모든 존재가 움직임을 멈추고 사방으로 숨 막히는 고요가 내려앉았다. 강력한 한파라도 불어닥친 듯 가냘픈 체구의 여인은 오삭오삭 오한을 느꼈다.

그녀에게 보이는 건 오직, 저 앞에 서 있는 한 사내. 온 마음을 주었던, 끔찍이도 연모하여 죽음까지 함께하고 싶었던 그 사내밖에 없었다. 꿈에라도 찾아와 원망해 주길, 이렇게 살아 있는 자신을 꾸짖고 미워해 주길, 그토록 원하고 바라 왔건만……

살아 계셨습니까?

여인의 말갛던 두 눈이 핏빛으로 물들었다. 살아 있는 그를 보니 안심이 되어서. 그렇다고 마냥 기뻐할 수도, 가까이 다가갈 수도 없는 이 처지가 너무나 괴롭고 가슴이 아파서.

그 순간, 사내가 여인을 향해 발을 뗐다. 사지에서 돌아와 억울한 누명을 벗고 지존의 수행원이 되어 대군저에 발을 들여놓은 오늘. 그 가혹했던 긴긴 세월을 뭉개버리듯 그는 감정 없는 얼굴로 저벅저벅, 쓰러질 듯 서 있는 여인 앞으로 다가섰다.

"소인을 기억하십니까?"

한순간도 잊은 적이 없었다. 이 목숨을 내어드리고 싶었던 사람. 평생의 짝이 되어 죽는 그날까지 옆자리를 지켜주고 싶었던 사람. 그녀의 전부였던 그가 냉정하게 말했다.

"지금부터 변명할 기회를 드리겠습니다. 인생이 걸린 일이니 잘 숙고하여 답하도록 하십시오."

해 줄 말이 아무것도 없었다. 사연이 어떠하고 경위가 어떠했든, 자신은 배신자였고, 가해자였으며, 몰염치한 사람이었다. 하여 여인은 입을 닫고 마지막일지도 모를 그의 얼굴을 두 눈에, 머릿속에, 가슴속에 깊이깊이 새기는 일에만 몰두했다. 보고 또 봐도 그리운 사람, 미안하다는 말조차 할 수 없어 이 가슴이 얼마나 타들어 가는지 그에게는 입도 벙긋하지 못했다.

한편, 여인의 진심을 보지 못한 사내는 와들와들 떨고 있는 그녀의 모습에 우르르 가슴이 무너져 내렸다. 내가 해코지라도 할까 봐 두려워하고 있구나, 지독한 오해에 빠졌다. 왈칵 치미는 설움을 간신히 자제하며 그는 수년간 눌러 왔던 응어리를 간명하게 요약했다.

"이제부터 우리는, 다 같이 지옥으로 떨어지게 될 겁니다. 기대하십시오, 부부인 마님."

고개 숙여 깍듯이 예를 올린 사내는 그 말을 끝으로 미련 없이 사랑채의 중문을 빠져나갔다. 여인의 떨림이, 핏빛으로 붉어진 그녀의 두 눈이 그를 향한 애타는 마음 때문이라는 걸 끝끝내 알지 못한 채.

"흐흑……."

홀로 남겨진 여인에게서 신음이 눈물과 범벅되어 터져 나왔다. 저리 차갑게 굴어도 뻔뻔하게 변명을 늘어놓으면 그는 들어주었을 것이다. 하지만 그건 그녀가 원하는 게 아니다. 어쭙잖은 동정심 따위, 그에게는 심어 주지 않을 것이다. 여인은 그가 성공해 주기를 바랐다. 끓어오르는 복수심을 바탕으로 절치부심하여 그의 능력을 마음껏 펼쳐 주기를 바랐다.

"강력해지십시오. 최고가 되십시오. 다시는 어느 누구도 함부로 당신을 아프게 하지 못하게 하십시오. ……당신이 휘두르는 칼날 아래, 제가 그 첫 번째 분풀이 대상이 되어 드리겠습니다."

그렇게 여인은 끝끝내 알지 못한 채 오열했다.

모두를 따돌린 사내가 그런 곳에 홀로 서 있었던 이유는 그녀를 보고 싶은 마음, 단 하나뿐이었다는 것을. 시간이 흘러도, 최고가 되었어도 평생토록 그를 가장 아프게 한 사람은 다름 아닌 그녀, 자신이었다는 것을…….

벌게진 눈으로 여인에게 모진 말을 퍼부었던 사내가 퍼뜩 정신을 차렸다. 과거에서 깨어나 찬찬히 주변을 둘러보니 사방은 쾌적한 가을색을 입기 시작한 사저의 후원. 시리도록 아팠던 어느 여름날을 지나온 그는 이제 반백의 머리를 한 이 나라의 재상이 되었다.

"대감."

어느 틈에 다가온 아내가 평소와 다름없이 차분하게 그를 불렀다. 오랜 세월 그의 곁에 머물며 묵묵하게 옆자리를 지켜준 사람, 김씨 문중에 조용히 스며들어 네 명의 아이를 낳아 주고 큰살림을 현명하게 이끌어 온 사람이었다.

영상은 아내야말로 하늘이 점지해 준 자신의 진짜 연분이라 여기고 있다. 이면의 내막을 듣고도 돌이킬 수 없는 과거를 안타까워하며 좌절하지 않았던 결정적 이유였다.

다만, 인지할 새도 없이 불시에 찾아드는 이 아픈 기억들. 그분께, 스승님께 모질게 굴었던 순간순간의 기억과 저릿하게 심장을 파고드는 아픔만이 마지막까지 짊어지고 가야 할 천형임을 받아들이고 있었다.

"아이들이 온 것이요?"

"예. 곧 당도할 시각입니다."

보영당에서 혼례를 치른 신랑이 병치레를 한 뒤 기운을 회복한 지 여러 날이 흘렀다. 보금자리를 그곳에 마련하되 석 달간 본가로 들어와 가풍을 익혀라, 영상은 진즉부터 못을 박아 두었다. 오늘 우례를 치르게 될 보영당의 그분께선 앞으로 석 달간 이 집에서 식구들과 동고동락할 예정이다.

"대감, 그냥 우례를 치르고 사나흘 뒤에 아이들을 보영당으로 보내면 아니 되겠습니까?"

"그게 무슨 소리요?"

사랑채로 향하려던 영상은 아내를 돌아보았다. 새사람이 들어오는 이 기쁜 날 정경부인은 벌써부터 수심에 가득 찬 얼굴이었다.

"어른들의 마음이 아직 풀리지가 않았습니다. 특히 큰어머니께서 단단히 벼르고 계시는 모양입니다."

직계식구들이야 이미 정이 들 만큼 들어 걱정할 필요가 없었다. 문제는 달성부원군의 계획 아래 배우자와 자손을 잃은 집안의 어른들이었다. 아직까지 피맺힌 원한을 가슴에 품고 있는 그들은 서율이 공주와 혼인하는 것을 결사반대했다. 그럼에도 혼례가 성사되자 연을 끊어버릴 듯 돌아섰다가 신부가 신행을 치를 것이란 소식에 아예 작심하고 본가로 몰려들었다.

"대감, 어른들의 원한으로 새아기가 마음을 다치지 않을까, 걱정되어 그러는 것입니다. 부디 재고하여 주십시오."

"그러니 더욱 얼굴을 맞대고 한 식구가 되었음을 받아들이게 해야 하는 것이오."

왕명을 받들었다고 하나 스승님으로 인해 죄 없는 사람이 떼죽음을 당한 것은 엄연한 사실이었다. 눈앞에서 생때같은 가족을 억울하게 잃었으니 그 원흉의 자손을 제 식구로 인정하기란 쉽지 않을 것이다.

그렇다고 무조건 숨기고 감싸는 게 며느리를 위한 길이 아님을 알기에 영상은 기회를 마련해 주고 싶었다. 자신에게 그랬듯이 공주께서 어른들의 마음을 열고 어엿한 김씨 문중의 사람으로 인정받으실 수 있도록 말이다.

"며늘아기가 그리 약한 분이 아니니 부인께서도 미리부터 질겁하여 걱정할 필요는 없소. 간혹 힘들어 하시면 조용히 불러다 다독여 주시오."

재고의 뜻이 없음을 확고히 밝힌 영상은 사랑채를 향해 걸음을 떼었다. 남아 있는 응어리를 모조리 풀어야 할 시간이었다.

은명은 지아비가 잡아 주는 손을 잡고 가마에서 내렸다. 햇살처럼 밝은 노란빛의 저고리에 홍화색 치마를 차려입은 모습이 무척이나 고왔다. 사람들은 그 미려한 외관을 훔쳐보며 남몰래 작은 감탄을 쏟았다.

오늘은 시댁 식구들께 처음으로 인사를 드리는 날이었다. 최대한 어여뻐 보이고 싶은 마음에 은명은 새벽같이 일어나 단장을 마치고, 가마에서 내리고부터는 행동 하나하나에 신경을 기울였다.

차례대로 이어진 예식으로 어른들께 몇 번이나 큰절을 올렸는지 셀 수도 없었다. 다리가 후들거려 무릎이 꺾일 뻔한 적도 여러 번이었다. 다행히 그때마다 낭군이 옆에서 몰래 손을 잡아 주어 무사히 위기를 넘길 수 있었다. 이마에 솟은 땀방울을 재빨리 훔치며 은명은 드디어 시댁 어른들이 모두 모인 곳에 다소곳이 자리를 잡았다.

싸늘함과 다정함이 팽팽한 기류를 타고 묘하게 공존하는 느낌이었다. 시부모님과 형님 내외 그리고 요직에 올라 있는 몇 분은 서율과 은명을 바라보는 눈길에 따스함이 가득했다. 그러나 그 나머지 분들, 특히 백발이 성성한 어른들과 깐깐해 보이는 몇몇 중년의 어른들은 새사람을 향한 눈길에 등등한 서릿발이 서려 있었다.

은명은 어르신들의 질타가 귀에 들리는 것 같았다. '원수 놈의 핏줄이 감히 신분을 앞세워 기어이 우리 집안에 발을 들여놓다니!'라고.

은근한 적대감에 은명은 심히 부담스러웠다. 그렇다고 이대로 위축될 생각은 추호도 없었다. 각오를 단단히 하였으니 앞으로 석 달, 시댁에서 머물며 어떻게든 저분들의 마음을 돌려놓고 싶었다.

결심을 다잡은 은명은 한마디씩 건네는 어른들의 덕담에 살며시 고개를 들었다. 하지만 이내 움찔하여 시선을 다시 내리깔았다.

저분이 큰할머님?

하필이면 고개를 들었을 때 시선이 딱 마주친 노부인이 있었다. 이 댁의 가장 큰 어른이자 돌아가신 서율의 조부모님을 대신해 영상을 자식처럼 뒷바라지해 주었다는 한씨 부인이다.

시아버님 다음으로 상석에 자리한 그분은 싸늘한 눈길로 은명을 집어삼킬 듯 쏘아보았다. 웬만해선 절대 기죽지 않는 편이었지만 저분을 가까이서 뵙고 있으니 긴장감에 손끝이 다 떨렸다. 신행을 오기 전 서율의 외사촌누이에게 들었던 이야기도 귓전에 둥둥 맴돌았다.

'저도 시집가기 전까지 이모님 댁에서 가장 힘들었던 부분이 바로 그 큰할머님입니다. 한 번씩 오시면 길게 머물렀다 가시는데 어찌나 대쪽 같고 차가우신지……. 쉽게 곁을 내주는 분이 절대 아닙니다. 하나 그분의 마음을 잡아야 반대하시는 다른 분들도 잡을 수 있음을 잊지 마십시오.'

아무래도 쉽지 않을 것 같은 예감에 은명은 조용히 걱정의 숨을 내쉬었다.

영상 곁에 앉아 공주를 바라보는 한씨 부인의 눈가엔 실제로 매서운 손석풍이 회오리쳤다. 어쩔 수 없이 앉아는 있으나 솔직히 말하자면 이렇게 한방에 있는 것조차 불편하고 껄끄러웠다.

하루아침에 관비가 되어 밑바닥까지 내쳐졌던 기억이 어제의 일처럼 생생했다. 귀하게 자랐던 시누와 며느리가 차례로 겁간을 당한 뒤 스스로 목을 매었을 때 그 시신을 끌어안고 피를 토하듯 통곡했다. 죽고 싶은 충동을 다스리며 혼자만은 끝까지 정절을 지켰고, 질기게 살아남았다.

그러나 신분이 복권된 뒤 돌아온 건 지아비와 두 아들의 시신 세 구가 전부였다. 영상이 아니었다면 낭군에 자식까지 모두 잃은 그때 자신도 목을 매었을 것이다.

'부모님의 빈자리가 너무나 큽니다. 큰어머니, 성심성의껏 모실 것이니 소자의 어머니가 되어 주십시오.'

장례를 마치고 홀로 드러누워 있는데 약재를 들고 찾아온 영상이 그렇게 말했다. 다정했던 그날의 위로를 붙잡고 한씨 부인은 지금까지 버틸 수 있었다.

김대원은 조카가 아닌 아들이었다. 그러므로 서율은 자신에게 친손자나 진배없었다. 태어나는 저 아이를 이 손으로 직접 받았고, 정경부인이 자식 둘을 한꺼번에 잃고 몸져누웠을 때 사경을 헤매는 서율을 갖은 정성으로 간병해 살려내었다.

그런 아이를, 저 소중한 아이를 제 오라비의 안녕과 왕실의 안위를 위해 공주가 강론을 핑계로 접근해 유혹한 것이다. 이 집안을 박살 냈던 서한철의 손녀딸이, 영상을 배신하고 가슴에 칼을 꽂았던 서윤영의 딸자식이!

노여움에 잠식된 한씨 부인은 무겁게 붙이고 있던 입술을 열어 꼬장꼬장하게 말했다.

"지평, 이 할미는 앞으로 석 달, 이곳에서 머물고자 합니다."

조용하지만 서슬이 퍼렇게 살아 있는 목소리에 모두의 시선이 노부인에게로 쏠렸다. 일부는 걱정스러운 눈빛으로, 일부는 부인이 공주를 더 매몰차게 대해 주길 바라는 마음으로.

큰할머님의 현재 심정을 누구보다 잘 아는 서율은 공주에 대한 염려를 애써 삼키며 공손히 답했다.

"그리하십시오. 그간 공무가 바빠 자주 찾아뵙지 못했는데 이번 기회에 소손이 할머님을 잘 모시겠습니다."

"그래도 괜찮으시겠습니까?"

서율의 대답에 노부인의 시선은 은명에게로 향했다.

"이 늙은이까지 들어앉아 혹 불편하시진 않을지 걱정입니다."

"당치 않으십니다."

갑자기 날아든 물음에 은명은 마른 입술을 축이며 대답했다.

"아직은 부족한 것이 많으나 성의를 다해 모시겠습니다."

"그러십시오, 형수님. 곧 있으면 생신도 돌아오지 않으십니까. 새로 들어온 손자며느님께 생신상도 거하게 받으셔야지요."

관비로 내쳐졌을 때 누이를 관아의 현감에게 빼앗겼던 영상의 당숙이 어금니를 사리물며 은명의 대답을 맞받았다. 겨우 그 정도로는 성에 차지 않았는지 아예 작심하여 골탕을 먹였다.

"저는 내일 아침에 받게 될 손부의 아침상을 기대하고 있습니다. 시집와 처음 맞는 아침은 본래 새색시가 손수 지어 올리는 법이니, 과연 그 솜씨가 어떨지 고대하던 차입니다."

"쓸데없는 말씀을 하십니다. 어찌 귀한 분의 손에 물을 묻히라 하겠습니까."

서율은 당숙어른의 앙금 섞인 저울질에 현기증이 일었다가 큰할머님의 말씀에 가까스로 안도했다.

직접 음식을 해 올리라는 건 말이 되지 않았다. 비록 신분과 지위가 거두어졌다곤 하나 그의 아내는 선대왕의 유일한 적녀요, 임금의 하나뿐인 동복누이였다. 아무리 맺힌 게 많으시다 해도 어른들의 기분대로 골려먹을 수 있는, 그런 분이 아니라는 뜻이다.

게다가 공주의 음식 솜씨는…….

서율은 상상도 하고 싶지 않아 아무도 모르게 몸서리를 치는데 믿을 수 없는 일이 벌어졌다.

"아닙니다. 처음 와 맞는 아침인데 당연히 법도에 따라야지요."

공주가 해맑간 얼굴로 엄청난 말을 내지른 것이다. 옆에서 지아비의 얼굴이 하얗게 질리는 것도 모르고 사근사근 웃으며 어른들께 아예 장담까지 하였다.
"내일 조반은 제가 직접 지어 올리겠습니다."

서율은 공주의 손목을 끌고 황급히 안채로 건너갔다. 공주가 내일 아침, 어만두를 올리겠다며 자신만만히 답하던 그 순간이 꿈인지 생시인지 아직도 아찔했다.
다급했던 그는 어만두란 초여름 별식으로 낮것상에 올리는 것이니 내년 여름쯤 올리겠다고 말했다가 어른들의 무시무시한 눈총을 한몸에 받았다.
'생선이야 광어를 사용해도 되는 것이지요. 찬모에게 일러 재료를 준비하라 이르겠습니다.'
대놓고 감싸는 그의 행동에 기분이 상했는지 큰할머님이 곧장 동의했다. 서율은 공주가 무얼 믿고 이리 당당한지 당최 이해할 수 없었다. 방으로 들어와 호흡을 가다듬고 공주의 손을 부드럽게 감싸며 달래듯이 말했다.
"무리하지 마십시오. 조반을 올리는 건 천천히 해도 괜찮으니······."
"아니요."
어떻게든 말려 보려는 그를 공주가 오히려 저지했다.
"심려치 마십시오. 저도 잘할 수 있습니다. 형님처럼 열심히 해 저도 어르신들의 어여쁨을 받겠습니다."
"그럼 더 간단한 것으로 하십시오. 그 복잡한 걸 언제 일어나 만들려 하십니까."

"미리 준비하면 괜찮습니다. 얼음도 있다 하니 밤에 만들어 두었다가 아침에 찌기만 하면 될 것입니다."

"부인, 그게 그렇게……."

"글쎄 괜찮다니까요. 정선에서 돌아온 후 이것저것 많이 알아보았습니다. 이럴 게 아니라, 저는 찬모에게 가보겠습니다. 서방님도 얼른 사랑채로 돌아가십시오."

넘쳐나는 공주의 자신감에 서율은 말문이 막혔다.

진심이실까?

방금 들은 말이 도저히 믿기지가 않아 후다닥 뛰어나가는 아내의 뒷모습을 서율은 멍하니 바라만 보았다. 그간 틈틈이 요리를 배우셨을지도 모른다, 잠시 헛된 희망도 품어 보았다. 하지만 부리나케 쫓아온 보모와 난이의 등장에 그마저도 허무하게 날아갔다.

사색이 되어 달려온 그들은 제발 아기씨를 말려 달라며 사정사정했다.

"정선에서 돌아오신 이후 물러난 수라간 상궁을 불러 이것저것 묻기는 하셨으나 그것이 전부였습니다. 부탁입니다, 나리. 제발 아기씨를 말려 주십시오. 저대로 음식을 올리시면 크게 망신만 당할 것입니다."

"차라리 음식 맛이 이상하다, 사실대로 말씀드리는 게 어떻겠습니까? 이제는 아가씨도 현실을 바로 보셔야 할 때입니다."

보모에 이어 난이까지, 서율은 머리가 어질어질했다. 생각할 시간이 필요했다. 어찌하면 공주를 실망시키지 않고 어른들을 모두 만족시켜 이 위기를 타개할 수 있을까, 그것이 문제였다.

"흡."

푸른빛조차 감돌지 않는 깜깜한 새벽, 아무도 모르게 부엌으로 나온 서율은 공주가 만든 어만두를 먹어 보고 솔직한 반응이 터져 나왔다. 졸린 눈을 비비며 앉아 있는 보모와 난이는 "그러게 들지 마시라니까요." 하며 부지런히 손을 움직였다.

공주는 미시가 되어서야 방으로 돌아와 기절하듯 쓰러졌다. 그로부터 한 시진 뒤, 그는 피곤한 몸을 이끌고 부엌으로 나왔다. 아무리 고민해도 음식을 새로 만들어 놓는 것 외엔 달리 방도가 없다. 서율은 생선살로 소를 싸는 중인 보모와 난이 앞에 슬그머니 자리를 잡았다. 얼굴에는 미안한 기색이 한가득이었다.

"낮부터는 쉬게 해 줄 테니 오늘만 수고해 주게."

"저희도 이리하는 게 마음이 편합니다. 걱정하지 말고 나리께서는 들어가십시오. 괜한 걸음을 하셨습니다."

"아닐세. 나도 웬만한 건 할 줄 안다네."

"예?"

두 사람이 놀라서 바라보자 서율은 싱긋 웃으며 생선살에 소를 싸기 시작했다.

왕명을 받아 전국을 누비며 위험한 순간은 수도 없이 많았다. 그럼에도 그가 무사할 수 있었던 건 치경의 보호를 받았기 때문이다. 어느 겨울, 치경은 그 대신 어깨에 자상을 입고 크게 앓은 적이 있었다.

서율은 외딴곳에서 홀로 사는 의원을 간신히 찾아내 치경을 그곳에 눕히고 직접 수발을 들었다. 몸에 좋은 음식을 먹이고 싶어 근처 주막에 부탁도 했지만, 주모가 만들어 온 것이 영 성에 차지 않았다. 아쉬운 대로 몇몇 아낙들에게 귀동냥하여 영양식을 완성한 게 그의 첫 번째 음식이었다. 당시 서율은 치경이 기운을 차릴 때까지 여러 음식을 만들었다. 그러다 보니 간을 맞추고 양념을 준비하는 기본적인 방법을 자연스레 터득했다.

커다래진 눈으로 잠시 그의 손놀림을 지켜본 보모는 야무진 솜씨에 감탄을 표했다.

"나리께서는 참으로 못하는 게 없으십니다."

"어사를 아무나 하는 줄 아는가."

피식 웃으며 농처럼 말을 건넨 그는 이내 진중하게 덧붙였다.

"밖으로 돌다 보면 스스로 해야 할 일이 한두 가지가 아니더 군. ……잘 좀 부탁하네. 이왕 이리 된 거, 내일 어른들이 이 음식을 먹고 부인을 달리 보시면 얼마나 좋겠는가."

"여부가 있겠습니까. 우리 아기씨만 어여쁨을 받을 수 있다면 소인은 못 할 것이 없습니다."

"소인도 그렇습니다. 어르신들이 깜짝 놀랄 만큼 아주 맛있게 만들겠습니다!"

온 세상이 잠들어 있는 깊은 새벽. 영상 대감 댁 부엌에서는 사헌부의 지평이 여인들과 들어앉아 두런두런 담소를 나누며 음식을 만드는, 실로 기이한 광경이 벌어지고 있었다.

다음 날 아침, 문중 어른들이 서열대로 앉아 독상을 받은 사랑채에 적막이 흘렀다. 영상을 비롯한 집안 사내들은 눈이 휘둥그레져 상 위에 놓인 어만두에 시선을 고정했다. 자발적으로 나서기는 하셨으나 공주로 자란 서율 처가 음식을 할 수 있으리라곤 예상치 못했다. 한데 눈앞에 보이는 어만두는 그 모양, 빛깔, 크기가 기막힐 정도로 정갈했다.
 꽤 까다로운 음식이었을 텐데…….
 모두가 고개를 갸웃거리는 사이 공주를 못마땅해 하던 어른들은 국이고 뭐고 급히 젓가락을 들어 어만두부터 맛을 보았다. 시댁의 매운맛을 톡톡히 보여 주려던 참이었기에 꼬투리를 잡을 만한 게 필요했다. 그런데,
 ……마, 맛있다!
 비린내 하나 없이 입안에서 살살 녹는 생선살과 아삭하게 씹히는 채소. 거기에 간이 쏙 배어든 황육이 한데 어우러져 그야말로 맛이 일품이었다. 억지를 쓴다 해도 꼬투리를 잡을 데가 하나 없었다. 상차림을 살피는 한씨 부인도 대충 분위기를 짐작하고 놀라는 눈치였다.
 끄트머리에 앉아 그 고요한 소동을 지켜보는 서율은 뿌듯함이 차올랐다. 마지막으로 슬쩍 부친의 반응을 훔쳐보는데, 표정 변화 없이 어만두를 하나 드셔 보고는 무심한 듯 칭찬을 아

끼지 않았다.

"조리법을 잘 배우셨습니다. ……맛있습니다."

"과찬이십니다."

조마조마하게 지켜보던 공주가 뛸 듯이 기뻐하면서도 겸양을 떨었다. 그런 모습을 보고 있자니 서율도 입꼬리가 끝도 없이 치솟았다. 잠 못 자고 고생한 보람에 가슴이 터질 듯 희열까지 느껴졌다. 이제부턴 마음 놓고 음식을 즐길 차례인데 뒤이어 들려온 공주의 흥분한 음성에 그만 경악하고 말았다.

"준비하면서도 내내 불안했는데 입에 맞으신다니 참말 다행입니다. 앞으로도 조반상에 한 가지씩 음식을 지어 올리겠습니다."

"부인!"

저절로 튀어나온 큰 목소리에 어른들의 시선이 한꺼번에 서율에게로 향했다. 그중에서도 싸늘하게 식어 있는 큰할머님과 눈이 마주치자 그대로 입이 굳어졌다. 지아비의 심정이 어떤지도 모르고 공주는 그를 돌아보며 아무 걱정 말라는 듯 예쁜 웃음을 보냈다. 그러고는 어른들을 향해 다기지게 말했다.

"당분간은 맡겨 주십시오."

서율은 이 모든 게 차라리 꿈이기를 바랐다.

동이 트지 않은 새벽, 서율은 몸이 천근만근 무거웠다. 깊은

밤에 공주가 들어와 쓰러지면 한 시진 뒤 그가 일어나 부엌으로 향하는 생활을 반복한 게 어언 보름째였다.

이건 사는 게 사는 게 아니다. 피로감에 눈을 뜨기 힘들었고 아내의 품이 그립기도 하였다. 둘만의 비밀스러운 시간을 보낸 게 언제인지도 모르겠다. 매일 밤 혼절하듯 쓰러지는 아내를 붙잡고 제 욕심만 채울 수도 없기에 서율은 이래저래 고역이었다.

오늘도 어느덧 일어나서 나가 봐야 할 시각이었다. 서율은 자리를 털고 일어나는 대신 어둠 속에서 손을 더듬더듬, 달큼한 살 내음을 풍기는 공주를 찾아 꼭 끌어안았다. 이대로 아내의 목덜미에 얼굴을 묻고 늘어지게 잠이나 자고 싶었다.

스르르 다시 잠에 빠져드는데 어느 순간 소스라치게 놀라 상체를 일으켰다. 깜빡 정신을 놓으려던 찰나 공주를 바라보던 큰할머님의 싸늘했던 시선이 떠올라 잠이 확 달아났다.

내가 지금 이럴 때가 아니다.

졸음을 떨쳐낸 서율은 허겁지겁 일어나 방을 나왔다. 하루 이틀도 아니고 매일같이 보모와 난이를 괴롭힐 수도 없기에 까다로운 음식을 제외하고 이제 웬만한 건 그 혼자서 해결하고 있었다. 산산한 공기가 피부에 와 닿자 남아 있던 잠기운도 한꺼번에 사라졌다.

깜깜한 부엌으로 들어선 그는 희미하게 불을 밝힌 뒤 바지런히 몸을 움직였다. 오늘은 큰할머님의 생신이었고, 공주는 곽탕(미역국)을 직접 끓이겠다고 호언장담하였다. 서율은 한 솥 끓여 놓은 곽탕을 사발에 떠서 맛부터 보았다. 연이어 세 술 정도

맛을 보는데 서서히 그의 얼굴에 환희가 몰아쳤다.

밍밍하다!

정말 아무런 맛도 나지 않았다. 굳이 설명하자면 맹물에 미역과 소고기만 둥둥 떠 있는 그런 맛. 그동안 뭐라 형용할 수도 없는 맛을 바로잡느라 애를 먹었던 그에겐 눈물이 나도록 고마운 일이었다. 간단하게 간을 맞추고 불을 지펴 우려내기만 하면 될 것 같았다.

다행이다.

서방님이 힘들까 봐 차라리 아무 맛도 내지 않아 준 공주를 기특해 하며 그는 익숙한 동작으로 부뚜막에 불부터 지폈다. 그로부터 반 시진 뒤 그는 개운한 낯으로 부엌문을 나섰다. 이렇게 일찍 새벽일을 끝낸 것이 처음이라 뿌듯하기도 했다.

얼른 가서 공주를 살짝 깨워 볼까?

생각만으로 입가에 미소가 어리는데 그는 채 두 걸음도 떼지 못하고 멈칫하였다. 가슴이 쿵 내려앉아 서늘한 기운이 등골을 타고 흘러내렸다.

"하, 할머님……."

어둠을 밝힌 잔잔한 등불 아래 한씨 부인이 무표정한 얼굴로 서 있었다. 큰할머님에게선 한파처럼 냉랭한 목소리가 흘러나왔다.

"이 새벽에 그 안에서 무엇을 하고 있었느냐?"

"저녁 먹은 게 부실했는지 시장기가 일어……. 곤히 잠든 부인을 깨우기도 뭐해서 잠시 나와 봤습니다."

당황한 서율은 무슨 말을 하는지도 모르고 나오는 대로 대답했다.

"그래? 이 할미가 간단히 요기할 거라도 만들어 주랴?"

"아닙니다. 밀과가 남아 있기에 시장기는 면했습니다."

입안이 바짝 말랐다. 희미한 불빛 속, 무슨 생각을 하시는지 큰할머니의 표정은 종잡을 수 없었다.

"새벽에 등청해야 한다고 들었다."

"전하께서 찾으시어 잠시 궐에 다녀와야 합니다."

"무정도 하시구나. 오늘은 이 할미의 생일이거늘."

"전하께서도 알고 계십니다. 조반상이 들기 전까진 돌아올 겁니다. 다녀와서 안사람과 문안인사를 드리겠습니다."

정적이 흘렀다. 긴장한 서율은 무엇을 어찌해야 할지 몰라 이러지도 저러지도 못하고 멀뚱히 서 있기만 하였다. 그러자 끝까지 한기를 내뿜던 큰할머니는 건조한 어조로 어둠 속에서의 대치를 마무리 지었다.

"무얼 그리 서 있는 것이냐. 얼른 들어가 쉬도록 하여라."

"예, 할머님. 소손 이만 들어가 보겠습니다."

너무 놀라 큰할머니이 이 새벽에 왜 나와 계시는지, 그 이유조차 묻지 못했다. 지금 중요한 건 가급적 빨리 이 자리에서 벗어나는 것이었다. 서율은 한 번 돌아보지 않고 아내가 잠들어 있는 안채로 최대한 빠르게 도망쳤다.

전하의 알현은 금세 끝났지만, 문제는 사헌부의 일이었다.

신참으로 들어온 사헌부의 감찰 하나가 형조참의의 문란한 사생활을 캐다가 싸움에 휘말렸다.

여기저기 쫓아다니며 그 일을 처리하고 보니 해는 중천에 솟았다. 문안인사는커녕 생신상을 받는 자리에도 늦어졌다. 우례를 치른 뒤 집안 어른들이 또 한 번 한자리에 모인 오늘, 혼자서 어색해 할 공주가 걱정돼 서율은 헐레벌떡 집으로 돌아왔다.

"이제 오십니까, 작은서방님."

찾아오는 손님으로 정신이 없을 집사가 부지런히 달려 나와 그를 맞았다.

"조반은 모두 끝내셨느냐?"

"아닙니다. 이제 막 시작하셨습니다."

예상치 못한 답변에 서율은 두 발을 멈추고 집사를 보았다.

"그게 무슨 소리냐, 이제 막 시작이라니?"

"아침에 이천댁이 부엌엘 가보니 보영당 마님께서 끓여 놓은 곽탕에 나복저가 사발째 빠져 있더랍니다."

"뭐?"

"그게 참, 어찌된 일인지…… 선반에 올려놓은 게 떨어졌나 싶기도 합니다."

누군가 악의적으로 장난을 쳐놓은 것으로 보이지만 곧이곧대로 그렇다고 할 수도 없어 집사는 에둘러 말했다.

"그래서? 그걸 마님께서 새로 끓인 것이냐?"

"아닙니다. 이천댁이 발견하자마자 급하게 다시 끓였다고 합니다."

다행이었다. 가슴이 덜컥 떨어졌던 서율은 안도의 숨을 내쉬는데 이어지는 집사의 말에 눈앞이 아찔했다.

"그래도 마님께서 아쉬워하시니 노마님께서 간단한 거로 하나 만들어 올리라 하셨습니다. 그것을 기다리느라 조반이 이제 시작된 겁니다."

"음식을 새로 만드셨단 말이냐?"

"예. 닭고기수삼냉채를 하셨다고……."

집사의 말이 끝나기도 전에 서율은 거의 뛰듯이 걸었다. 이제 와 사실이 밝혀지면 비난의 강도는 훨씬 거세질 것이다. 그 모든 책임은 다 저에게만 있기에, 아내는 아무것도 모르고만 있기에 그는 큰할머님이 생신상을 받고 있는 곳으로 쏜살같이 뛰어들었다.

대청마루를 지나 어른들이 각각 독상을 앞에 두고 앉아 있는 곳. 공주는 상석에 앉아 상을 받고 있는 큰할머님과 부친께 막 음식을 올리고 있었다.

"이제 온 것이냐? 자리에 앉거라."

요란하게 뛰어든 그에게 시선이 몰렸다. 혹시라도 불호령이 떨어질까 봐 모친께서 먼저 입을 열었다. 제일 끄트머리, 형님 옆에 주인 없이 차려진 독상이 바로 그의 자리였다.

어찌해야 할까.

그의 시선이 부친과 큰할머니 상에 놓인 냉채로 향했다. 지금 당장 무릎을 꿇고 먼저 이실직고해야 하는지 고민스러운데, 형님이 따끔하게 주의를 주었다.

동시에 부친은 젓가락을 들어 며느리가 손수 해 올린 냉채를 입으로 가져갔다. 공주의 두 눈은 기대감으로 빛났고, 음식을 씹는 부친의 표정은 돌연 딱딱하게 굳어졌다. 그 옆, 큰할머니 역시 냉채를 입에 넣자마자 움찔하시곤 표정이 변했다. 서율은 머릿속이 하얗게 비워지며 그 자리에 털썩 무릎을 꿇었다.

끝났다!

새벽에 마주친 큰할머니의 차가운 눈빛과 심상치 않았던 표정이 차례로 머릿속을 스치고 지났다. 이제야 알 것 같았다. 곽탕에 나복저가 사발째 빠져 있던 이유를, 큰할머님께서 아내가 음식을 지어 올릴 때까지 기다리신 이유를.

다 알고 계셨던 것인가. 하여 일부러 그리하셨단 말인가. 매정도 하시구나.

지난 보름, 어른들의 눈에 들어 보고자 최선을 다해 노력했던 아내가 안쓰러워 서율은 눈가가 화끈거렸다.

"……."

그런데 어째 이상하기만 했다.

"너 거기서 무얼 하는 것이냐?"

이쯤에서 호통이 떨어져야 하는데 돌아오는 것이라곤 타박이 섞인 형님의 목소리가 전부였다. 두 어른에게선 아삭아삭 음식 씹히는 소리밖에 들려오지 않았다. 그 알 수 없는 상황에 서율이 멍하니 상석을 보니 부친과 큰할머님은 표정 없는 얼굴로 묵묵히 식사를 이어 가고 계셨다.

공주도, 서율도 긴장된 얼굴로 두 분을 뚫어지게 응시하는데

공주, 선비를 탐하다 3 293

드디어 부친께서 조용히 질문하셨다.

"냉채를 얼마나 만드셨습니까?"

"시간이 촉박해 많이는 못 만들었습니다. 하나 두세 분은 더 드실 수 있을 겁니다."

공주는 두 분께서 음식이 입에 맞는다고 철석같이 믿고 있는 듯했다. 그 모습을 가만히 보고 계시던 큰할머님께서 곧바로 명령했다.

"가져오십시오."

"예?"

"거기에 있는 게 전부라는 것 아닙니까?"

큰할머님은 공주의 뒤쪽으로 놓인 그릇에 시선을 던지며 물었다.

"예, 할머님."

"시탁째 이리 가져오십시오."

공주가 남아 있는 냉채를 시탁째 가져다 올리자 큰할머님은 여전히 표정 없는 얼굴로 부친께 물으셨다.

"영상도 더 드시겠습니까?"

"……예. 그래야지요."

이게 대체 무슨 일인지 모르겠다. 서율은 얼떨떨하게 두 분을 지켜보고 있는데 슬그머니 곁으로 다가온 모친께선 기특한 기색을 담아 소곤거렸다.

"네 처가 아주 제법이구나. 이번에도 맛있게 된 듯해."

평소 소식을 즐기며 전혀 식탐이 없으신 두 분이 앉은자리에서 공주가 만든 음식을 전부 들고 계셨다. 서율이 머뭇머뭇하며 주변을 둘러보면 자리에 앉은 어른들은 하나같이 전부 냉채를 바라보고 계셨다. '저게 얼마나 맛있으면……' 하는 엄청난 오해와 함께.

하지만 그 상상도 못 할 맛을 알고 있는 서율은 눈앞의 광경이 이해되지 않았다. 그저 한 가지 가능성만 머릿속에 깜박거렸다.

설마…… 감싸 주시는 것일까?

주어진 몫의 냉채를 묵묵히, 집중적으로 들고 계시는 두 어른과 이를 지켜보며 흐뭇하게 웃고 있는 아내. 부친과 큰할머님께서 제 안사람을 진짜 가족으로 여기며 품어 주시는 것 같아 서율은 감격스러웠다. 형님과 집안 어른들의 눈총에도 방 한가운데 어정쩡하게 무릎을 꿇고 앉아 한참이나 움직이지 못했다.

앞으로 석 달간 영상의 사저에서 지내겠다, 가족 앞에서 선언했던 한씨 부인은 계획을 전면 수정했다. 급작스럽게 돌아갈 채비를 마치고 서둘러 안채를 나섰다.

약 두 시진 전.

'생일상도 받았으니 이 늙은이는 이제 돌아가겠습니다.'

상을 물린 직후 노부인에게서 나온 발언에 모두가 헛숨을 들이겼다. 그것이 긍정적인 의미인지 부정적인 의미인지, 누구도 감을 잡지 못했다. 더 계시라는 가족의 만류에도 노부인은 보름으로 충분하다며 기어이 가마를 대령시키고 짐을 챙기라 지시했다.

식구들은 배웅하겠다며 따라나서면서도 표정을 살피느라 안달복달이었다. 그런 가운데 노부인은 꼬장꼬장한 평소 모습 그대로, 오직 가마를 향해 걷기만 하였다.

칠십 평생을 살면서 그런 맛을 경험한 건 처음이었다. 어찌하면 같은 재료로 그런 맛을 낼 수 있는지 신기할 지경이었다. 그러다 곧 초조함이 일었다. 방에 있는 누군가가 공주가 만든 음식을 맛보기라도 할까 봐. 재빠르게 결론도 내렸다. 차라리 다른 이는 입도 대지 못하게 싹 먹어치워야 한다고.

오로지 그 일념으로 눈앞의 진수성찬을 두고 정체 모를 냉채 하나로 배를 채웠다. 속이 더부룩했으나 모든 건 스스로가 자초한 일이니 누구를 탓할 수도 없다.

서율이 쫓아 나오며 안절부절못하는 게 느껴졌지만, 노부인은 모르는 척 손자의 애간장을 말렸다. 자신이 무슨 연유로 제 안사람을 덮어 준 것인지 그 이유를 몰라 속이 타들어 갈 것이다.

매일같이 올라오는 훌륭한 음식에 한씨 부인도 처음에는 당황스러웠다. 하지만 곧 이상한 낌새가 감지되었다.

'열심히는 하시나 칼질도 그렇고, 아직은 힘들어 하십니다.'

찬모의 의견을 듣고 몰래 쫓아가 봤더니 부엌에서의 공주는 열심히만 하였지 모든 것이 어설펐다. 상 위에 올라왔던 음식은 그 칼질까지도 뭐 하나 서투른 부분이 없어 처음에는 보모와 궁녀였던 아이를 의심했다.

그러나 아무리 지켜봐도 꼬리를 밟을 수 없었고, 머릿속엔 차츰 말도 안 되는 추측이 똬리를 틀었다. 공주의 눈 밑이 거뭇해질수록 그보다 더 어두운 빛을 띠어 가던 손자의 눈 밑이 떠올랐다.

그럴 리가 없다!

잠을 못 자고 뒤척거리다 충동적으로 오늘 새벽, 부엌으로 나가 보았다. 늦은 밤까지 공주가 곽탕을 끓이는 걸 확인했기에 맛이라도 보아야겠다, 생각한 것이다.

한데 그곳에서 서율을 마주치는 순간 끔찍했던 상상이 사실이었음을 알아챘다. 아니나 다를까 손자를 보낸 뒤 들어가 확인하니 솥단지가 뜨끈뜨끈한 게 탕을 새로 끓인 티가 역력했다.

끝내 우리 아이의 손에 물까지 묻히게 하였구나!

나랏일에 바빠 정신없는 아이가 남몰래 부엌일까지 해 왔다는 사실에 속이 뒤집혔다. 분노가 끓어올라 팔팔 끓여 놓은 탕에다 손에 잡히는 대로 무언가를 처박아 놓았다. 공주고 뭐고 꼴도 보기 싫었다.

다음 날, 공주는 탕이 버려졌다는 소식에 매우 안타까워하였다.

'제가 끓인 곽탕을 꼭 올리고 싶었습니다.'

'그래요? 그리 아쉬우시면 이 할미가 기다리겠습니다. 간단

한 거라도 만들어 올려 주시든가요. 자릿조반을 늦게 들어 조반상은 천천히 받아도 될 것 같습니다.'

순수하게 기뻐하는 공주를 바라보며 노부인은 힘주어 이를 물었다. 서율도 등청하고 없으니 궁녀들을 따돌린 후 공주의 진짜 실력을 파헤치리라 다짐했다. 전날까지 올렸던 음식과 조금이라도 차이가 난다면 톡톡히 망신을 줄 심산이었다.

여태까지의 일을 곱씹을수록 한씨 부인은 노여웠다. 울화가 치미는 마음을 달랠 길이 없어 음식이 되기만을 기다리며 밖으로 나가 조금씩 거닐었다. 그러다 부엌 근처 화단까지 이르렀을 때 멈칫하여 정면을 주시했다.

앞치마를 두른 공주가 화단 앞에 서서 마지막 꽃봉오리를 피워낸 백일홍을 들여다보고 있었다. 꿈을 꾸는 듯 그리움 가득한 감성이 아련히 드러난 모습이었다. 그리고 그 분위기는 아직까지 기억 속에 선명히 남아 있는 누군가의 모습과 묘하게 겹쳤다.

10년 전, 4월.

며칠 전부터 병판의 사저에 머물기 시작한 한씨 부인은 한 땀 한 땀 정성을 다해 답호를 지었다. 보령에서 현감으로 재직하다 근 1년 만에 도성으로 돌아온 서율을 위한 것이었다.

그 아이가 돌아온다는 소식에 곧바로 짓기 시작해 이제 막 마무리가 되었다. 마지막 한 땀을 완성하고 실을 끊어낸 부인은 뿌듯함을 머금고 답호를 어루만졌다. 옷 안쪽엔 어떤 모양의 자수를 놓아줄까, 즐거운 상상도 하였다.

혼자만의 흐뭇함은 오래 가지 못했다. 서율이 떠오르자 한씨 부인은 작게 한숨을 쉬었다. 오랜만에 만난 그 아이는 여전히 영민하고 기특할 만큼 의젓했다. 단지, 얼굴에 떠오르는 알 수 없는 어둠과 공허감. 이곳을 떠나기 전까지 전혀 볼 수 없었던 그림자가 자꾸만 눈에 띄어 마음에 걸렸다.

어린 게 너무 일찍 어미 곁을 떠나서 그런가…….

아니다. 막연한 추측을 해 보던 부인은 고개를 저었다. 만약 그렇다면 지금쯤은 원래의 모습대로 돌아와 있어야 했다. 그런데 한참을 지켜봐도 서율은 항상 다른 어딘가를 바라보았다. 차마 말을 붙이지 못할 정도로 슬픈 눈빛과 기운 없이 축 처진 어깨를 하고 있었다.

속이 답답해진 부인은 푸르스름 아침이 밝아오는 새벽의 신선한 바람 속으로 나가 보았다. 그녀에게 이른 새벽의 산책은 익숙한 일이었다. 먼저 간 자식과 지아비가 떠오르는 날이면 늘 이렇게 잠을 자지 못하고 밖으로 나가 하늘을 올려다보곤 하였다.

터덜터덜, 사저의 후원을 향해 무거운 몸을 이끌었다. 새들이 푸드덕 날아오르고 떠오르는 태양을 가장 먼저 반길 수 있는 곳. 그곳에 도착해 크게 심호흡하는데 자신보다 먼저 나와 있는 사람이 있었다.

서율.

저 어린아이가 이른 시각에 일어나 홀로 새벽 속에 있었다.

보령에서 올라온 뒤 이젠 습관이 된 듯 같은 방향의 하늘을 올려다보며. 소년의 뒷모습을 물끄러미 지켜본 부인은 기척을 내고 다가갔다.

'할머님!'

돌아본 서율은 특유의 정갈하고 바른 모습으로 그녀를 반겨주었다.

'어찌 벌써 일어난 것이냐? 한창 잠이 많을 나이이거늘.'

'저절로 눈이 떠졌습니다.'

거짓말이었다. 한눈에 보기에도 아이는 잠을 못 이룬 눈치였다.

다시 악몽을 꾸기 시작한 것인가?

얼른 훑어봤지만, 그것과는 분위기가 사뭇 달랐다. 그렇다면 이유는 하나, 보령에서 가져온 어떤 근심이 그를 잠 못 들게 하고 있는 것이다. 가만히 서율을 바라보던 한씨 부인은 지금까지 추측만 해 왔던 문제를 입 밖으로 직접 꺼내 보았다.

'서율아.'

'예, 할머님.'

'혹시 보령에서 무슨 일이 있었던 것이냐?'

'아니요. 특별한 일은 없었습니다.'

아이는 조금도 망설이지 않았다. 두 눈은 투명했고 목소리는 더없이 또렷했다. 내가 착각을 하였나, 곧장 그런 생각도 들었다.

'꽤 정들었던 곳인데 훌쩍 떠나온 게 마음에 걸렸었나 보니

다. 괜한 일로 할머님께 심려를 끼쳐 송구합니다.'

'아니다. 그럴 수도 있지. ……참, 이 할미가 네 답호를 지었다. 이번에도 수를 놓아주려 하는데 무엇이 좋겠느냐? 저번처럼 아범에게 물려받은 죽장도를 수놓아 줄까?'

'예, 그리하여 주십시오. 매번 감사합니다.'

'그래. 아직은 시간이 이르니 이만 들어가 조금이라도 더 눈을 붙이거라. 일찍 일어난 탓인지 얼굴이 푸석하구나.'

이리 보니 살도 많이 내려앉고 얼굴도 까칠했다. 음식을 제대로 넘기지 못하는 것 같아 걱정하고 있었는데 역시나 이렇게 그 결과가 나타나기 시작했다.

'예. 그럼 소손은 이만 들어가겠습니다. 아직은 새벽바람이 차가우니 할머님께서도 조금만 있다가 들어가십시오.'

'오냐.'

아이는 심상하게 물러갈 듯하더니 이내 두 발을 멈추고 부인을 돌아보았다.

'할머님!'

'왜 그러느냐?'

'혹…… 백일홍을 수놓아 주실 수 있으십니까?'

'백일홍?'

옷에 꽃을 수놓아 달라고 할 줄은 몰랐기에 조금은 뜬금없는 소리로 들렸다.

'해 줄 수는 있다만, 어찌하여 백일홍인 것이냐?'

'별건 아닙니다. 그저, 보령에 두고 온 백일홍이 안타까

워······.'
 대답을 하면서도 아이의 두 눈은 여지없이 먼 데 하늘로 향했다. 한씨 부인이 다가와 말을 걸기 전까지 하염없이 올려다보던 바로 그 방향의 하늘이었다.

 당시 서율이 보령을 떠나온 건 소소리바람이 기승을 부리던 3월 초순. 꽃망울도 틔우지 않았을 그 추위에 무슨 백일홍을 두고 왔다는 것인지 이해할 수 없었다. 그래서 아이의 샛맑은 눈동자가 짙게 일렁였던 게 저만의 착각일 거라고 치부해 왔었다.
 그러면서도 소년에게서 전해지던 애틋한 아픔. 품에 안고 괜찮다, 위로해 주고 싶었을 만큼 상처받은 눈빛은 잊을 수가 없었다. 10년이 지난 바로 오늘에 이르기까지 말이다.
 하여 어쩌다 백일홍이 눈에 들어오면 여러 가지 궁금증이 솟아나 한씨 부인은 그것을 한참이나 들여다보곤 했다. 그런데 오늘, 그때의 손자와 비슷한 표정을 하고서 백일홍을 보고 있는 공주를 목격했다. 부인은 충동적으로 공주에게 다가가 떠보듯이 물었다. 혹시라도 손자에게 뭔가 들은 이야기가 있지 않을까, 강한 호기심이 일었다.
 '지평도 가끔 백일홍을 내려다보곤 하지요. 이 평범한 꽃이 뭐가 그리 애틋할까요? 할미가 이리 궁금해하는데 그 아이는 아무 말도 해 주지 않아 가끔 서운합니다.'
 '그러셨습니까? 대신 제가 말씀드릴 테니 서운해 하지 마십시오.'

그런 부분에 관해서 공주는 막힘없이 시원했다. 할머님께만 살짝 말씀드리는 것이니 비밀로 해 달라, 당부하며 오래전 보령에서 있었던 일들을 줄줄이 말했다.

전부 처음 듣는 소리였다. 두 사람의 첫 만남이 보령이었다는 사실도, 어린 공주를 버려 두고 서율이 도망치듯 그곳을 떠나왔다는 사실도. 본인이 얼마나 의미심장한 이야기를 쏟아내는지도 모르고, 노부인이 얼마나 큰 충격을 받고 있는지도 모르고 공주는 얼굴 가득 행복한 미소를 지었다.

어린 현감의 현명했던 판단을 자랑스러워하며 애틋하게 백일홍을 내려다보았다. 순간 한씨 부인은 명확히 알 수 있었다. 먼 곳에 두고 와 안타까웠다던 그 아이의 백일홍이 바로 공주였다는 것을.

대기 중인 가마 앞까지 걸어온 노부인은 공주를 돌아보았다. 나잇값도 못 하고 사사로이 감정을 폭발시킨 늙은이에게 공주는 산뜻한 미소를 지어 주었다. 그 미소는 청량하고도 쾌적해 오랫동안 고여 있던 원한이라는 웅덩이마저 정화시키는 느낌이었다. 한여름의 더위를 식혀 주는 서늘하고 푸르른 대나무 숲에 와 있는 것처럼.

저러한 분을, 오랜 세월 손주의 마음을 차지하고 계셨던 분을 더는 원수의 손녀로만 대할 수는 없었다. 사람들 앞에서 망신을 주기도 싫었다. 그것이 손자에게 상처를 주는 일임을 이제는 똑똑히 알고 있었다.

살날이 얼마 남지 않은 늙은이의 원한이 무슨 소용이란 말인가. 살아갈 날들이 멀고 먼 저 아이들만 행복할 수 있다면 부인은 그것으로 만족하였다. 아직도 앙금이 남은 나머지 식구들은 조만간 불러모아 타이를 작정이었다.

한씨 부인은 한결 홀가분한 마음으로 공주를 보았다. 주변의 다른 식구들이 전부 듣도록 당부의 말도 잊지 않았다.

"조식상에 음식을 올리는 건 멈추도록 하세요."

"괜찮습니다, 할머님. 저는……."

"이 늙은이의 말대로 하십시오. 그만하면 되었습니다. 더는 찬모와 숙수에게 일거리를 빼앗지 마십시오. 상전이 자꾸 부엌에 드나들면 그들도 불편해 합니다."

마지막까지 의지를 불태우던 공주는 아랫사람이 힘들다는 말에 그 이상 고집을 부리지 못했다.

"예. 그리하겠습니다."

"음식을 더 맛있게 만드는 법, 이 할미가 가르쳐 드릴까요?"

공주가 얌전히 승복하자 한씨 부인은 가장 해 주고 싶었던 다른 말도 덧붙였다.

"예, 할머님. 가르쳐 주십시오."

공주는 눈을 초롱초롱 빛냈고, 노부인은 아무도 엿듣지 못하게 바짝 다가가 속삭였다.

"간을 보십시오."

"예?"

공주의 두 눈이 휘둥그렇게 커졌다. 그간 무슨 일이 벌어졌는지도 모르고 오늘도 열심히 자신만의 삶을 사는 공주가 새삼 흥미로웠다. 한씨 부인은 입가에 희미한 미소를 덧그렸다. 아무도 예상치 못한 그 미소에 모든 식구가 깜짝 놀랐다. 노부인은 자신의 귓속말과 미소를 그들이 마음껏 상상하게 내버려두고 가마에 올랐다.

공주를 향해 더 크게 웃어 줄 수는 없었다. 싸늘한 주검이 되어 돌아온 지아비와 두 아들이 마음에 걸려서. 혼인한 지 두 달 만에 정절을 잃고 자결해야 했던 며느리가 불쌍하여서. 그래도 그동안 늙은이의 못된 성미를 맞추느라 고생하셨으니,

……여기서부터 시작하겠습니다.

먼저 간 가족에게 미안해서일까. 탄력을 잃고 주름진 얼굴에 가슴 아픈 눈물이 흘러내렸다.

일찍부터 잠자리 들었던 서율은 어둠이 지나고 평소 일어나는 시각을 훌쩍 넘겼음에도 아직까지 눈을 뜨지 못했다. 쌔근쌔근, 어린아이처럼 고른 숨을 내쉬었다. 새벽같이 일어나 밖에다 얼굴을 비치고 들어온 은명은 낭군의 잠든 모습을 지켜보다 옆자리에 조심스레 몸을 뉘었다. 얼굴 가득 안타까움이 흘렀다.

얼마나 피곤하셨으면…….

은명은 수삼냉채만 생각하면 어딘가로 숨어버리고 싶을 만

큼 얼굴이 화끈거렸다. 사실 어제 지아비 몫의 냉채를 따로 남겨 두었다. 양이 적었기에 혹시라도 그가 맛을 보지 못할까 봐 몰래 챙겨 두었던 것이다. 바쁜 일이 지나고 한가해진 시간, 은명은 그에게 가져다주기 위해 남겨 둔 냉채를 소반에 올렸다.

그러다 문득 간을 보라는 큰할머님의 말씀이 떠올랐다. 젓가락을 들어 두근대는 마음으로 맛을 보았고 그 자리서 곧바로 뱉어버렸다. 믿을 수 없을 만큼 시고 짠데다 기이하게 단맛까지 강했다. 당황한 은명은 누군가 음식에 장난을 쳤다며 대로하였다.

그때 보모와 난이가 옆에서 요상한 한숨을 내쉬었다. 이어서 듣게 된 엄청난 진실들. 은명은 충격에 빠져 한동안 얼이 빠졌다.

'이상하다, 분명 내가 처음으로 요리했을 땐 맛있었는데……'

'그땐 마마님이 옆에서 간을 맞춰 주셨잖아요.'

난이의 조심스러운 핀잔에 은명은 아무런 대꾸도 할 수 없었다. 그때 이후 용기를 얻은 은명은 놀이처럼 요리에 도전했고, 아무리 적은 양이라도 음식을 하다 보면 입맛이 떨어져 맛을 보지 않았다. 그저 처음 해 본 요리가 맛있었으니 나머지도 그 수준은 되겠거니 하며 자신감만 충만했다. 제 솜씨가 이토록 형편없는지도 모르고.

오늘에야 냉정한 현실과 마주한 은명은 두 뺨이 따끔거렸다. 시부를 뵙기가 민망했고 특히 지아비가 애처로워 어쩔 줄을 몰랐다. 정선에서 내내 그런 음식을 드신 것도 모자라, 보름 넘게 잠도 못 자고 손수 부엌일을 해 오셨다니…….

지금까지 착각 속에 살아왔구나, 창피하고 미안했다. 은명은 깊이 잠든 낭군의 손을 부드럽게 감싸 쥐었다. 그의 얼굴 구석구석에 드리워진 피곤의 흔적이 안타까웠다. 한편으론 어른들로부터, 서방님으로부터 아낌 받고 있다는 생각에 행복하기도 했다.

은명은 지아비의 품속으로 파고들었다. 그는 곤하게 잠을 자면서도 안겨 오는 은명의 보드라운 몸체를 꼭 끌어안았다. 열정적이고 절절한 연심도 좋지만 이런 느낌 또한 굉장히 만족스러웠다. 포근하고, 안정적이고, 따뜻한. 일상 속에서 느껴지는 이 꽉 차오르는 행복감.

은명이 그의 가슴에 뺨을 비비자 그 또한 머리에다 뺨을 비비적거렸다. 좋은 꿈이라도 꾸는지 입꼬리는 살짝 올라가 있었다.

강하게 내리쬐는 아침 햇살이 문창지를 통과해 머릿병풍 주변에서 요나하게 흩어졌다. 아직은 괜찮으니 천천히 아침을 맞이하라는 듯…….

금방 나가 봐야 했지만 그윽하게 깔린 어둑한 기운을 핑계 삼아 은명은 살포시 눈을 감았다. 조금만 더 이렇게 이 사람과 함께 있고 싶었다.

스승, 정인, 낭군. 김서율의 또 다른 이름은 가족이었다.

은명은 서서히, 그렇지만 확실하게 김씨 문중으로 스며들고 있었다.

외전 3

새워지다

들판의 곡식이 황금빛으로 물결치는 9월 중순의 의천상단. 대행수에서 이제 한양지점 도방이 된 중년의 사내가 청초한 분위기를 자아내는 한 여인과 마당으로 나왔다. 그는 넉넉하게 웃으면서도 미안한 기색을 감추지 못했다.

"덕분에 기한 내에 무사히 끝내기는 했는데, 양반댁 아가씨를 이리 자꾸 부려먹어도 되는지 모르겠습니다. 다음부턴 이 몹쓸 노인네가 우는소리를 해도 절대 반응해 주지 마십시오."

"또, 또! 왜 자꾸 그러십니까, 도방 어르신."

살굿빛 피부에 보기 좋은 입술을 삐죽거리며 아정은 속상한 마음을 드러냈다.

올해 열여덟, 어느새 놀랍도록 성숙해진 아정은 다홍빛 치마와 상앗빛 저고리가 근사하게 어울리는 반가의 여식다운 모습을 갖추고 있었다. 누더기를 걸치던 이전과는 비교도 할 수 없을 만큼 현재의 생활은 풍족했다. 비록 많은 것이 변했어도 바르고 순수한 내면만은 그대로였기에 거리를 두려는 도방의 태도가 아정은 서운했다.

"이러다 대방 어르신께서 아시는 날엔 펄펄 뛰실 겁니다."

특히 대방 강준혁의 처사는 때때로 몰래 눈물을 삼켜야 할 만큼 매정하기 그지없었다. 누이처럼 아껴 주고 다정히 대해 주었던 그가 올 초, 갑자기 아정의 상단 내 출입을 엄격히 금지했다. 반가의 규수가 함부로 이런 곳을 드나들다간 구설에 오를 수도 있다는 이유에서였다.

자신을 위해 그런다는 건 알고 있지만, 너무도 쉽게 돌아서는 그의 모습에 아정은 밤마다 초근초근 베갯잇을 적셔야 했다. 그럼에도 의천상단을, 강준혁을 벗어날 수 없었다. 아정은 숙련된 일손이 부족해 도방이 힘에 부칠 때마다 은밀히 드나들며 멀리서 준혁을 지켜보았다.

많은 것을 가졌지만 어느 것도 온전히 소유하려 하지 않는 사람. 따뜻한 봄이 와도, 싱그러운 여름이 와도, 풍요로운 가을 하늘 아래서도 1년 내내 쓸쓸한 늦가을의 계절을 살고 있는 사람. 아정에게 준혁은 설레는 기쁨이자, 피할 수 없는 슬픔이요, 눈을 떼려야 뗄 수 없는 안타까움이었다.

"제발 그런 걱정은 마시고 일손이 부족하거든 언제든 소녀를 불러 주십시오. 그럼 저는…… 어?"

인사를 하고 돌아가려던 아정은 때마침 나타난 낯선 이들의 등장에 시선을 빼앗겼다. 저만치, 극성맞게 생긴 한 노파가 점잖아 뵈는 중년의 여인과 조신하면서도 귀염상인 젊은 처자를 대동하고 당당하게 상단을 들어서고 있었다.

그들은 행랑채 마당을 가로지르다 아정을 발견하곤 일제히 시선을 집중했다. 매파는 경계의 눈초리를, 중년의 부인은 도도한 눈길을, 어린 규수는 새침한 눈빛을 보내며 유유히 아정을 지나쳤다.

몸가짐으로 보았을 때 노파 뒤의 두 여인은 반가의 사람임이 틀림없었다. 그러나 그 행색이 의천상단을 드나들 만한 손님들로 보이지 않아 아정은 궁금증이 솟았다.

"저분들은 누구입니까?"

"저 앞에 있는 노인네가 바로 매파입니다."

"매파요?"

아정의 안색이 하얗게 돌변했다. 그런 아정을 은근하게 곁눈질하며 도방은 준혁의 근황을 자세히 알려주었다.

"뒤에 가는 저 부인과 처자는 남촌에 사는 장 생원의 안사람과 그 여식입니다. 형편이 꽤 어려운 모양인데 양반이란 허울을 움켜쥐고 얼마 전부터 우리 대방 어르신께 혼담을 보내오고 있습지요. 몇 번을 그냥 돌려보냈더니 오늘은 아예 처자까지 대동하고 온 모양입니다. 요즘 형편이 어려운 양반댁에서 툭하면 우리 대방 어르신께 저리 혼담을 넣고 있으니…… 아가씨!"

도방이 말을 끝맺기도 전에 아정은 대방의 집무실로 향했다. 갑작스러운 그 행동에 다소 놀랐던 도방은 이어 생그레 살가운 미소를 지었다. 아정을 왜 또 상단에 들였냐는 대방의 호통이 떨어질 테지만 그 정도야 얼마든지 감당할 것이다. 아무리 보고 또 둘러보아도 대방 어르신의 짝으로 아정이만 한 신붓감은 없었다.

"왜 또 여길 온 것이냐?"
막 집무실을 나가려던 준혁은 불쑥 나타난 아정을 엄히 꾸짖었다. 출입을 금지당하고도 당당히 문을 열고 들이닥친 모습이 기가 막혔다. 그러거나 말거나 아정은 그를 빤히 직시하며 물었다.
"어디를 가십니까?"
"잠시 볼일이 있다."
전국적인 규모의 상단을 운영하려면 한시도 앉아 있을 틈이 없었다. 눈코 뜰 새 없이 바쁜 것이 당연하거늘 무엇 때문인지 아정은 안면이 싹 경직되었다. 입술을 꽉 깨물었다가 언뜻 노여움을 드러내며 반항적으로 말했다.
"오늘이 처음이 아닙니다. 출입이 금지된 이후로도, 보영당 아씨께서 불러 주지 않으셨을 때도 대방 어르신 몰래 찾아와 서기 일을 하곤 하였습니다."
그런 거라면 별로 놀랄 것도 없다. 준혁이 아무런 동요도 보이지 않자 아정은 눈을 커다랗게 뜨고 확인했다.
"혹시 알고 계셨습니까?"
"상단에서 벌어지는 일을 내가 몰라서야 되겠느냐."
"그럼 왜 그러셨습니까? 그렇게 모르는 척해 주실 거면서 왜 그렇게 오지 말라고…….."

뭐가 그리 속상한지 아정은 눈물까지 핑 돌아 따지듯이 캐묻다 입을 다물었다. 떨리는 어깨를 추스르고 눈물을 간신히 삼킨 뒤 도발적으로 말했다.

"이곳에서 계속 일하게 해 주십시오."

"……."

"우리 영수와 영재, 대과 치를 때까지 뒷바라지하려면 재물은 앞으로도 계속 필요합니다."

"그 정도는 내가 도와줄 수 있다."

"아니요, 싫습니다! 대방 어르신께서 왜 저희를 도와주십니까? 은혜를 갚는 것이란 말씀은 하지도 마십시오. 집을 해 주신 것만으로도 보상은 충분히 다 해 주셨습니다."

"너…… 그걸 어떻게……?"

부담스러워할까 봐 이제껏 전하께서 하사하신 것으로 해 두었는데 아정이 진실을 알고 있어 준혁은 자못 놀랐다.

"어떻게 알았느냐, 묻지 마십시오. 그냥 알게 되었습니다. 그러니 앞으로는 저희 집에 아무것도 보내지 마십시오. 고기도, 비단도, 곡식도 이제 아무것도 필요 없습니다."

"그만 돌아가거라. 나머지는 너의 모친과 얘기할 것이다."

저 아이가 오늘따라 왜 저렇게 예민하게 구는지 모르겠다. 순했던 아정이 화를 내기 시작하니 준혁은 감당이 안 돼 얼른 자리를 피하고만 싶었다. 되도록 빨리 방을 나서려고 하는데 등 뒤로 아정의 서글픈 목소리가 들렸다.

"신붓감을 보러 가십니까?"

기운 없이 축 처진 아정의 음성에 문을 열던 준혁의 손에서도 기운이 쭉 새어 나갔다.

"제가 잡아도 가실 겁니까?"

"……."

"저는…… 안 되는 겁니까? 저같이 부족한 사람은 감히 어르신을 쳐다보면 안 되는 겁니까?"

당장에라도 돌아보고 싶은 마음을 준혁은 애써 눌렀다. 언제부터인지 자신을 바라보는 아정의 두 눈에 다사로운 애정이 감도는 걸 느낄 수 있었다. 이러면 안 되는데, 하면서도 그 온기가 주는 따스함이 아늑하고 욕심나 도저히 밀어내지 못했다.

조금만 더, 조금만 더…….

제 처지를 외면하고 그 온기를 느끼며 행복해 했다. 하지만 이제, 더는 저 아이를 욕심내지 않기로 했다. 준혁은 한 번 돌아보지도 않고 냉담하게 말했다.

"그만 돌아가거라. 앞으로 다시는 상단에 출입하지 말아야 할 것이다."

어떻게 문을 열고 나왔는지도 모르게 준혁은 허겁지겁 집무실을 빠져나왔다. 혼자서 눈물을 삼키고 있을 아정을 생각하면 가슴이 저릿하면서도 발을 멈추지 않았다. 만약 그가 서제륜이었다면 주저 없이 저 아이에게 매달렸을 것이다. 그러나 강준혁은…… 감히 그럴 수 없었다.

선택의 기로에서 스스로가 중인의 삶을 택했다. 재물은 넘쳐

날지 모르나 이 나라에서 양반이 아닌 자들이란 늘 고개를 숙여야 하고, 늘 비굴해야 하며, 늘 억울한 일을 당해야 했다. 그 원통하고 고달픈 여정에 저 아이까지 끌어들일 순 없었다.

그가 사는 계절은 휘바람이 기승을 부리는 소슬한 늦가을. 길고 긴 고생 끝에 간신히 안정을 이루어낸 아정만은 양반이라는 안전한 신분적 울타리 속에서 언제나 따뜻한 봄날을 살아가길 바란다.

귓속이 먹먹해질 정도로 요란스러운 운종가의 한복판, 장옷을 뒤집어쓴 아정이 하얗게 질린 얼굴로 정처 없이 걸었다. 머릿속으로는 보영당 아가씨께서 혼례를 치르기 나흘 전, 자신을 불러 당부해 주셨던 말들을 떠올리고 있었다. 아가씨의 혼례 준비를 돕는 것도 끝났으니 앞으로 상단에 발을 들이지 마라, 준혁의 야멸친 전언에 울적해 하고 있을 때였다.

'많이 속상한 것이냐?'

'예. 너무 서운합니다.'

'네가 속상해 하는 게 나는 기쁘다. 오라버니께 마음이 없는 건 아니구나…… 안도가 돼서. 네가 속상해 하는 게 나는 또한 고민이 된다. 오라버니는 이제 중인의 신분으로 살아야 하는데…… 네가 걱정이 되어서.'

'아가씨…….'

'오라버니의 마음도 나와 같으실 것이다. 연심을 지키고 싶으냐? 그렇다면 남녀 문제에 사내가 먼저 나서야 한다는 편견

은 버려야 한다. 사내든 여인이든, 둘 중 여건이 되는 사람이 먼저 나서야 할 것이다.'

아정은 한숨이 나왔다. 그분의 조언대로 먼저 나서 보긴 했지만 아무래도 부족한 것 같았다. 꽤 오랫동안 그의 집무실에 앉아 있다 나오는 길이었다. 그가 용기 내어 다시 돌아와 주길 바랐으나 끝내 그런 일은 일어나지 않았고, 아정은 쓸쓸히 그곳을 떠나야 했다.

힘없이 걷던 걸음은 어느 선전縇廛 앞에 다다라 멈추었다. 형편이 나아졌음에도 좀처럼 옷을 지어 입지 않는 어머니를 위해 아정은 따로 비단을 주문한 차였다.

안으로 들어서니 낯익은 얼굴들이 시야에 들어왔다. 조금 전 의천상단에서 보았던 그 매파와 장 생원 댁 모녀가 그사이 일을 마쳤는지 안에서 물건을 고르고 있었다. 매파는 규수에게 직접 옷감을 대어 보며 호들갑을 떨었다.

"아유, 아기씨께서 인물이 훤하시니 뭐든 잘 어울리십니다. 그냥 전부 하십시오."

"말도 안 되는 소리."

매파의 부추김에 장 생원 댁 부인은 기겁을 하였다.

"그런 말 말게. 이걸 어찌 다 감당하란 말인가?"

"어찌 다라니요! 아기씨는 이제 의천상단의 안주인이 되실 분입니다. 그곳의 재력이 나라에서 손꼽힐 정도라는 건 아시지요? 여기 있는 비단을 전부 사들이는 건 일도 아닙니다. 여기 있는 비단이 뭡니까, 팔도의 모든 비단을 사들일 수도 있을 것입니다!"

매파는 상단의 재력에 관해 떠들더니 자신의 공치사를 빼놓지 않았다.

"직접 보셔서 알겠지만, 인물이면 인물, 성정이면 성정, 신분이 중인이라는 것 외엔 뭐 하나 빠지는 게 없는 자리입니다. 솔직히 신분이 양반이면 뭐합니까, 재물이 있어야 진짜 양반처럼 사는 거지."

"알겠네. 혼인이 성사되면 자네의 공을 잊지 않을 테니 그만 하시게."

"혼인은 이미 성사된 것이나 마찬가지입니다. 소인이 나서서 성사되지 않은 적이 있었습니까? 공이랄 건 없고, 그저 약조하신 대로 우리 아들 작은 점포 하나만 차려 주십시오."

받아야 할 것을 재차 상기시킨 매파는 안으로 들어선 아정을 알아보고 입술을 샐쭉거렸다. 안면이라곤 상단에서 잠깐 마주친 게 전부였는데 자신을 보자마자 저런 표정을 짓는 게 별스러웠다. 아정은 기분이 살짝 상했지만 모르는 척 주문해 두었던 비단의 값을 치렀다.

생원 댁 부인에게서 차가운 목소리가 들려온 건 아정이가 주인에게서 막 주문한 비단을 내어 받았을 때였다.

"참, 내 걸리는 소문이 하나 있네. 듣자 하니 그 사람에게 양반 출신의 첩이 있다던데……. 다른 건 몰라도 소실을 두는 건 용납할 수 없으니 자네가 그 점만은 명확히 해 주길 바라네."

"그건 걱정하지 마십시오. 그러잖아도 알아보았더니 다 정리가 되었답니다. 빚을 지고 늙은 관리의 첩으로 끌려갈 뻔했던 걸 거두어 주고 그리되었다는데, 사실 오래갈 사이도 아니었지요. 그 소실의 집안이 지지리 궁상이라 살 만큼만 돌봐 주고 지금은 상단 내 출입도 일절 금지시켰다 합니다."

매파는 아니꼬운 눈으로 아정을 위아래로 훑으며 노골적으로 비아냥거렸다.

"뭐, 그래도 여인 쪽에서 미련을 버리지 못하고 몰래 출입하고는 있나 본데. 사람이 염치가 있어야지, 그 자리가 어디라고……."

세 여인의 시선이 일제히 아정에게로 날아와 박혔다. 마치 정실부인과 그 친정식구들이 길에서 우연히 지아비의 비천한 첩을 만나 눈에 쌍심지를 켜고 노려보는 모양새였다.

아정은 자신이 준혁의 소실이라는 소문이 돌고 있다는 걸 그제야 알게 되었다. 굉장히 황당하면서도 그가 갑자기 예민해진 이유를 알 것 같았다. 아정은 저도 모르게 고개를 끄덕이면서도 흥분하지 않았다.

소문은 그저 소문에 불과할 뿐. 저들이 당당할 이유도, 내가 주눅 들 이유도 없다.

여인들의 험담과 눈총은 계속되었으나 아정은 흔들리지 않고 당당히 선전을 걸어 나왔다. 진실이 아닌 저들의 말 따위 신경 쓰지 않았다. 다만 저 어린 규수가 그와 함께 서 있는 모습이 상상돼, 그것이 아플 따름이었다.

며칠 뒤, 아정은 눈물 자국이 선명한 얼굴로 의천상단에 들이닥쳤다. 손에는 새하얀 문서 하나가 들려 있었다. 도방의 귀띔이 믿어지지 않았다. 자신은 아니 된다 하면서 본 지 얼마 되지도 않은 여인과는 어떻게 혼인하려 한단 말인가.

허혼이라니…….

보영당 아씨의 조언을 받고 어설프게 나서도 봤지만 실은 기다려야 한다고 생각했다. 녹록지 않은 인생을 홀로 견디며 살아온 사람, 마음의 문을 열고 다가와 줄 때까지 옆에서 조용히 부담 주지 말고 기다려야 한다고.

그런데 아니었다. 바보 같은 결정이었다. 마냥 기다리기만 했더니 눈앞에서 그를 놓치고 일평생 후회와 눈물 속에서 보내게 될 판국이었다.

상단 사람들이 얼이 빠져 바라보고 있어도 상관하지 않았다. 아정은 그가 있는 집무실의 문을 쾅 소리가 나도록 거세게 열고 들어갔다. 안에는 준혁을 포함해 며칠 전 보았던 세 여인이 의자를 하나씩 차지하고 앉아 있었다.

"너……."

그의 놀란 얼굴과 마주치자 조금은 위축되었다. 하지만 뒤이어 자신을 쏘아보는 여인들을 발견하자 남아 있던 거리낌이 눈 녹듯이 사라졌다. 마음을 나눈 정인도 아니고 편히 살고자 혼인하려는 여인에게 준혁을 내어줄 순 없었다. 통할지는 모르겠으나 어리석은 그의 선택을 이렇게나마 말려 보고 싶었다.

아정은 호흡을 가다듬고 들고 온 문서를 준혁 앞에 내어놓

앉다.

"무엇이냐?"

"집문서입니다."

의자에 앉아 있던 준혁은 당황한 눈빛을 하고서 아정을 올려다보았다. 착각인 듯 아닌 듯 그에게서 속상하고 애가 타는 감정이 전해졌다. 아정은 긴가민가하면서도 그것이 진실이기를 바라며 모험을 감행했다.

"저희 가족은 예전에 살던 곳으로 돌아갔습니다. 그 집은 돌려드립니다."

"아정아."

답답함이 묻어나는 그의 부름을 무시하고 아정은 장 생원 댁부인을 바라보았다.

"의천상단은 그리 호락호락한 곳이 아닙니다. 따님이 대방 어르신과 혼인한다고 해도 마음대로 점포를 내어주실 수는 없을 겁니다."

"이보시오, 그 무슨……."

"아드님이 점포를 내어 달라 하였습니까?"

매파가 중간에 끼어들자 아정은 그에게도 기꺼이 쓴소리를 던졌다.

"그렇다면 어미를 앞세우지 말고 실력을 증명해 보이라 하십시오. 오늘이라도 당장 이곳으로 달려와 사환부터 차근차근 시작해야 한다고 말입니다."

"저, 저런 방자한……."

"똑똑히 알아두십시오. 저는 대방 어르신의 소실이 아닙니다. 저는, 한때 이곳의 서기로 일했으나 앞으로 다시는 상단에 발붙일 일이 없는 사람입니다. 거짓 소문으로 저와 대방 어르신의 명예를 더럽힌다면 관아에 발고라도 해서 시시비비를 가릴 것이니, 좋은 날 앞두고 불미스러운 일이 없기를 바랍니다."

그 말을 끝으로 아정은 매몰차게 등을 돌려 그곳을 떠났다. 소란만 피우고 나왔다면 몰라도 집문서를 던져 놓고 왔으니 잠깐이라도 그가 따라 나오리라고 굳게 믿으며.

예상대로 뒤에서 다급한 발소리가 울렸다. 아정은 그가 가까이 다가왔다고 느꼈을 때쯤 먼저 휙 돌아보았다. 순순히 돌아볼 줄은 몰랐는지 그가 움찔하더니 곧 엄격한 표정을 지었다.

"이게 무슨 짓이냐, 예전에 살던 곳으로 돌아갔다니? 쓸데없는 짓 하지 말고 당장 집으로 돌아가거라."

준혁은 들고 나온 집문서를 억지로 손에 쥐여 주었다. 아정은 그것을 매몰차게 뿌리치고 강하게 말했다.

"다시는 저를 안 보실 겁니까?"

집문서가 휘리릭 공중을 날아 저만치 바닥으로 팽개쳐졌다.

"제가 다른 사람과 혼인해도 괜찮으신 겁니까?"

"……."

"무엇이 문제입니까? 당신이 중인으로 살아야 하기 때문에? 저는 형편이 어려워 늙은 관리의 첩으로 끌려갈 뻔했었습니다. 공주 자가와 당신이 안 계셨다면 지금쯤 정절을 잃고 자결하였을 테지요. 배를 곯는 아우들을 지켜보다 기적에 명자를 올렸을 수도 있었겠습니다."

"아정아!"

"그런 게 아니시라면 저에게 마음이 없으신 겁니까?"

아정의 물음에 그에게서 진한 안타까움이 번져 나왔다. 적어도 아정은 그렇게 느꼈고, 그래서 더 강하게 밀어붙였다.

"앞으로 상단을 찾지 않겠습니다. 절대로 이곳에 먼저 발을 들여놓지 않을 겁니다."

"……."

"이제 당신 차례입니다. 제가 보고 싶어진다면, 당신의 마음속에 제가 있음을 확인하게 된다면 그땐 스스로 제게 오십시오. 정혼하시기 전까지, 저는 그때까지만 기다리겠습니다."

정적이 감도는 지금 이 순간 아정은 붉어진 눈으로 그의 두 눈을 자세히 들여다보았다. 그리고 강한 확신이 들었다. 자신의 눈앞이 흐릿해지고 있는 만큼 그의 눈앞도 뿌옇게 흐려지고 있음을.

……붉어진 당신의 두 눈이 진심이라 믿겠습니다. 부디 그 진심을 외면하지 마시고, 제때에 저를 찾아와 주십시오. 오래 기다리게 하시면 아니 될 겁니다.

눈물이 흘러내릴 것 같아 아정은 황급히 묵례를 한 뒤 등을 돌렸다.

그가 사는 계절은 스산한 늦가을. 따스한 봄날, 포근한 볕 아래서 그와 오순도순 함께할 수 있는 날이 도래하기를 아정은 속으로 간절히 빌었다.

결실의 계절, 10월이었다. 불어오는 바람은 쾌적했고, 풍요로운 먹거리로 사람들의 얼굴엔 저마다 여유가 넘쳤다. 낡은 초가집, 쪽마루에 앉아 가을의 높은 하늘을 올려다보던 영재는 돌연 시무룩하게 중얼거렸다.

"우리 집 홍시도 익어 갈 텐데……."

아쉬움이 가득한 얼굴로 형님을 돌아보았다. 영수는 열린 문을 사이에 두고 좁아터진 방 안에서 열심히 글공부 중이었다.

"형아, 우리 정말 여기서 계속 살아야 해?"

"네가 태어난 곳이다."

"난 우리 집으로 돌아가고 싶은데……."

이제 열 살인 영재는 꽤 속상한 얼굴이었다.

"이러다가 우리 옛날처럼 다시 가난해지면 어떡하지?"

"그런 게 아니다."

허름한 집에 산다고 가난해지다니. 영수는 어린 아우의 단순한 논리에 웃음이 터졌다.

"우리는 지금 기다리고 있는 것이다. 누구를 기다리고 있는지 알고는 있지?"

영재는 "응." 하고 대답하더니 고개를 돌려 부산스럽게 움직이는 큰누이를 바라보았다. 누이는 이곳으로 집을 옮긴 뒤 잠시도 쉬지 않고 계속해서 몸을 움직였다. 어린 마음에 그것이 너무 안쓰러워서 영재는 혼잣말로 힘없이 투덜거렸다.

"우리 누이 그만 힘들게 하고 이제 그만 들어오십시오. 밖에서 빙빙 돌기만 하시고……."

막내를 재운 뒤 밖으로 나오던 아정 어미는 어린 아들의 혼잣말을 듣고 걱정스럽게 아정을 보았다. 오늘만 해도 이미 수없이 닦았던 곳을 닦고 또 닦고. 다 쓰러져 가는 초가집에 윤기만 번쩍거려 어울리지 않는 광택이 흘렀다.

"어머니, 어디를 가십니까?"

걸레질을 하도 해대 숨이 가쁜지 아정이 쌕쌕거리며 물었다.

"시전에 다녀오마. 걸레질은 그만하면 되었으니 너도 이제 쉬도록 해라."

아정 모는 막내를 핑계 삼아 큰딸을 방으로 들여보내고 밖으로 나왔다. 그런 다음 운종가로 통하는 길이 아닌 그 반대편 쪽으로 방향을 잡았다. 시전으로 향하기 전 꼭 해야 할 일이 있었다.

인적이 드문 좁은 뒷길을 지나자 공터가 드러나며 땅속 깊이 뿌리박은 거대한 규목槻木 몇 그루가 나타났다. 그리고 그중 하나에 익히 알고 있는 한 사내가 몸을 기댄 채 깊은 상념에 빠져 있었다. 기척을 내며 다가가자 그는 아정 모를 발견하곤 몸을 똑바로 세웠다.

솔직히 그가 어려웠다. 갚을 수도 없을 만큼 많은 은혜를 진 그에게 언제나 조심하고 또 감사해 했다. 하지만 오늘은 아니었다. 모두의 행복을 위해서 아정 모는 처음으로 얼굴을 굳히고 그에게 다가가 나무라듯 입을 열었다.

"이게 뭐 하시는 겁니까? 도대체 얼마나 더 해야 하는 겁니까?"

"면목이 없습니다."

준혁은 얼른 고개를 숙였다. 보지 않을 수 없어 찾아오긴 했지만, 당당히 나서지도 못했다. 내가 이렇게 용기가 없었나, 새삼 깨달을 정도로 얼뜨기 같은 행동만 내리 해대는 중이다. 부끄러워 고개를 들지 못하는데 평소 여리게만 봐 왔던 아정의 모친이 딱 부러진 말을 들려주었다.

"제가 아는 건 간단합니다. 대방 어르신의 본명은 서제륜, 부득이한 사정으로 강준혁이 되었으며, 평생을 중인으로 사셔야 하는 분이지요. 또한 우리 아정이가 깊이 연모하는 분이시기도 합니다. 저에게 가장 중요한 건 제 딸아이의 마음과 그 상대의 마음입니다. 아정이의 마음은 이미 오래전부터 알고 있었습니다. 몇 날 며칠 예서 이러고 계시는 걸 보면 대방 어르신의 마음도 아정이와 다를 바가 없어 보입니다."

"……."

"시전에 가는 길입니다. 씨암탉도 한 마리 사 오고, 대방께서 좋아하시는 생선을 사다 어선도 만들어 놓겠습니다. 음식이 식기 전까지, 그때까지만 들어오십시오. 이제는 우리…… 행복하게 살아도 되지 않겠습니까."

앞으로는 한 가족이 되어 서로에게 의지하며 살아가고 싶다.

아정 모는 차마 뒷말을 잇지 못하고 돌아섰다. 그러나 멀어지는 모친의 뒷모습을 바라보며 준혁은 그 뜻을 읽어낼 수 있었다. 가슴이 벅차올랐다.

 어느덧 세상에 석음이 내려앉았다.
 온 집 안엔 고소한 냄새가 가득한데 아정은 연신 마당을 쓸며 대문 근처를 얼쩡거렸다. 두 눈은 흘끔흘끔 낮은 울타리 너머를 살피느라 여념이 없었다. 그가 어디서 무엇을 하는지 첫날부터 정확히 알고 있었다. 아정이 집문서를 던지고 온 바로 그날, 도방이 쫓아와 그가 주변을 빙빙 돌고 있음을 알려준 덕분이었다.
 '장 생원 댁과는 아무 일도 없었습니다. 나리께선 처음부터 혼인에 의사가 없음을 밝히셨고, 아씨께서 그들을 처음 보셨던 날도 매파에게 다시는 찾아오지 마라, 경고만 하셨습니다. 그쪽 규수와의 허혼에 관한 것도 전부 거짓입니다. 나리와 아씨께서 하도 진전이 없으시기에 답답한 마음에 소인이 헛소리를 했던 겁니다. 잘못했습니다. 모든 게 다 소인이 어리석은 탓이니, 이제 그만 마음을 가라앉히고 우리 어르신을 불러 주십시오.'
 그러나 아정은 계속 모르는 척 내버려 두었다. 그 스스로가 이 집에 발을 들여놓도록 하고 싶었다. 하지만 이제 인내심은 한계치에 달했다.
 내가 그놈의 규목을 뽑아버리든지 해야지!
 화가 머리끝까지 치민 아정은 빗자루를 냅다 던지고 씩씩거리며 대문을 나서는데,
 어?

바로 코앞, 대문에서 약 다섯 보 정도 떨어진 곳에 그가 서 있었다. 가슴이 떨려 아정은 두 손을 지그시 말아 쥐었다. 그는 흠칫 놀라더니 한 보 앞까지 후다닥 다가왔다.

"너무 늦게 와 음식이 식지 않았는지 모르겠다."

"어머니가 저녁상은 차려 주지 않고 자꾸 데우기만 하십니다."

마음고생이 심했던 아정은 그제야 찾아온 안도감에 눈가가 빠르게 젖어들었다.

"늦으셨습니다. 배가 고파 화가 나려던 참이었습니다."

"미안하다."

아정의 눈물에 준혁의 가슴도 들썩거렸다. 여기까지 오는 게 왜 그리 힘들었는지, 왜 그리 망설여졌는지.

"얼마든지 번듯한 집안으로 시집갈 수 있는 너를 내 손으로 한낱 장사치의 아낙으로 만들 수는 없었다."

"바보 같은 말씀입니다."

"하나 다른 사내에게 시집가는 너를 상상조차 할 수 없으니, 한 번만 더 욕심을 내어 보고 싶구나."

허락이 된다면, 한 번만 더 누군가의 가족이 되고 싶었다. 무력해서 지키지 못했던 내 가족을 가슴에 묻고, 다시 한 번 이 아이와 가정을 꾸려 사람답게 살아 보고 싶었다.

"네게 양반이란 명예를 줄 수 없지만, 그 외의 모든 것을 줄 것이다. 나를 믿고 따라와 주겠느냐?"

"정말 답답하신 분입니다. 모르시겠습니까, 저는 양반이란 허울도, 그 외의 다른 것도 필요치 않습니다. 오직 한 사람, 어르신께서만 곁에 계셔 주시면 그것으로 충분합니다."

주르륵 흘러내리는 눈물이 안타까워 준혁은 단단한 품 안에 작고 가냘픈 아정을 끌어안았다. 저 밑에서부터 따뜻한 게 끓어올라 그의 가슴을 데우고, 그의 눈가를 데웠다.

자신에게 드리워진 어둠 속으로 이 아이를 끌고 와선 안 된다고 생각했다. 왜 몰랐을까, 그 반대의 상황이 펼쳐질 수도 있다는 것을. 이 아이가 어둠 속에서 저를 구하고, 봄볕 아래로 인도해 줄 수도 있다는 것을.

따뜻했다.

언제나 시렸던 그의 전신이 기분 좋은 온기로 채워지고 있었다. 이 아이가 가져다준 기적. 아정은 앞으로도 계속 그의 온기요, 햇살이고, 가족이 되어 줄 것이다.

어머니를 비롯해 영수와 영재, 막내 영훈이까지 몰래 훔쳐보고 있는 줄도 모르고, 겨우 하나가 된 두 사람은 오래도록 서로에게서 온기를 찾았다. 서늘한 10월의 밤하늘 아래, 그들의 봄은 이제 막 시작되고 있었다.

외전 4

또 다른 시작

끝도 없이 펼쳐진 점포와 왁자지껄 떠들며 쉼 없이 움직이는 사람들. 이곳이 바로 말로만 듣던 그 운종가가 틀림없으렷다.

볼거리가 넘쳐나 어머니께서 한때 즐겨 찾으셨다는 이곳, 오라버니들도 자주 지나다녀 이제는 별로 대수롭지 않게 여겨진다는 이곳.

그러므로 이곳은 내가 꼭 한 번 와 봐야 하는 곳일지어니!

올해 여덟, 보들보들 뽀얀 얼굴의 재인은 구석진 곳에서 먹빛의 새까만 눈동자를 반짝이며 심호흡만 크게 되풀이했다. 아무리 생각하고 또 숙고를 해 봐도 이곳은 자신이 한 번쯤은 들러 줘야 하는 곳이었다.

조금만 구경하다 가는 것이야. 어머니께서도 내 나이쯤 혼자서 시전을 구경하셨다잖아.

다홍빛 비단치마에 새하얀 저고리, 그 위에 꽃수가 놓인 분홍빛 배자를 입은 아이는 누가 봐도 대가 댁의 귀한 아기씨였다. 한데 시중드는 몸종 하나 없이 커다란 눈망울만 요리조리 굴리며 불안해 하는 게 하 수상쩍었다.

재인은 며칠 전 보모할멈과 난이, 그리고 자신의 유모가 속닥거리는 소리를 듣게 되었다. 어머니께서 어린 시절 누더기를 몰래 주워 입고 시전으로 나들이를 가신 적이 있었다는 내용이었다. 전후사정을 모르는 어린 재인은 그 말을 훔쳐 듣고 제멋대로 해석하고 말았으니……,

얼마나 흥미로운 곳이면 그렇게까지 하셨을까?

조막만 한 머릿속에 자리한 그 막연한 호기심은 날로 커졌고, 끝내 오늘 사달을 일으켰다. 어머니와 함께 숙부댁에 가기로 했다가 꾀병으로 아픈 시늉까지 하며 집에 홀로 남는 데 성공한 것이다.

현재 어머니랑 아버지는 출타 중이고, 두 오라버니는 글공부를 하러 집을 비운 상태였다. 보영당의 아기씨인 저는 공식적으로 오수에 들어 있는 시간, 앞으로 족히 한 시진은 자유로울 것이다.

"후우, 후우."

재인은 어디인지도 모를 벽에 붙어 천천히 심호흡한 뒤 당당히 허리를 펴고 운종가로 들어섰다. 기대와 설렘, 약간의 걱정이 뒤섞여 작은 가슴이 팔딱팔딱 뛰었다. 그리고 정확히 일각 후.

"우와!"

이럴 줄 알았느니, 이렇게 신기한 곳이 가까이에 있을 줄 내 알고 있었느니!

그나마 남아 있던 죄책감도 내던지고 재인은 감탄사를 연발하며 이곳저곳에 들러붙어 구경거리에 흠뻑 빠져들었다. 그야말로 무아지경. 한 식경 만에 인파를 헤치고 극성스럽게 제일 앞으로 가보는 일도 척척 해냈다. 차림새를 보고 사람들이 길을 내준 것이었지만 여덟 살 어린아이가 알 게 무어랴. 그저 모든 것이 신기방기, 재미있기만 하였다.

랄랄라, 콧노래가 절로 솟아 나왔다.

"야, 너 말 못해? 벙어리야?"

한적한 골목에 껄렁한 목소리가 작게 울렸다. 열서너 살쯤 되어 보이는 사내아이들이 체구가 작은 한 남아를 둘러싸고 시비를 걸고 있었다. 무명옷에 말도 못하고 낑낑대는 모습이라니. 딱 봐도 남아는 싸움을 걸어 괴롭히기에 안성맞춤인 아이였다.

"흙탕물을 튀었으면 잘못했다고 사과를 해야지. 입도 벙긋 않고 쳐다만 보면 어쩌자는 것이냐?"

분명 들이미는 것은 음식을 흘린 자국이건만 사내아이는 흙탕물이라고 우기며 억지를 부렸다. 한술 더 떠 옆구리에 끼고 있던 서책을 빼 들어 아이의 머리를 톡톡 내리치기까지 하였다.

당하는 아이가 고개를 빳빳이 들고 신경질적으로 노려보았다. 그러자 덩치 큰 아이는 비소를 흘리며 위협을 가했다.

"어쭈, 네가 더 세게 맞아야 정신을 차리지? 이걸 그냥……!"
아예 서책을 둘둘 말아 본격적으로 남아를 내리치려 하는데,
톡톡.

밑에서 누군가 제 소매를 잡아당겼다. 뭔가 해서 내려다보면 오호, 깜찍한지고. 귀한 댁 아기씨로 보이는 웬 여자아이가 양손을 허리에 척 얹더니 저를 올려다보며 야무지게 말했다.

"폭력은 나쁜 것이다."

"뭐냐, 너는?"

덩치 큰 아이가 여아를 따라서 양손을 허리에 얹더니 새치름하게 물었다. 걸핏하면 서당을 빼먹고 운종가를 어슬렁거린 지 올해로 두 해가 넘었다. 모친의 손을 잡고 나들이를 나온 규방의 여아들을 수없이 봐 왔지만, 눈앞의 저 아이는 처음 보는 얼굴이었다. 외모는 혹할 정도로 예쁘장했는데 유감스럽게도 태도며 행동이 퍽 잔망스러웠다.

"삼 대 일이라니. 창피하지도 않으냐?"

"뭐?"

"서책을 그리 함부로 다루는 건 글공부를 하는 자의 자세가 아니다."

저들의 가슴팍에도 미치지 않을 만큼 몸집이 작았지만 재인은 위축되지 않았다. 지나다가 우연히 목격한 광경이었다. 아직 구경할 게 천지에 널려 있어 시간은 빠듯했으나 그래도 사람의 도리를 저버릴 순 없었다. 얼른 말리고 또 구경하러 가면 되는 것이었으니.

"쳇, 너도 혼나고 싶으냐?"

"됐고, 이 아이는 내가 데려갈 것이다. 보아하니 칠칠치 못하게 음식을 먹다 흘린 모양인데 집에 가서 유모에게 빨아 달라 하여라."

위협적인 말에도 재인은 심드렁하게 답하곤 말 못하는 소년의 팔을 잡아끌었다.

"근데 이 쪼그만 게!"

재인의 맹랑함에 약이 오른 사내아이가 한 대 때리려는 듯 망설임 없이 팔을 추켜올렸다. 놀란 재인이 눈을 동그랗게 뜨고 위를 올려다보는데 눈 깜짝할 새 목검 하나가 나타나 사내아이의 팔을 타닥, 공격했다.

"아야!"

사내아이는 소리를 질렀고 곁에 있던 친구들은 한꺼번에 누군가에게 달려들었다. 눈앞은 순식간에 난장판이 되었다. 맞은 아이는 덩칫값도 못 하고 엉엉 소리 내어 울었다. 어디선가 나타나 무심히 목검을 휘두르는 사내아이도 있다.

다소 혼란스러운 전개였지만 재인은 조금도 놀라는 기색 없이 새로 나타난 아이에게 완전히 넋을 잃었다.

와, 예쁘다…….

허름한 무복을 입은 그 아이는 놀라울 만큼 어여쁜 외모의 소유자였다. 대리암을 깎아 놓은 듯 날렵하고 반듯한 이목구비에 잡티 하나 없이 매끄러운 피부, 길쭉하고 호리호리한 체구가 인상적이다. 아버지와 오라버니들도 외모 하면 절대로 빠지지 않는데 여자보다 더 곱상하게 생긴 남자아이는 처음이었다.

재인이 넋을 놓고 있는 사이 불량했던 아이들은 전부 도망쳤다. 정의감이 넘쳤던 예쁘장한 소년도 아무 일이 없었다는 듯 무심하게 방향을 틀어 가던 길을 걸었다.

재인은 고개를 갸우뚱하였다. 이쯤 되면 서로 인사를 나누고, 어디에 사는 누구인지 말 한마디 건네는 게 정상이지 않을까? 방금 목검을 휘두른 행위는 위험에 처한 약자를 도와준 아름다운 선행이었다.

고맙다는 말도 못 하였는데…….

생각이 거기까지 미치자 재인은 소년의 등에 대고 황급히 외쳤다.

"잠깐만 기다려!"

하지만 저 아이, 걸음을 멈추지 않았다. 내 말이 안 들린 것일까? 재인은 다시 한 번 아니, 여러 번 크게 외쳐 봤지만 돌아오는 건 여전히 묵묵부답이었다. 결국 괜한 오기가 끓어오른 재인이 후다닥 쫓아가 소년의 앞길을 가로막았다.

"그냥 가면 어찌해? 이왕 도왔으면 끝까지 도와야지."

고맙다 인사하고, 명자도 물어보고 싶었지만…… 다 되었느니!

연속해서 무시당한 재인은 살짝 토라져 있었다.

무복 입은 아이와 말 못하는 아이를 잡아끌고 반 시진은 넘게 빙빙 돌아다녔다. 힘없는 아이가 또 봉변을 당하진 않을까,

집까지 데려다주고 싶었는데 이제는 제 한 몸 감당하기도 힘에 부쳤다.

말 못하는 저 아이, 귀까지 먹은 건 아니었으나 알고 보니 말귀도 못 알아먹고 길눈도 상당히 어두웠다. 어떻게 저럴 수 있을까, 도통 이해할 수 없었는데 이제 보니 다 그럴 만한 사정이 있었다.

히익, 조선인이 아니었어?

같은 길을 몇 차례나 빙빙 돌았을까. 다리가 아파 조금 쉬자 하려는데 입도 벙긋 않던 그 소년이 갑자기 청국어를 마구 쏟아내기 시작했다. 머리부터 발끝까지 어디를 보아도 분명 조선인의 모습을 하고서 말이다.

재인도, 검을 든 소년도 뜨악해서 바라보는데 어디선가 청국인들이 우르르 나타나 한꺼번에 달려들었다. 여러 명이 호들갑을 떨며 그에게 들러붙어 난리가 난 것이 아무래도 지체 높은 집안의 자제가 몰래 나들이를 나온 듯했다.

남아가 제자리를 찾은 모습에 목검을 든 소년은 시원스레 등을 돌렸다. 재인도 슬그머니 그 뒤를 따랐다. 말도 못 알아듣는데 거기 더 있어 봤자 무슨 소용 있으리.

지칠 대로 지친 재인은 소년에게 쫓아가 허름한 옷소매를 잡아당겼다. 소년이 돌아보자 게슴츠레 풀린 눈을 비비며 웅얼거렸다.

"나를 업어 주지 않겠느냐? 몸이 곤하여 아무래도 업혀야겠다."

집 나오면 고생이라 했던가. 온몸이 후들후들 떨리는 게 가만히 서 있는 것조차 버거웠다. 오수를 건너뛰고 한참을 걸었더니 제 몸이 제 몸이 아닌 것 같았다.

그런데 저 아이, 대답은 않고 멀뚱히 보고만 있었다. 하는 행동을 보면 분명 말 못하는 아이는 아닐 것인데. 재인은 소년을 바라보다 달고 있던 두루주머니를 꺼내 앞으로 내밀었다.

"공으로 해 달라는 것이 아니다. 값을 넉넉히 쳐줄 것이니 북촌까지만 나를 업어서 데려다다오. 더 필요하면…… 어?"

어느새 재인은 저 혼자 말하고 있었다. 소년은 누구에게 어떠한 제안도 받은 적이 없는 것처럼 유유히 멀어졌다. 한 번, 돌아보지도 않고서.

"어디 가?"

대답 같은 건 돌아오지 않았다. 재인은 슬슬 무서워지고 있었다.

"……야, 너어! ……나 다리 아프단 말이야!"

실은 여기가 어디인지도 모르고, 발바닥도 아프고, 이제 그만 집으로 돌아가고 싶었다. 서럽고 힘들어 눈물이 핑 돌던 재인은 결국 도와 달라는 말을 대성통곡으로 대신했다.

"으허엉…… 나 여기가 어디인지 모른단 말이다! 어머니이…… 아악!"

한참을 우는데 갑자기 세상이 뒤집혔다. 피가 머리로 몰리는 불쾌한 기분이 들었다. 감히 보영당 아기씨인 나를 짐짝처럼 어깨에 둘러멘 것이렷다! 재인은 방금 전 아쉬움을 까맣게 잊고 요란하게 버둥거리며 앙앙거렸다.

"이거 내려놓지 못할까! 얌전히 등에 업어야지, 누가 볼썽사납게 이리 둘러메라 하였느냐!"

쉬지 않고 쫑알쫑알, 작은 주먹으로 그의 등을 팡팡 내리치며 항의를 해 봐도 소년은 꿈쩍하지 않았다. 그러다 정말 화가 난 것인지 얼마 가지도 않고 그가 재인을 던지듯 내려놓았다. 막상 그리되니 무서워지는 건 재인이었다.

"왜 그러는 것이냐? 너 설마, 나를 버리려고…… 어?"

겁에 질려 두리번거리던 재인은 익숙한 풍경에 눈이 커졌다. 여기는 북촌이었다. 가마를 타고 다니며 창 너머로 익히 보아 온 곳으로, 저 모퉁이를 돌면 보영당이 나온다. 아득한 곳에 떨어진 줄 알았는데, 이리도 가까운 곳을 돌고 있었다니. 잠시 당황스러웠던 재인은 소년의 무심함에 괜히 발끈하여 한마디를 보탰다.

"나한테 좀 잘해 주면 아니 되느냐? 어찌하여 여인을 이리 험히 다루는 것이야? 내 너처럼 무엄한 아이는 처음 보았다. 뭐, 그래도 오늘은 정말……."

"꼬마."

고맙다고 말하려 했다. 일관되게 무람없긴 했지만, 오늘은 정말 여러모로 고마웠다고. 한데 저 소년, 사람 말을 싹둑 잘라먹더니.

"……되게 시끄럽네."

한심하다는 듯 퉁명스러운 한마디를 남기고 등을 돌렸다. 김

재인, 여덟 살 인생에 '어처구니없다'라는 말을 완벽히 이해하게 된 순간이었다.

그날 오후, 정한군의 사저에서 돌아온 은명은 보모와 함께 별채로 향했다. 딸아이가 오수에 들었다 여태 일어나지 못했다는 소식을 들었기 때문이었다.
"어머, 아가!"
방에 들어선 은명은 화들짝 놀라 목소리가 절로 높아졌다. 오수에 든 지 벌써 두 시진도 넘었을 시각인데 딸아이가 자리에 대자로 뻗어 거의 실신한 듯 잠들어 있었다.
어디 아픈 것인가?
덜컥 겁이 난 은명은 재인을 품에 안아 이마를 짚어 보았다.
"아가, 어디가 아픈 것이냐? 응?"
"음냐, 음냐, 어머니⋯⋯ 소녀 피곤하옵니⋯⋯."
눈도 뜨지 못하고 중얼거린 재인은 말을 흐리며 어머니의 가슴에 그대로 고개를 떨어트렸다. 그 상태로 이튿날 아침까지 일어나지 못한 것은 당연지사, 평생에 잊을 수 없는 고되고 힘든 하루는 그렇게 마무리되었다.

오늘은 전하의 탄일을 이틀 앞두고 가까운 가족끼리 대궐에서 조촐한 잔치를 열기로 한 날이었다. 오라버니들과 투호놀

이를 하다가 슬슬 지겨워진 재인은 홀로 동궁전 주변을 거닐었다. 세자 저하와 오라버니, 그리고 배동들은 치열한 내기가 붙어 막내가 어디로 사라졌는지 아예 관심조차 없었다. 하여간 사내들이란.

재인은 고개를 내저으며 함께 놀 생각시들이 어디 있을까, 찾아보는데 어디선가 기합 소리가 들렸다. 잔뜩 힘이 들어간 목소리였다.

"이얍! 얏!"

딱히 할 것도 없고 심심하던 차에 재인은 자연히 그쪽으로 방향을 잡았다. 중문을 지나서 몇 발짝 더 걸어가 보니 널따란 곳에서 한 아이가 열심히 목검을 휘두르며 수련에 전념하고 있었다. 슬쩍 동작을 훔쳐보는데 사내치고는 지나치게 예쁘장한 저 얼굴이 참으로 눈에 익었다.

어라, 저 아이는……

허름한 무복과 손때가 묻은 목검, 그리고 여자아이보다 더 어여쁘게 생긴 얼굴이 차례차례 눈에 들어왔다. 달포 전 운종가에서 보았던 그 아이가 틀림없었다. 재인은 함박웃음을 지었다. 소년이 얼마나 과묵했는지 고새 까먹고 반가운 마음에 쪼르르 달려가 알은척했다.

"예서 무얼 하느냐?"

"앗!"

해원은 자세를 무너트리며 외마디 소리를 질렀다. 불쑥 나타난 새하얀 얼굴 탓에 하마터면 목검으로 여아를 내리칠 뻔하였다. 굉장히 위험하고 아슬아슬한 상황이었는데 눈앞의 여아는 이 와중에 방긋방긋 웃고만 있다.

누구냐, 넌?

무뚝뚝함 속에 못마땅함이 설핏 배어 나왔다. 뒤이어 시선을 돌리고 목검을 챙겼다. 집중력이 흐트러져 방해받긴 했으나 어차피 대충 마무리하고 저하께 가보아야 할 시각이었다.

그가 짐을 챙기는 중에도 여아는 가지 않고 옆에 서서 계속 쫑알거렸다. 무언가에 대해 열심히 칭얼거리는 듯했으나 해원은 귀를 기울이지 않았다. 애들이랑 놀아 줄 시간 따윈 없었다. 빠트린 게 있는지 마지막으로 주위를 휙 훑고는 처음부터 정해진 일정대로 급히 자리를 떠났다.

"하!"

누군가를 무시할 의도는 정말 없었다. 소년은 계획에 따라 움직였을 뿐인데 뒤에 덩그러니 홀로 남은 재인은 그의 행동을 오해할 수밖에 없었다. 방금 당한 수모가 믿기지 않아 두 눈만 느릿하게 슴벅거리다 발갛게 달아오른 얼굴로 바락 소리쳤다.

"지금 나를 무시하는 것이냐?"

제 딴에는 하도 반가워 인사도 건네고, 일전에 고마웠다 감사의 뜻도 표했다. 그걸 듣고도 소년은 알은척 한 번 하지 않고 쌩한 얼굴로 돌아섰다. 뒤통수에 대고 아무리 소리를 질러도 돌아오는 대답은 없었다. 아예 돌아보지도 않았다.

내가 땅에 뿌리를 박고 무심히 서 있는 나무도 아니거늘, 어찌하여 사람을 이토록 무시한단 말이냐.

"내 너를 가만두지 않을 것이다!"

재인은 그 자리에 서서 발을 구르며 대궐이 떠나가라 소리를 질렀다. 아, 분통이 터졌다.

그러니까 저하의 무사였단 말이지?

상감마마부터 십수 년간 영상의 자리를 지키고 있는 할아버지까지, 모두가 한자리에 모였다. 재인은 어머니의 무릎에 앉아 약과를 와그작와그작 씹으며 세자 뒤에 서 있는 소년을 노려보았다. 허름한 차림에 뛰어난 검술, 굳이 확인하지 않아도 소년은 세자 저하를 호위하는 무사가 틀림없었다.

내 너를 가만두지 않을 것이니…….

저명한 학자인 스승을 따라 조선에 왔던 청나라의 왕자가 나흘 전 떠났다는 이야기가 오가고 있었다. 얼마 전 그 아이가 없어져 난리가 났다나? 원래는 진즉에 떠났어야 했는데 집을 나갔을 때 저를 도와준 아이를 찾는다며 원래 계획보다 열흘이나 더 머물렀다고 했다.

오라버니들은 왕자 이야기에 흥미진진해 하며 관심을 보였다. 그러나 재인은 아니었다. 원수를 이렇게 맞닥트리고 말았으니 집 나간 아이에 관한 이야기는 귀에 들어오지도 않았다. 낯선 곳에서 가출이나 하는 아이 따위, 내 알 게 무어랴.

무시, 무시, 무시!

처음 만난 순간부터 마지막까지 쉴 새 없이 당해 온 이 무시를 속 시원히 갚아 주고 싶다는 야심만 머릿속에 가득 찼다. 마침 좋은 수가 떠오른 재인은 소년을 바라보며 씨익, 사악하게 웃었다. 후회하게 해 줄 것이다. 속으로 이를 갈면서.

"우리 재인이, 이리 와 보거라."

친가와 외가를 통틀어 재인은 유일한 여자아이다. 거기다 외모면 외모, 성정이면 성정, 누이를 꼭 닮은 조카딸을 전하께서는 무척이나 귀애하셨다. 재인이 사뿐사뿐 걸어가 예를 올리자 전하께서는 조카딸을 번쩍 안아 무릎에 앉혀 주셨다.

"재인이 잘 지냈느냐? 어찌하여 궐에 자주 놀러 오지 않는 것이냐? 보름에 한 번씩은 꼭 들어와야 한다."

"예, 전하."

그다음은 익히 알고 있었다. 재인의 생일은 오늘로부터 닷새 뒤. 하여 전하께서는 늘 이 모임에서 재인에게 묻곤 하셨다.

"그래, 곧 우리 재인이 생일이 다가오는데 이 외숙이 무엇을 해 주면 좋을까? 아가, 특별히 마음에 두고 있는 것이 있느냐?"

"예, 전하. 소녀, 꼭 가지고 싶은 것이 하나 있사옵니다."

평소와 다른 야무진 대답에 어른과 아이들이 일제히 재인을 보았다. 전하께서 물으시면 항상 아무것도 필요한 게 없다, 답하던 아이였기에 웬일인가 싶었다.

"그게 무엇이냐? 우리 재인이가 원하는 거라면 이 외숙이 무엇이든 다 들어줄 것이다."

"저 아이."

재인은 곧바로 입을 떼며 손가락으로 정확히 소년을 가리켰다. 사람들의 시선도 모두 그쪽으로 돌아갔다.

"저 아이를 소녀에게 주십시오."

아이들은 멍한 눈으로 해원을 보았고, 어른들은 뭘 잘못 보았나, 싶어 고개를 두리번거렸다. 재인이 가리킨 곳에는 세자의 배동이자 전前 병마절도사, 권혁찬 장군의 적손밖에는 없기 때문이었다.

"아가, 너 지금 누구를 말하는 것이냐?"

이 아이가 어디서 노비를 보고 달라는 것인가?

어른들은 누구나 그렇게 생각했다. 하지만 내관과 궁녀가 아닌 이상, 일개 노비가 이 근처를 함부로 오가지는 못하였을 것이다. 어른들이 아리송해 하자 재인은 성상의 무릎에서 내려와 도도하고 맹랑한 눈빛을 빛내며 걸음을 옮겼다.

다소곳이 걸어가 해원의 코앞에서 멈춘 재인은 눈앞의 소년을 찌릿, 노려보고는 한 자 한 자 힘주어 말했다.

"전하, 이 아이를 소녀에게 주십시오. 보영당으로 데리고 가 소녀의 호위무사로 삼을 것이옵니다."

내 옆에 찰싹 붙여 놓고 두고두고 무시해 줄 것이다. 말도 안 시키고, 대답도 안 해 줄 것이야!

재인은 뿌듯함과 기대감으로 해원을 뚫어지게 올려다보았고, 어른들은 기가 차서 입도 떼지 못했다.

감히, 권 장군의 손자를······!

한편, 재인을 무심히 내려다보던 해원은 당사자가 아닌 양 시선을 돌려 저기 저, 먼 산을 바라다보았다. 조금 전 수련장에서 본 듯한 저 아이, 가만 보니 달포 전 운종가에서 만났던 바로 그 이상한 여자아이였다.

강직한 무인의 집안에서 태어나 굳은 신념과 씩씩한 기상을 길러 온 나, 권해원. 14년 길고 긴 인생 끝에 말 많고 시끄러운 여자아이에게 하찮은 물건 취급을 당하고야 말았으니,

황당하여라…….

두 아이에게서 뜨겁고도 맵싸한 기운이 휘몰아치고 있었다.

⸻

은명은 제 무릎을 베고 깊이 잠든 딸아이의 머리를 다정히 쓸어 주었다.

"잠들었습니까?"

부드러운 목소리에 고개를 드니 언제나 한결같은 지아비가 안으로 들어서고 있었다.

"한참을 훌쩍거리다 잠들었습니다."

서율은 아내 곁에 앉아 딸아이의 얼굴을 들여다보았다. 연회장에서 새빨개진 얼굴로 당황하던 아이의 모습이 어찌나 귀엽고 깜찍하던지.

재인은 권혁찬 장군의 손자를 달라, 입을 잘못 놀렸다 가족을 전부 기함시켰고, 그로 인해 혼자만의 비밀이었던 행각을 스스로 발설해 모두를 또 한 번 놀라게 하였다. 아차차, 뒤늦게 두 손으로 입을 막아 봤지만 이미 모두가 듣고 난 뒤였다.

은명은 분노했고 보영당에 도착하자마자 아이를 안채로 끌고 와 눈물이 쏙 빠지도록 혼내 주었다. 재인은 잘못했다고 싹싹 빌고선 한참을 훌쩍거리다 잠이 들었다.
"이 아이가 누굴 닮아 그리 겁이 없는지 모르겠습니다."
"정녕 그걸 모르신단 말입니까?"
아내의 한탄에 서율은 웃음을 터트리며 말했다. 전적이 있었던 은명은 새침하게 툴툴거렸다.
"소첩은 깊은 뜻이 있어서 그랬던 것이고, 재인이는 단순한 호기심이었습니다. 일어나면 또 한 번 혼내 줄 겁니다."
"그만하면 되었습니다. 제가 따로 타이를 것이니, 부인께서는 감싸 주기만 하십시오. 또 혼내시면 절대 안 됩니다."
"전하께서도 그렇고, 당신도 그렇고. 어찌 이 아이한테만 그리 관대하신 겁니까?"
은명이 못마땅해 하자 서율은 싱긋 웃었다.
"재인이를 혼내면 부인을 혼내는 것 같은 기분이 들지 않겠습니까. 이리 똑같이 생겼으니 엄히 대할 수가 없지요."
아들을 연이어 낳은 뒤 간신히 얻게 된 딸아이가 재인이다. 공주가 세 번째 아이를 가졌을 때 외모도, 성격도 안사람을 닮은 딸아이가 태어나 주길 서율은 속으로 간절히 고대했다. 다행히 염원은 이루어졌고, 재인을 볼 때마다 아내의 어린 시절을 보는 것 같아 이루 말할 수 없을 만큼 예쁘고 또 소중했다.
공주는 그의 대답이 마음에 들었는지 입가에 슬그머니 미소를 지었다. 서른 줄에 들어선 지 이미 여러 해가 지났지만 말간 얼굴에 먹빛 눈동자의 아내는 여전히 아름답고 눈이 부셨다. 남들은 믿지 않을 수도 있으나 서율은 지금도 공주를 보면 가슴이 설레고 애정이 솟았다.

……어? 어!

아버지의 목소리에 진즉부터 잠에서 깬 재인은 눈이 점점 더 커다랗게 팽창되었다.

조금 전부터 눈을 말똥말똥 뜨고 있었는데 부모님은 자신의 이야기를 하면서도 이쪽으론 눈길조차 주지 않았다. 오직 서로만을 바라보며 담소를 나누시더니 점점 더 얼굴이 가까워지고 있었다. 하여 재인은 말귀를 알아들을 때부터 받아 온 오라버니들의 훈육대로 조용히 눈을 감았다.

'아주 가끔 어머니랑 아버지께서 네가 깨어난 줄도 모르고 얼굴을 매우 가까이하실 때가 있을 것이다. 간격이 한 주먹만큼 좁아진다면 너는 무슨 일이 있어도 눈을 꼭 감아야 할 것이야. 곧바로 눈을 뜨면 절대로 안 되고, 반드시 속으로 백까지 세어야 한다.'

'이때 명심해야 할 건, 귀도 막아야 한다는 것이다.'

곁에서 슬쩍 끼어들었던 둘째 오라버니의 충고대로 재인은 자그마한 손을 들어 양쪽 귀도 꾹 틀어막았다. 이미 여러 차례 경험해 본 바, 아마 한참을 이러고 있어야 할 것이다.

언젠가 아버지께서 그런 말씀을 하셨다. 아버지는 당신 자신보다 우리 삼남매가 더 소중하다고. 우리 삼남매보다 더 소중한 사람은 세상에 어머니 한 분밖에는 안 계신다고. 그러니까 결국 보영당에서 가장 소중한 사람은 어머니란 뜻이었다.

그 소중하신 분에게 오늘 얼마나 혼이 났는지 모른다. 궐에 있는 취연당이라는 곳으로 끌려가 한 번, 집에 당도해 또 한 번. 저가 닭똥 같은 눈물을 흘리자 오라버니 중 가장 연장자인 세자께서 안절부절못하며 달래 주기까지 하셨다.

'재인아, 울지 말거라. 이 오라비가 열흘 뒤 해원이 저 녀석을 데리고 보영당으로 갈 것이다. 내 별채로 저 아이를 따로 보낼 것이니 네가 혼쭐을 내주도록 하여라.'

저하의 말씀이 떠오르자 눈을 감고 귀를 막은 재인은 사악한 미소가 저절로 그려졌다. 동시에 단단히 작심했다.

내 본때를 보여 줄 것이다. 앞으로는 절대 나를 무시하지 못하게 해 줄 것이야!

이유는 모르지만 그러면서도 어린 가슴이 콩닥콩닥 뛰었다. 조금은 악의가 서렸던 미소도 어느새 어여쁘고 달콤하게 바뀌어 있었다. 어찌된 일인지 '시간이 빨리 흘렀으면…….' 하는 설렘 같은 게 가슴속에서 몽글몽글 부풀어 올랐다.

그 낯선 기대감이 당혹스러워 화들짝 눈을 뜬 재인은 어머니와 아버지를 바라보며 흐뭇한 미소를 지었다. 아직은 어린 나이인지라 세상에 대해서도, 남녀에 관해서도 아는 것은 없었다. 그래도 한 가지, 서로에게서 쉽게 눈을 떼지 못하는 부모님을 보고 있자면 재인은 그런 생각이 들었다.

저리도 아름다운 게 연심이라면,

나도 이다음에 어른이 되어 연모하는 이와 꼭 저러한 연정을 나누고 싶다고.

   창을 통해 불어오는 비단결 같은 바람과 들을 수는 없지만 '은애합니다.' 서로에게 속삭이실 부모님, 아까부터 콩닥거리는 이 기분 좋은 설렘. 모든 것이 안락하고 평화로워 작은 가슴이 뿌듯하게 차오르는 느낌이었다.

                                                    - 외전 완결 -